Future Fiction

A cura di

Francesco Verso

GU SHI

Il continuo di Möbius

Traduzione dal cinese di Viola Volpi
Revisione di Francesca Bistocchi

Pubblicato da Associazione Future Fiction
Via Valentiniano 40 – 00145 Roma
P.IVA 15586791004

Titolo: *Il continuo di Möbius*
© 2024 Future Fiction, Roma
I edizione giugno 2024
ISBN: 9788832077971
info@futurefiction.org
Sito web: futurefiction.org

di Gu Shi

Non ho mai scritto un'introduzione per nessun vero libro sinora. Ho composto una "pseudo-introduzione" per una storia inesistente intitolata *Overture 2181*. Il processo di scrittura è stato piuttosto impegnativo: un'introduzione deve essere concisa, comprensibile e breve, lasciando tuttavia spazio al testo principale. Scrivere un'introduzione per un libro che non esiste sarebbe ancora più difficile perché tutto ciò che i lettori vedrebbero sono parole condensate.

Per fortuna però *questo libro* esiste.

Quindi suppongo che questa introduzione possa essere più breve di un racconto poiché preferirei spiegare tutto attraverso le storie, come suggerisce il mio pseudonimo[1].

Il continuo di Möbius raccoglie otto racconti scritti dal 2013 al 2022. Queste storie, per me, sono un po' come gli anelli di accrescimento di un albero, che registrano i miei pensieri in anni diversi: alcuni sono leggeri, altri dolorosi. Una volta terminata la scrittura, posso lasciare andare le emozioni e ottenere la crescita.

Sono profondamente grata all'editore Francesco Verso e alla traduttrice Viola Volpi per aver scelto questi racconti da portare in Italia. Ho visitato questo bellissimo paese quattro volte, scattando selfie sui tetti del Duomo di Milano, facendo escursioni sulle Dolomiti autunnali, tremando al vento freddo della terra nera dell'Etna anche se stava fumando... L'Italia mi affascina moltissimo, e una delle cose più belle

---

1 Il nome dell'autrice Gu Shi e la parola "storia" in cinese si pronunciano allo stesso modo.

che posso immaginare, è vedere questo libro apparire nelle librerie italiane.

Infine, devo ringraziare in modo speciale mia madre, Li Fengyuan. All'età di 20 anni mi condusse per la prima volta fuori dall'Asia e mi portò a Roma. Come ogni turista cinese con una borsa colorata, ho lanciato una monetina nella Fontana di Trevi, sperando, un giorno, di tornarci.

Finora i desideri si sono sempre avverati. E i luoghi che ho raggiunto sono molto più ampi dei desideri che esprimevo una volta.

Gu Shi
23 febbraio 2024

1. Cancellato

Estate 2113 A.D.

L'ultimo ricordo che conservo dell'altro mondo è il verdetto del giudice che mi privava in modo permanente del diritto di utilizzare Internet per "diffusione di pensieri pericolosi" e "inclinazione alla violenza"; il mio account, le mie informazioni, la mia assicurazione sanitaria e persino il *registro di esistenza* (che documentava la mia vita online), tutto era stato cancellato. L'ultimo backup dei miei dati era conservato solo nell'impianto di riciclaggio.

Avevo 20 anni e, nonostante fossi vivo, mi sentivo morto.

2. Fantasmi

Mi ricordo quella sera dopo esser stato rimosso dal terminale di rete, tornai a casa, e sentii di essere in un mondo così estraneo che nemmeno la porta mi riconosceva. Ero dovuto rimanere fuori casa un giorno e una notte. Apparve mio padre, mi precipitai verso di lui. Il suo sguardo, tuttavia, oltrepassò il mio volto e si fermò a osservarsi le mani con disgusto.

"C'è un fantasma?" il suo tono era gentile e cortese come sempre, ma la sua voce sembrava più rauca, "per favore, lasciatemi andare o chiamerò il custode."

Provai a gridare il suo nome, ma non mi sentiva.

I suoi nervi visivi e uditivi erano pieni di terminali di rete, non poteva vedermi né tantomeno sentire la mia voce. Ero un "fantasma" ... ero stato cancellato dal suo mondo.

Non potevo mettermi in contatto con nessuno dei miei amici, non potevo esser visto da nessuno dei miei parenti.

Forse sarebbero rimasti confusi accorgendosi della mia scomparsa, ma non sarebbe trascorso molto tempo prima che qualcosa di nuovo attirasse la loro attenzione: il Servizio Psicologico Nazionale si prendeva sempre molta cura dei familiari dei "fantasmi", utilizzando servizi di consulenza per aiutarli a superare velocemente il lutto.

Avrei voluto che si fossero già scordati di me, dato che, nel loro mondo, non esistevo più.

Cancellato. Questa era la mia situazione attuale.

Mi aggiravo per la città, nessuno poteva vedermi. Ogni pomeriggio alle tre, nell'"impianto di riciclaggio" c'era un operatore specializzato che forniva la razione quotidiana e i beni di prima necessità a "persone" come me. Queste cose non avevano nulla a che fare con il gusto o la moda, ma servivano per sopravvivere. Allo stesso modo, se non si era interessati ai comfort, ma solo alla mera sopravvivenza, un impianto di riciclaggio poteva diventare la propria casa.

È lì che ho incontrato Chen Yi.

Lui non era come gli altri "fantasmi", aveva un aspetto pulito e ordinato, persino i suoi capelli erano curati e aveva la tinta fatta. Non riuscivo a immaginare come gli effetti visivi dell'acconciatura potessero essere riprodotti su un volto reale, eppure, eccolo là, in tutto il suo splendore, sembrava un'illusione. Aveva mantenuto un contegno altezzoso e modi aggraziati, e quando allungò le mani per ricevere il pacchetto dall'operatore, mi sembrò che stesse accettando il suo 185° Oscar.

"Grazie" disse.

Come ammaliato, mi alzai e andai da lui. Si spostò in modo composto e distaccato dirigendosi da un'altra parte, sembrava che non volesse avere nulla a che fare con me. Ma proprio quando mi ero demoralizzato, mi disse: "Sei nuovo?"

Contrariamente al suo aspetto esteriore, la sua voce era roca e sgradevole, e quando la sentii da una distanza così ravvicinata, avrei voluto solo renderla gradevole... senza dubbio, per il me di adesso, però, non sarebbe stata una cosa possibile... il mio stupore sembrava essere quello che si aspettava: non si mosse di un millimetro per guardarmi.

"Io..." mi sorpresi nell'udire la mia voce.

Era bassa e rauca come il ferro arrugginito.

Sorrise appena: "Direi di sì. Il nostro vero tono di voce non è così piacevole come ci sembra, non credi?"

Era proprio così.

"Bene, non comportarti come un cane randagio. Fidati di me, la tua vita di libertà è appena iniziata" continuò a sorridere e porgendomi la mano aggiunse, "sono Chen Yi."

La sua presa era calda e forte.

"Io sono Lin Mo."

3. Cestino

Avevano appena ucciso un ragazzo davanti ai nostri occhi, con la stessa facilità con cui si trascina nel cestino un documento indesiderato con il mouse.

Gli operatori dell'impianto di riciclaggio, "in quel mondo", sono i più sfortunati. Sono affetti da allergie ai terminali e non possono impiantarli collegandoli direttamente alle loro reti neurali, perciò possono solo utilizzare apparecchi esterni, vecchi e obsoleti, come quelle mascherine per gli occhi e quei tappi per le orecchie da idioti. I loro pensieri e le loro azioni sono spesso disturbati dal mondo reale e non riescono a concentrarsi, né a seguire il ritmo con cui gli altri si scambiano informazioni. Questo li porta a essere doppiamente discriminati sin dalla nascita. Anche in età adulta, dovendo lavorare come operatori degli impianti di riciclaggio o poliziotti "fantasmi", ogni giorno hanno contatti con i "fantasmi" che sono il rango più basso della scala sociale.

Mi ricordo ancora che alle scuole medie, insieme al mio migliore amico, prendevamo in giro il ragazzo allergico, 'cestino' lo chiamavamo così. Formavamo dei gruppi nei nostri sistemi di rete avanzati e aggiornati; e li usavamo per selezionare il nostro obiettivo da attaccare, poi dopo aver concordato un orario, tutti insieme gli inviavamo ogni genere di documento da cestinare.

Cestino, esatto, era proprio un cestino.

Tuttavia, adesso, questi "cestini" sono i padroni del mio destino.

Lo circondarono tutti insieme. Quel ragazzo che stava per essere ucciso era accovacciato al centro, tremava, poi lo colpirono con una scarica elettrica ad alta tensione, il giovane si dimenò e cadde all'indietro.

"Ecco la fine che fate se derubate e aggredite gli altri" disse uno di loro togliendosi la mascherina che indossava. Rabbrividii quando il suo sguardo gelido si posò su di me.

Erano le tre del pomeriggio, Chen Yi mi diede una pacca sulla spalla e si avvicinò come al solito per prendere la sua razione quotidiana e i beni di prima necessità.

"Grazie" disse, come se non avesse visto nulla.

Il mio sguardo invece era inchiodato sul ragazzo morto. Il suo volto era spettrale, bianco e rigido, solo la bocca e il naso erano colorati di un rosso scuro dato dal sangue che colava.

Chen Yi tornò al nostro angolo e mi disse: "Vai a prendere la tua parte, non dividerò la mia con te."

Dopo Chen Yi nessuno si era accostato ai "cestini." Mi avvicinai come se stessi camminando sulle uova e il sangue rosso scuro si appiccicò alla suola delle mie scarpe.

D'improvviso, mi venne in mente che non ricordavo il volto del 'cestino' che deridevo alle medie, ogni volta oscuravamo la sua faccia, la sua testa era sempre ricoperta da una nube nera nel mondo cibernetico. Perciò, poteva benissimo essere uno del gruppo.

Tesi la mano e presi il pacchetto.

Poi mi voltai.

"Lin Mo?" disse una voce.

Mi sentii tremare, ma come se in quel momento fossi stato posseduto da Chen Yi, mi girai, sollevai il mento più in alto che potevo e dissi: "Che è successo?"

Un volto giovane, pallido, lungo e sottile, con profonde occhiaie: "Ti ricordi ancora di 'cestino'?"

Inverno 2106, avevo 13 anni.

Il simbolo del freddo continuava a lampeggiare davanti ai miei occhi.

Era un avvertimento pubblico per gli adolescenti, non potevo spengerlo. Così, anche mentre giocavo a Temple Rush, quello sfarfallio continuava ad apparire sopra la mia testa.

Ero molto irritato, ero sempre stato il detentore del record nella mia cerchia di amici, finché quel maledetto gioco non aveva pubblicato la seconda versione. Con quella nuova versione si doveva ricominciare da capo e nessuno giocava più a quella precedente. Eravamo tornati tutti al punto di partenza e il mio orgoglio era stato spazzato via. Lao Chang disse che aveva stabilito un nuovo record: era riuscito a percorre 60.000 metri. Inviò una foto a ciascuno di noi: quell'immagine con i numeri grandi e luccicanti riempì il nostro campo visivo.

Per festeggiare, non si cambiò i vestiti e quell'immagine dei 60.000 metri divenne il suo abbigliamento, che si alzava e abbassava con la sua pancia. Lao Chang era un povero ragazzo patetico e, se non fosse stato per il fatto che mi ascoltava sempre, non l'avrei mai frequentato. Ora che era riuscito a trovare qualcosa di cui essere orgoglioso, era diventato così arrogante che mi veniva voglia di strangolarlo.

"Mi sa che non basta la tecnica per vincere una partita, ci vogliono tempo e fortuna."

Decisi di trovare altro con cui giocare.

Invitai tutti i giocatori perdenti a unirsi al gruppo di discussione e dissi loro che avremmo dovuto far sapere a 'cestino' che non meritava di stare nella nostra stessa classe. Erano tutti d'accordo, tranne Lao Chang. Cambiammo subito argomento e ci concentrammo su come sistemare 'cestino'. L'immagine del record dei 60.000 metri di Lao Chang scomparve, il numero sulla sua pancia adesso sembrava una battuta fiacca.

Ero soddisfatto: "Dobbiamo giocare a qualcosa di più creativo."

In poco tempo emersero alcune idee, come ad esempio:

- Far credere che 'cestino' avesse malattie infettive
- Dichiararsi a nome di 'cestino' alla ragazza più scontrosa della classe ...e così via.

Ma alla fine scegliemmo la più difficile: rubare il testo dell'esame prima della prova e inserirlo nel sistema di rete di 'cestino' per diffamarlo per aver imbrogliato.

"Questo lo farà espellere da scuola" disse preoccupato Lao Chang.

"Hai intenzione di smettere di essere un ribelle?" gli dissi. "Vorresti denunciarmi alla polizia informatica? Fai pure, se ci riesci."

Lao Chang smise di parlare. Tra le varie persone, io ero il più abile negli attacchi informatici, quindi ero il responsabile del furto del testo d'esame. Dissi che ero disposto a correre il rischio e che, se avessi fallito, non avrei fatto il nome di nessuno e avrei cancellato tutte le registrazioni della chat, ma speravo che potessimo restare uniti.

"Bene" mi dissero.

"...bene" aggiunse Lao Chang.

"Lao Chang ha il compito di avvicinarsi a 'cestino' e dargli i fogli del test."

Tutti fissammo Lao Chang. Sapevo che non avrebbe osato disubbidirmi; quella mattina mi aveva chiesto di aiutarlo affinché quell'incompetente di suo padre non fosse licenziato dall'azienda della mia famiglia.

"Bene", ripeté.

4. Ribelle

Primavera 2113.

A quel tempo ero uno studente universitario, non ancora minimamente consapevole del fatto che sarei stato espulso dalla rete.

La nostra cerchia di amici era rimasta in gran parte invariata e, com'era ovvio, 'cestino' aveva abbandonato gli studi da tempo. Era scomparso nel nulla, cancellato dalla vita: in effetti, sarebbe difficile vedere una persona con un'allergia alla rete all'università, e chi non era in grado di aggiornare i propri sistemi in modo tempestivo non meritava un'istruzione superiore.

Io ero un'eccezione.

Il vantaggio di essere nati in una famiglia benestante è che si può pagare un prezzo elevato per una vita normale. Una pillola antiallergica al giorno può risolvere tutti i problemi.

Mio padre mi diceva sempre: *non sei come gli altri, sei migliore*. Ma avevo ancora gli incubi e temevo di trasformarmi in 'cestino', perciò continuai a odiarlo anche dopo la sua scomparsa.

Per alleviare la noia della mia lunga vita universitaria, mi iscrissi a un club di ciclismo all'aperto. Naturalmente, al secondo anno, ne divenni il presidente. Ero sempre al centro dell'attenzione e mi piaceva la sensazione di sfrecciare in testa alla fila. Ero il migliore tra i migliori.

L'unico aspetto negativo del ciclismo era che, su alcuni percorsi non proprio perfetti, i rifornimenti e la manutenzione delle biciclette potevano diventare un problema.

Volevo che il governo prestasse attenzione alle nostre esigenze. Fornivano aree di sosta ideali solo per gli automobilisti, ma non pensavano mai al fatto che anche i ciclisti potessero percorrere cento chilometri in un pomeriggio. Pensai di lottare per i miei diritti.

Iniziai a costruire un sito web, a radunare alcuni amici e a cercare di attirare l'attenzione. Ma il povero Lao Chang era molto preoccupato: "Non starai forse esagerando?"

Era sempre stato un codardo.

"È solo l'inizio, non avrai mica paura?" gli chiesi. "Attaccherò anche il sito web del governo e metterò le nostre idee in prima pagina," continuai. "Puoi starne fuori o denunciarmi, non mi tirerò indietro. Ma non dimenticare che ci siamo dentro insieme."

Lao Chang non rispose.

Un mese dopo, ricevetti un avviso dall'amministratore di rete.

La mia rete ricevette grandi limitazioni: il mio mondo si era ridotto a una dimensione incredibilmente piccola. Non potevo vedere né sentire nulla. Questo non fece che aumentare la mia rabbia. Provai a combattere quell'oppressione con tutta la forza che riuscii a raccogliere. Poco dopo, il giudice emise il suo verdetto.

Un mese dopo il verdetto.
Mi trovai davanti a un gruppo di "cestini", con il ragazzo morto ai miei piedi... Il suo sangue mi annerì le scarpe.

"Ti ricordi ancora di 'cestino'?" mi chiese Lao Chang.

Per colpa mia, Lao Chang era stato cacciato da scuola e lavorava agli impianti di riciclaggio.

Quando lo incontravo non potevo fare altro che sorridere come faceva Chen Yi. Era un nuovo gioco e il mio orgoglio era stato spazzato via.

Quando gli operatori facevano domande, dovevo rispondere.

"Mi ricordo" gli dissi.

"Di rado mi rispondi con una sola frase," replicò.

"'Cestino' è il mio fratellino," continuò.

"A causa tua, ha abbandonato gli studi e la nostra famiglia non poteva permettersi i suoi farmaci antistaminici, ma le allergie ai terminali non erano colpa sua."

La sua voce aveva un suono diverso da quello del mondo online. I suoi occhi mi fissavano senza veli e non riuscivo più a reggere quello sguardo.

"Mi dispiace," gli dissi.

"Non ti sento, fantasma."

"Mi dispiace, mi dispiace, mi dispiace!" Chinai la testa e strinsi i pugni.

Ero il migliore.

Lui rise: "Lin Mo," si girò e disse con voce fiacca: "ti denuncerò... cosa pensi di fare al riguardo?"

Presi il mio pacco e tornai sul tappeto erboso che apparteneva a me e a Chen Yi.

"Fintanto che non farai nulla di male, non potrà punirti." Mi disse Chen Yi.

"Lo so" risposi.

"Non devi comportarti così con lui," mi disse. "Siamo tutti umani, siamo tutti uguali."

Mi sentivo come se avessi qualcosa bloccato in gola, mi veniva da vomitare.

"Anche se ci troviamo qua, possiamo avere la nostra vita," aggiunse. "Seguimi."

5. Club dei Fantasmi

Il Club dei Fantasmi.

Il tempo si era rinfrescato, indossavo un cappotto di cotone grezzo. Dopo soli cinque anni, avevo quasi dimenticato i miei valori originari.

Ero un barista del Club dei Fantasmi e stavo progettando una grande rivolta.

Ero il migliore.

Accanto a me c'era Chen Yi: era il capo del club. Diceva di essere un "vecchio fantasma" e che andava ogni tanto agli impianti di riciclaggio per ricordarsi di essere un "fantasma."

Non gli credetti. "Sembri un mio coetaneo," gli chiesi, "Come puoi essere vecchio?"

"Ho lasciato quel mondo molto tempo fa", disse con calma, "Là per me non c'è nulla che abbia valore."

"Sono d'accordo, fratello" gli risposi sollevando il bicchiere.

Sorrise e fece tintinnare i nostri calici: "Sono contento di vedere che ti sei ripreso, sai, ci saranno sempre quelli che vogliono tornare nel mondo online. Sì, quegli stupidi che riesumano pezzi d'antiquariato vecchi di decenni e cercano di collegarsi a Internet; e, dopo aver fallito, realizzano una LAN ridicola dove si salutano come idioti."

Ciao.

Ciao.

"Adesso, ai miei occhi, questo è come un nuovo gioco, e a me piacciono i giochi" gli risposi.

"So cosa stai facendo. Ma sai già come la penso: non ti appoggio ma nemmeno ti fermo. Tuttavia, lasciami dire una cosa: hai pensato alle conseguenze? Cosa succede se fallisci?"

Ci pensai un attimo: "Sai, per vincere un gioco non serve solo abilità, ma anche tempo e fortuna. Ora ho sia le abilità che il tempo, e spero anche un po' di fortuna."

Lui scosse la testa e vuotò il bicchiere: "Beh, allora in bocca al lupo, fratello."

Estate 2113, notte. La prima volta che Chen Yi mi ha portato al Club dei Fantasmi.

Questo posto *fichissimo*, di cui avevo sentito parlare a scuola, non si poteva trovare in nessun navigatore, il che significava che non era visibile nel mondo cibernetico, nemmeno se vi ci si trovava di fronte. Di conseguenza, il mio interesse per la leggenda svanì rapidamente.

Un giorno Lao Chang mi disse che nel Club dei Fantasmi c'erano delle ragazze molto carine.

"Belle... per davvero" mise l'accento sulla parola "davvero" e aggiunse, "non si tratta di un effetto visivo aggiunto."

Mi misi a ridere di gusto: "Come hai fatto a vederle? Hai toccato i loro volti?", continuai a ridere a lungo, "Hai fretta di trovarti una ragazza è così?! Almeno potresti vantartene con me."

"Non mi interessa se è vero o no, è vero solo se c'è una ragazza accanto a te" aggiunsi.

Lao Chang smise di parlare.

Chen Yi mi portò in un angolo e si sedette. Di fronte a me c'era una ragazza che mi guardava. Aveva i capelli tinti come Chen Yi e i suoi occhi erano grandi e scintillanti.

Non era bella come le ragazze del mondo cibernetico con le loro aure luminose intorno, ma mi attraeva più di loro.

Molto di più.

Chen Yi mi diede una pacca sulla spalla e si allontanò, mentre la ragazza dagli occhi grandi si sedeva.

"Tu sei Lin Mo?" mi chiese.

Ero un po' imbarazzato dal suo sguardo dritto verso di me: "Hmm."

"Chen Yi ha detto che sei un uomo che può fare grandi cose," tese la mano e stringendo la mia aggiunse, "Io sono Linda."

"Ciao," risposi.

Idiota, mi dissi.

"Sei interessato a unirti alla Resistenza?" mi chiese con gli occhi scintillanti, "Pensiamo che ci sia qualcosa di sbagliato nel mondo e vogliamo svegliare coloro che sono intossicati dal mondo cibernetico."

Mi ricordai di aver chiamato a gran voce mio padre, ma lui non mi avevo sentito.

"È come una sveglia," le dissi. "Ci permetterà di risvegliarli."

"Esatto!" la voce di Linda era nitida e chiara: "Dobbiamo dimostrare loro che siamo uguali."

"Ma questi discorsi così a vuoto non hanno alcun senso", dissi, "Voglio sentire dei progetti concreti."

Lei sorrise e scosse la testa: "È proprio questo il problema, siamo troppo pochi e, forse, per la situazione attuale, temo che solo lo spargimento di sangue li allerterà... gli faremo notare che ci siamo."

"Se la situazione è questa, temo che dovremmo fare molti sacrifici. No... non è una cosa intelligente."

Mi guardò: "La pensi proprio come Chen Yi! Forse abbiamo bisogno dell'aiuto di persone intelligenti."

Mi piaceva la sensazione di essere osservato con ammirazione.

"Linda, sono onorato di essere uno di voi."

6. Sovrascrivere il file originale

Proprio come nel club ciclistico, sono sempre riuscito a diventare un membro indispensabile di una squadra in pochissimo tempo. Nel mio secondo anno mi sono dilettato con Linda in alcune piccole operazioni per preparare il terreno per il grande "Progetto Sveglia." Avevo bisogno di una talpa e di far entrare e uscire liberamente i nostri uomini nel mondo cibernetico, di ottenere informazioni e di disturbare l'altra parte in modo da poter distruggere i server in un colpo solo.

Pertanto, ci servivano dei dati per effettuare il login e dei terminali di rete che ci permettessero di "risorgere" nel mondo cibernetico.

"Da un punto di vista tecnico, non è così difficile," le dissi durante una riunione top secret, "Soprattutto per coloro che usano terminali esterni: è possibile imbrogliare l'autenticazione di login della rete copiando le informazioni della retina e dell'impronta digitale. Vedete, questa è la stupidità della rete: finché riuscite ad accedere con il terminale di qualcuno, riconosce che 'voi' siete 'quella persona' e 'voi' avete accesso a tutto ciò di cui 'quella persona' gode. In questo modo, potremmo entrare di nuovo nella rete e ottenere le informazioni di cui abbiamo bisogno. E se qualcosa dovesse andare storto, si potrebbe lasciare che 'quella persona' si prenda la colpa."

Linda mi guardò con occhi spalancati: "È come 'incollare' la nostra mente nel mondo cibernetico!"

"Sì, 'incollare' noi stessi nel sistema cibernetico – 'sovrascrivere il file originale', per essere precisi – sostituendo l'individuo originale."

"È fantastico!" esclamò Linda. "Come ti è venuto in mente?!"

Molti anni fa, facevo in modo che Lao Chang ingannasse i dati del login utilizzando le informazioni sulla retina e i terminali di rete di 'cestino' per poi entrare nel sistema scolastico e rubare i compiti d'esame: cosicché potesse sembrare che li avesse rubati lui stesso.

Naturalmente non glielo avrei detto. Allargai le mani e sorrisi: "È facile, tesoro."

Chen Yi rise in disparte: "Ve l'ho già detto, Lin Mo è un uomo che può fare grandi cose."

Aggiunsi con voce gentile: "Quindi, il nostro compito ora è trovare alcuni obiettivi, copiare le loro retine e le loro impronte digitali e prendere i loro terminali."

Uno dei bersagli che scegliemmo fu Lao Chang.

Non avrei mai dimenticato che mi aveva tradito e non potevo tollerare che mi camminasse davanti tutto il giorno con quell'aria arrogante. Mi assunsi il compito di fare da esca, dicendo che avrei trovato un posto tranquillo per confessare in modo sincero quello che avevo fatto. Era una messa in scena sempliciotta, ma lo stupido Lao Chang ci cascò facilmente. Lo portai al Club dei Fantasmi, questo posto che in passato riteneva *figo*, un posto che non esisteva in nessun navigatore, e poi usai un dispositivo di disturbo fatto in casa per disabilitare temporaneamente il suo terminale. Divenne come un agnellino alla mia mercé: immobile come un idiota, con il panico che gli si leggeva negli occhi.

"È passato molto tempo, Lao Chang" gli dissi. "Ti sembra familiare questo modo di dialogare? Hai qualcosa da confessare, ribelle?"

Guardò un'ombra nell'angolo e tacque.

Gli diedi un pugno sul naso, non centrandolo del tutto, e il sangue nero, denso e appiccicoso, gli colò dalle narici... sporco.

Tirai fuori il coltello dalla tasca, dovevo finirlo, lo odiavo. O meglio, *dovevamo* finirlo, lui era il file originale che avremmo sovrascritto e che stava per essere cancellato.

Chen Yi uscì dall'angolo e mi prese la mano: "Lin Mo, dammelo."

Scossi la testa: "Non c'è bisogno."

Disse: "Questo è il mio club, non voglio che in questo locale venga ucciso nessuno. Lin Mo, fidati di me, dammelo e mi occuperò io di lui."

Lo guardai negli occhi e non vidi un briciolo di ipocrisia. Era determinato come un combattente.

"Bene" gli risposi.

È così che sono diventato Lao Chang e ho fatto ritorno nel mondo cibernetico, è stato fin troppo facile. Ma avevo già perso ogni attaccamento, anzi ero pieno di rabbia, tutto quello che veniva detto lì era menzogna, tutti i suoi ornamenti erano una farsa. Avevo intenzione di creare una *sveglia* molto grande per risvegliare quel mondo... o meglio, distruggerlo. Volevo distruggere i server di rete, volevo distruggere l'intero mondo online.

Quando la *sveglia* sarebbe suonata, le persone del mondo cibernetico si sarebbero fermate di colpo, guardandosi attorno sconcertate, sentendosi smarrite e avrebbero iniziato a piangere.

Il pensiero di questa scena mi fece ribollire il sangue.

7. Il Progetto Sveglia
Club dei Fantasmi, 2118, avevo 25 anni.
Dopo il boato iniziale, il mondo si era oscurato.

Il Progetto Sveglia era iniziato e la lancetta dei secondi ticchettava in avanti.

L'esplosione e i rintocchi delle campane dell'anno nuovo suonarono nello stesso momento. All'inizio le persone pensavano che fosse il riverbero di onde sonore prodotte da apparecchi elettronici, ma subito dopo un grido di guerra proveniente dal sottosuolo le risvegliò dal loro mondo cibernetico. Quando quei boati avvolsero tutti come una fitta nebbia, guardarono con stupore le loro mani tremanti e aprirono di scatto gli occhi riuscendo finalmente a vedere un mondo del tutto sconosciuto. E le uniche persone che erano "veramente sveglie" per percepire questo grande momento erano i fantasmi, solo noi.

Le osservammo. Queste persone che si erano risvegliate dal sonno profondo.

Eravamo grandi guerrieri e stavamo distruggendo il mondo antico.

Registrai un video cinque minuti dopo l'esplosione, e forse è l'unica registrazione che mi è rimasta di me stesso nella mia vera essenza, una registrazione in cui non sono più un fantasma, ma un essere umano.

"Buon anno," dissi.

I passanti dietro di me si fermarono e mi guardarono con aria perplessa e timorosa.

Guardando la telecamera, aggiunsi: "Quando vedrete questo video, potreste esservi appena svegliati dal mondo cibernetico, potreste non sapere cosa fare. Per favore, non allarmatevi, non voglio farvi del male, voglio solo che possiate distinguere anche voi alcune realtà. Vedete, il mondo online sembra soddisfare ogni vostro desiderio, è pieno di notizie che catturano l'attenzione, di celebrità da guardare e di sciocchi da intrattenere, ma, alla fine, non sapete di cosa avete bisogno. Siete stati ingannati, amici miei... allo scoccare della mezzanotte inizia sempre un nuovo giorno che è esattamente uguale a quello precedente. Nuovi colori alla moda, nuove star, nuove creazioni, nuove fidanzate. Tutto è nuovo, ma tutto è uguale, esattamente come prima.

Io vi dico: svegliatevi, amici miei, nel mondo cibernetico non sentiremo mai lo sforzo di un respiro e il dolore reale. Tutto ciò che avete è la disperazione, una disperazione senza limiti. Smettetela di farvi ingannare, svegliatevi e unitevi a noi."

Mentre il suono delle mie parole si affievoliva, iniziò a risuonare una musica. Proveniva da uno stereo che avevamo trovato tra i rifiuti e che riproduceva la *Patetica* di Beethoven[2], le prime note del pianoforte si infransero nel mio cuore, non mi ero mai sentito così bene come in quel momento.

Erano passati dieci minuti dall'esplosione.

Chen Yi spense la telecamera e trasmise il video al terminale di Lao Chang, da lì fu collegato alla rete e, poi, nell'istante in cui il server di backup fu attivato, venne trasmesso nel campo visivo di tutti. Dopo aver fatto ciò, Chen Yi e io tornammo al Club dei Fantasmi, dove la gente stava festeggiando la nostra vittoria. Mi porse un bicchiere di vino rosso.

"Ai fantasmi," sussurrò.

La musica all'esterno non era ancora finita, le note scorrevano sempre più veloci, ticchettando.

"Per il nostro futuro" dissi.

Chen Yi sorrise, e il modo in cui inclinava la testa all'indietro e beveva lo faceva somigliare a un vampiro che sorseggia sangue umano; elegante e malvagio.

Il vino caldo sembrava sangue che scivolava nella mia gola. Sapevo cosa mi aspettava, e, anche se avevamo in programma un passo successivo, alla fine era impossibile sfuggire. Avrei finito per essere uguale al ragazzo che aveva rubato. Stavamo per affrontare non più la polizia dell'impianto di riciclaggio, ma il vero esercito.

Decisi quindi di ricordare tutta la mia vita in quei pochi minuti, ma non mi venne in mente nulla, la mia memoria era pulita come se il cestino fosse stato svuotato. Poco dopo, mi venne in mente 'cestino' e la sua faccia che si era annerita giorno dopo giorno. Sì, 'cestino' l'uomo in principio innocente che, nonostante ciò, odiavo così tanto. Non avevo idea di cosa avesse visto in quel momento, quando

---

2 La *Sonata n.8 in Do Minore per pianoforte* (nota anche come *Patetica*) scritta da Ludwig van Beethoven negli anni 1798 e 1799. Il Do minore è una tonalità perfetta per comunicare sentimenti tragici e forti emozioni.

si era tolto la mascherina dagli occhi. Forse aveva visto il mondo come queste persone che si erano appena svegliate? Il mondo reale?

E se l'avesse visto davvero, come aveva potuto tollerarlo? Come aveva potuto tollerare di tornare ogni giorno nel mondo cibernetico e di essere maltrattato da noi?

Erano passati venti minuti dall'esplosione. Non ero scappato, non volevo.

"Hai paura?" mi chiese Chen Yi.

Un cestino si spaventa mentre aspetta che buttiamo la nostra spazzatura?

"No", risposi, "la mia vita non è mai stata così perfetta come adesso."

8. Cancellato

Estate 2113. La mia rete era stata sequestrata dal tribunale.

"Ammette di aver commesso un reato?"

"No."

"Ammette che le seguenti dichiarazioni sono state fatte da lei?"

Fissai il dialogo sullo schermo, sapendo che qualcuno aveva violato la mia privacy.

"La prego di rispondere alla mia domanda, signor Lin."

"Sì, ma..."

"È consapevole che le sue azioni hanno messo a rischio la sicurezza pubblica?"

"No, non ho fatto nulla."

"Non ha *ancora* fatto nulla."

Per una volta, finalmente avevo fatto qualcosa.

Primo giorno del 2118. Il suono delle campane di Capodanno si era affievolito nella luce del sole.

Mi trovavo in una scatola quadrata.

Se avessi potuto saltare fuori dal mio corpo, nel modo in cui ero scappato dal mondo cibernetico, avrei potuto levitare a mezz'aria e vedere il mio aspetto: labbra serrate e denti stretti per nascondere l'agitazione.

Questo ero io.

Chen Yi si sedette accanto a me, con la stessa calma con cui prendeva il tè pomeridiano in caffetteria, e disse: "Quindi... hai paura."

"Perché non sono andati alla trappola che abbiamo preparato?" gli chiesi, "Perché sono andati direttamente al Club dei Fantasmi?"

Sì, il piano originale prevedeva un secondo attacco. Avevo pensato a questo epilogo, ma non mi aspettavo che fosse così rapido.

Chen Yi mi guardò e alzò il bicchiere che teneva in mano: "Vuoi dell'acqua?"

"Chen Yi!" urlai, "Non capisci?! Se non vengono risvegliati da noi, la nostra morte non avrà alcun senso!"

"Per lo meno, hai fatto rinsavire le persone per un momento."

"Ma non è stato sufficiente!"

Scosse la testa: "È sufficiente."

Cercai di argomentare ulteriormente, ma lui non mi rispose e rimase seduto in silenzio, come se stesse aspettando qualcosa.

Erano le tre del pomeriggio, l'ora del verdetto. Sentii una voce fluttuare nell'aria: "Lin Mo, è stata provata la tua innocenza, puoi andartene."

I miei occhi si spalancarono increduli, non osavo credere alle mie orecchie e mi bloccai sul posto. Chen Yi si alzò e uscì dalla stanza.

Quella voce non aveva detto *Chen Yi*.

Saltai in piedi e per poco non colpii la parete laterale della scatola fatta di cellule speciali che cambiavano leggermente con la corrente elettrica, permettendo agli esseri umani con geni specifici di attraversarla. In poche parole, era una porta con funzione di riconoscimento.

Ci sbattei contro e caddi a terra. Chen Yi rimase fuori dalla scatola e mi guardava.

"Cosa sta succedendo qui?" gridai sorpreso, "Io sono Lin Mo, lui è Chen Yi, io sono Lin Mo!"

Nessuno rispose.

La porta non riconosceva la mia presenza!

Fissai Chen Yi: "Che diavolo sta succedendo?"

Si sedette e mi guardò: elegante e nobile.

Poi, mi disse: "Quando ero piccolo, ho sempre voluto essere Lin Mo. Lin Mo era il centro di tutto, Lin Mo aveva il potere di raddrizzare le cose sbagliate, Lin Mo era un leader impeccabile. Così ho sempre desiderato diventare Lin Mo, anche se Lin Mo non sapeva cosa pensassi. Dopo essere stato ripudiato dal mondo cibernetico, potevo finalmente realizzare il mio desiderio in questo mondo, anche se non era ancora completo, era abbastanza similare. Poi, ho scoperto che anche tu ti trovavi qui, che bella sorpresa."

Poi, aggiunse: "Così ho pensato che forse poteva esserci un modo per realizzare il mio desiderio. Che avrei persino potuto rendere Lin Mo più perfetto di quanto non fosse in origine. Per questo ti ho chiesto di unirti al Progetto Sveglia e di guidare il gruppo, perché ammiro la tua intelligenza e sapevo che non avremmo potuto avere del tutto successo in questa fase. Quindi ho raccontato alla polizia parte della verità: all'inizio non mi hanno creduto, ma la notte dell'esplosione ho mandato Lao Chang a negoziare con loro... sì, è vivo, non stupirti. La polizia mi ha promesso che se avessi collaborato con loro mi avrebbero fatto rientrare nel mondo cibernetico con tutto ciò che avevi, i tuoi farmaci antiallergici, i tuoi conti bancari, le tue informazioni, l'assicurazione medica e persino il *registro di esistenza*. Quando sarò nel mondo cibernetico, gli altri vedranno e sentiranno parlare Lin Mo. Io sono Lin Mo e guiderò coloro che hai risvegliato a completare il tuo lavoro incompiuto, inaugurando una nuova era. Lin Mo, il tuo nome sarà scritto nelle pagine di storia."

Concluse: "Solo che tu stesso stai per essere cancellato , come un file da cestinare."

Era un'idea eccellente e l'avevo concepita proprio io. Volevo solo ridere.

"Perché?" gli chiesi.

Si portò il bicchiere alle labbra e un leggero sorriso gli sbocciò agli angoli della bocca, come se fosse il sorriso del Buddha[3].

"Non guardarmi così," mi disse, "Sono 'cestino.'"

---

3 *Il Buddha sorride tra sé, è la soddisfazione dell'arrivo. Ogni momento è quell'arrivo per il quale si è lottato e raggiunto.* Glenn Mullin

Chimera: Termine comunemente usato in biologia, tradotto in genere come "chimera", che si riferisce a molecole biologiche, cellule o tessuti provenienti da individui diversi che sono stati combinati per formare un unico organismo.

Enciclopedia Baidu

1. Chimera

Aveva il busto di leone, la coda di serpente e, in mezzo, una testa di capra, ed era figlia di Tifone e di Echidna, il demone serpente.

Pseudo-Apollodoro, *Biblioteca*[4], libro secondo, 3

La guardavo mentre entrava.

Per sei anni mi ero chiesto quale macchina fredda e precisa si celasse sotto la pelle morbida e lucente di questa demonessa.

Anche lei mi vide, e un sorriso gentile emerse nei suoi occhi senza un accenno di imbarazzo o di colpa.

"Evan," accelerò il passo e si avvicinò a me: "È passato molto tempo, tesoro."

Quando mi si accostò, un profumo caldo e delicato si sprigionò dai suoi abiti, esattamente lo stesso di allora. All'improvviso mi ricordai di una cosa che mi aveva detto poco dopo il matrimonio, aprendomi il suo cuore: "Di recente ho pensato che se potessi filmare ogni mia espressione, potrei scrivere una tesi di dottorato *Gestione delle emozioni e delle reazioni sociali*, che ne pensi di questo titolo?

---

4 Un antico manuale di mitografia, suddiviso in tre libri, che contiene un'ampia raccolta di leggende tradizionali appartenenti alla mitologia greca e all'epica eroica (N.d.T.).

Prendendo in considerazione solo i sorrisi, ne ho migliaia in mente, ognuno dei quali comporta la mobilitazione di un gruppo muscolare diverso, ognuno dei quali può rispondere a una vasta gamma di circostanze e le cui combinazioni sono ancora più varie! L'unica difficoltà è gestire con precisione le espressioni, il che richiede un'enorme quantità di calcoli che sono semplicemente inimmaginabili – Evan, non guardarmi così – basta. Vedi, voi musicisti fraintendete sempre quelli di noi che amano la scienza, non sono una macchina, non c'è modo che una macchina di Turing possa calcolare in così poco tempo quale sorriso debba essere usato in quale situazione... sono un essere umano, un essere umano notevole, e questo è un argomento degno di nota per la biologia."

Si indicò la testa in modo solenne, poi sbuffò una risata, dolce, innocente, come se non potesse farne a meno: "Ma guardati, tesoro... sto solo scherzando!"

In quel momento era davanti a me, vestita con un cappotto di finissimo cachemire e un morbido foulard in seta avvolti intorno al suo corpo snello, che esercitava regolarmente. Ha studiato tutto quello che c'è al mondo ed è brava in tutto: tematiche sociali, moda, fitness, sesso. Studiava me, le mie preferenze, le mie espressioni e i miei movimenti, come se fossi la persona più straordinaria che avesse mai incontrato, mentre in realtà non ero diverso dai topi del suo laboratorio. Soddisfava ogni mio desiderio per poi privarmene.

Mi guardava, la gioia che traspariva dagli angoli curvi della sua bocca era impeccabile. Ma non potevo affrontare la mia ex moglie ed essere ancora pieno di gioia come lo ero quando eravamo innamorati.

Ero esausto: "Volevo solo parlarti di Tony."

Nessun giornalista di cronaca scandalistica crederebbe

alla vera storia di una madre che abbandona il neonato in fasce e il marito innocente il giorno del parto e sparisce dall'altra parte del mondo per sei anni.

"Lo so." Finalmente lessi un istante di debolezza nei suoi occhi, ma la sua voce rimase ferma: "È proprio di questo che sono venuta a parlarti."

Tony ha sei anni.

Se non fosse stato per l'incidente di tre mesi fa, non avrei mai più contattato la madre di Tony. Quel giorno lo stavo portando al parco quando un'auto rossa è passata sul marciapiede senza preavviso e ha travolto Tony trascinandolo sotto le ruote. Dopo cinque giorni in rianimazione Tony ha aperto gli occhi, ma ha subito danni irreversibili e gravi ai reni. È stato stabilito che non era fisicamente idoneo a ricevere un trapianto di rene, quindi ho realizzato che mio figlio sarebbe stato in dialisi tre volte alla settimana per il resto della sua vita. In preda alla disperazione, ho cercato tutte le informazioni pertinenti, ma per caso mi sono imbattuto nella proposta di *Medicina rigenerativa*. "L'obiettivo della medicina rigenerativa è quello di generare organi a partire dalle cellule staminali del paziente stesso e di trapiantarli nel paziente." Tra gli scienziati all'avanguardia in questo campo c'è la mia ex moglie, che ora dirige un laboratorio specializzato in *chimerismo* e che è riuscita a creare una chimera mai esistita in natura facendo crescere il pancreas di un ratto in un topo. Nelle riviste, si sosteneva che il successo di questo esperimento segnasse una nuova tappa nella medicina rigenerativa, poiché sulla sua base era teoricamente possibile la sopravvivenza di una "chimera uomo-maiale." E adesso, speravo che fosse in grado di far crescere il rene di Tony nel corpo di un maiale, in modo che, una volta raggiunta l'età di compatibilità, potesse essere trapiantato nello stesso Tony.

Mentre mescolava lentamente il suo tè nero darjeeling con un cucchiaino mi sussurrò: "Certo che gli voglio bene, non sai quanto mi ha rattristato la notizia. È solo che non posso davvero fare quello che hai menzionato nella tua e-mail."

"Ho letto il tuo articolo e le considerazioni sulla rivista *Cellule*, e tu e il tuo laboratorio siete gli unici al mondo in grado di replicare accuratamente uno dei reni di Tony." Guardai la sua espressione incredula e non potei fare a meno di aggiungere: "Per favore, non pensare che non sia in grado di avere accesso alle informazioni e che non sia capace di leggere documenti scientifici."

"Oh lo so caro, sei così intelligente, certo che potresti farlo se lo volessi," ritirò rapidamente la sua sorpresa e sospirò dolcemente, "è solo che se avessi già letto il mio articolo sapresti che tutta questa faccenda è solo una teoria, le chimere ratto-topo e le chimere uomo-maiale sono ovviamente due cose diverse, è come..." guardò verso l'alto, fece l'occhiolino e mi osservò di nuovo, impotente, "come se tu potessi cantare e saper suonare la chitarra ma questo non implica che tu sappia suonare l'organo."

"Dammi un po' di tempo e sarò in grado di farlo," le dissi, "in linea di principio le due cose sono collegate."

Lei allungò la mano e se la appoggiò sulla fronte: "Dio, è un'analogia terribile. Come faccio a spiegarti... Credo che tu sappia già come è nata quella chimera che ho creato."

Aprii l'iPad e in quel documento c'erano già molti paragrafi che avevo già evidenziato, così trovai subito quello che mi serviva: "*Abbiamo iniettato cellule staminali pluripotenti indotte di ratti in blastocisti di topi privi del gene Pdx1, e tali topi privi di Pdx1 non erano in grado di sviluppare un pancreas normale e le cellule iPS derivate dai ratti hanno completamente salvato le blastocisti di topi riceventi geneticamente carenti. Queste chimere topo-ratto sono state in grado di svilupparsi e crescere fino all'età adulta con un pancreas funzionante.*"[5]

Le sue dita sottili si allungarono: "Oh sì, è questo, sono sicura che saprai che topi e ratti sono due organismi completamente diversi, giusto? Nella classificazione biologica il primo appartiene al genere dei topi domestici, mentre il secondo appartiene a quelli selvatici..."

La interruppi: "Certo!"

"Scusa." Lei fece spallucce e indicò di nuovo lo schermo: "Guarda qui, tesoro, se vogliamo fare una chimera uomo-maiale usando un approccio sperimentale simile, allora prima dobbiamo trovare una blastocisti di maiale a cui manchi il gene del rene, ma dove la troviamo questa blastocisti? E come possiamo localizzare il gene che permette al rene di svilupparsi? Sono tutte cose che devono essere fatte da zero a questo punto, e nessuno sa se funzionerà."[6]

"Ti sto implorando di fare un tentativo...", tutto ciò che riuscivo a vedere erano le sue labbra che si aprivano e chiudevano, ma non riuscivo a capire le sue parole, "so che non puoi garantirmi un successo."

---

5 Nel 2010, Kobayashi e altri hanno pubblicato su *Cellule* (la rivista più prestigiosa e influente nel campo della biologia) uno studio che ha ottenuto chimere vitali di topo e ratto. Nello stesso numero, *Cellule* ha pubblicato un commentario dal titolo: *Chimere vitali ratto-topo: dove andremo a finire?* Questo titolo parafrasava il commentario. Vale la pena notare che lo stesso gruppo di ricerca ha pubblicato un altro studio nel 2012 su PNAS (anch'essa una prestigiosa rivista), in cui aveva già fatto lo stesso esperimento con un maiale. Tuttavia, per ragioni etiche era stato impedito loro di realizzare chimere uomo-maiale.

6 La tecnologia CRISPR/Cas9, annoverata una delle dieci più grandi scoperte scientifiche dell'anno nel 2013, è, in breve, l'idea che consente di creare organismi aventi geni eliminati. In altre parole, se si conoscono i geni che controllano lo sviluppo di tali organi, questi geni possono essere resi inoperanti. Se una blastociti di maiale con queste caratteristiche fosse combinata con cellule staminali umane, si potrebbe far crescere un maiale con organi umani.

"Per favore, non usare la parola 'implorare', è anche mio figlio e farei qualsiasi cosa per lui." Mi guardò supplichevole, con le sopracciglia aggrottate per l'impotenza e la tristezza: 'Provare', ecco il secondo problema: anche se riuscissimo a trovare e a eliminare esattamente tutti i geni di questa blastocisti di maiale che causano lo sviluppo dei reni, cosa succederebbe? Riuscirei a iniettarvi le cellule di Tony? No. La sperimentazione con cellule staminali embrionali umane è illegale e contraria all'etica scientifica."

"A te interesserebbe?" la guardai sorpreso, "ti interesserebbe l'etica scientifica?"

Lei si mise un dito contro le labbra: "Stai esagerando, tesoro."

La conoscevo troppo bene, se non avesse voluto rispondere alla mia richiesta non sarebbe venuta a trovarmi. Mi fece un occhiolino come se ci fosse un piccolo segreto indicibile tra noi.

"Dimmi cosa ti serve per provarci" non sopportavo più le sue buffonate.

Alla fine, evitò il mio sguardo e girò la testa per guardare fuori dalla finestra. Ci fu un lungo silenzio. Guardai il profilo del suo viso, quel viso ben curato e bello come allora. Era radiante, come se risplendesse al sole del pomeriggio, come una statua della Vergine Maria in una chiesa, una statua fredda che respira. Alla fine, sorrise, girò la testa e mi disse: "La storia di una madre che infrange i tabù della scienza per salvare suo figlio è già di per sé sufficiente a farmi fare qualsiasi cosa, figuriamoci se io dovessi avere l'onore di essere quella grande madre."

Sì, è proprio lei. Le sue azioni sono sempre dotate di filosofia e poesia, ma le compie sulla base della consapevolezza che l'evento le porterà altrettanta filosofia e poesia. Era tagliata fuori anche dal suo mondo, come una divinità che domina la terra. Non farebbe mai questa cosa solo perché Tony è suo figlio, ma perché la renderebbe una meravigliosa leggenda.

Che mostro egoista e ripugnante.

Continuò: "Devo dirti che non ho alcuna certezza di successo. Non c'è materiale di base a cui fare riferimento per gli esperimenti umani, e potrei persino creare un vero mostro – ma è questo che è così eccitante, non è vero? Mi metterò all'opera, ma ti suggerisco comunque di informarti sul trapianto di reni di routine all'ospedale..."

"Finora tutti i suoi cross-match sono risultati positivi."

Mi guardò con aria assente: "Quindi?"

"Trapiantando il rene di un'altra persona è probabile che si verifichi una reazione di rigetto molto acuta," le dissi, "per lui è possibile avere solo un autotrapianto."

"Oh mio Dio," si accigliò.

"Per ora siamo costretti a fare la dialisi per tenerlo in vita, e non puoi immaginare quanto sia doloroso." Ricordai le grida di Tony e non potei fare a meno di rabbrividire cupamente.

Il bagliore dei suoi occhi si fece fermo e risoluto: "Lo so, tesoro, farò tutto il possibile."

"Grazie."

"C'è solo un'altra cosa che devo ricordarti." Si alzò e si avvicinò alla mia sedia, poi si sedette semplicemente sul bracciolo e prese l'iPad indicandomi un altro paragrafo: "Guarda qui."

I suoi capelli mi ricadevano sul viso e io mi misi a fissare i termini complicati, che però erano al di là delle mie conoscenze. Scossi la testa: "Non capisco."

"Qui c'è un altro commentario che sottolinea che mentre questa chimera è fattibile in termini di risultati, i principi del perché funziona sono sconosciuti, quindi nel mezzo di questo esperimento il grado di *chimerismo* è incontrollabile. Mentre l'obiettivo è solo quello di far crescere un pancreas, ci saranno cellule originate dai topi anche altrove."

"Quindi?"

"Questo è uno dei motivi per cui abbiamo paura di precipitarci nella ricerca con cellule umane," e aggiunse: "se facciamo un esperimento di chimera uomo-maiale, non posso controllare quante cellule umane ci saranno in quel maiale."

"Non ho ancora capito cosa stai cercando di dire."

"Pensaci, Evan," mi premette una mano sulla spalla e abbassò la testa per guardarmi, "questo maiale potrebbe diventare un secondo Tony con nostro figlio nascosto al suo interno. Una volta cresciuto, prenderemo i suoi reni e poi lo uccideremo."

A. Adamo

Lin Ke giaceva fuori dalla sala operatoria dell'ospedale.

Era già un'ora di ritardo e l'anestesista non era ancora arrivato. Il fatto che solo un sottile telo bianco separasse il suo corpo nudo dagli uomini e dalle donne che percorrevano il corridoio la faceva sentire molto a disagio.

"Perché l'operazione non è ancora iniziata?" chiese all'infermiera.

Il tono dell'infermiera era un po' impaurito: "Abbiamo appena ricevuto la notizia che il suo ordine di coltivazione degli organi è stato annullato a causa di un fattore imprevisto, e ci dispiace molto."

Non aveva alcun senso! Lei era la passeggera più rigorosa della nave, da oltre cento anni pagava sempre in tempo l'assicurazione per la coltivazione degli organi, assicurandosi così che ogni organo del suo corpo fosse mantenuto in uno stato giovane e sano. La rabbia le faceva battere il cuore, una delle parti che voleva sostituire in quell'intervento.

Si vestì il più velocemente possibile, chiamò la polizia per sporgere denuncia alla prima occasione e poi prese la ferrovia direttamente al Ponte Sette, dove, in teoria, si trovavano i suoi nuovi organi interni dentro *Adamo*.

"Come vostra cliente," protestò con il supervisore, "ho bisogno che mi spieghiate il motivo della cancellazione del mio ordine, non voglio dover aspettare altri tre anni con questo cuore malandato!"

"Ma il suo ordine è a posto" le rispose stupito il supervisore mentre accendeva il monitor, che mostrava la scena esatta all'interno della camera di coltivazione degli organi: ogni organo, avvolto in una pellicola, pendeva dal soffitto per mezzo di un tubicino, assomigliando un grappolo d'uva in attesa di essere raccolto. Il cuore che apparteneva a Lin Ke era scomparso ed era contrassegnato come "raccolto."

Lin Ke rimase sbalordita, controllò ancora una volta la piattaforma informativa dell'ospedale e poi inoltrò all'uomo di fronte a lei il messaggio con oggetto "Cancellazione dell'ordine". Non si sarebbe certo aspettata che lui si rifiutasse di credere all'autenticità del messaggio: "È impossibile che la nostra piattaforma di monitoraggio si sbagli, signora."

Queste parole la fecero infuriare del tutto, così si alzò in piedi: "Se non riuscite a capire cosa sta succedendo, allora dovrò andare a dare un'occhiata io stessa."

"Naturalmente, secondo il contratto di coltivazione degli organi, questo è un suo diritto," il supervisore non si tirò indietro, "ma la prego di notare che può solo dare un'occhiata senza entrare nel boccaporto."

Dieci minuti dopo, Lin Ke aprì il portello della Capsula di Coltivazione degli Organi 35 in compagnia della polizia robotica. L'orribile odore di sangue assalì il suo naso solo per un istante e, dopo aver visto lo spettacolo che aveva di fronte, tutto si ridusse a spasmi intensi, mentre il petto le si stringeva. In seguito, tutto si oscurò e svenne.

Luo Ming fu il primo ufficiale umano ad arrivare sulla scena.

Che disastro.

Questa fu la prima parola che gli balenò in mente. Dopo essere entrato nella Capsula 35, gli era difficile immaginare che aspetto avessero un tempo quei cumuli di sangue e carne che aveva davanti.

"Che diavolo è successo?" si pentì di non aver indossato una maschera filtrante e abbassò la voce per chiedere i dettagli al suo "assistente" Edmund, un'intelligenza artificiale che non poteva essere vista a occhio nudo e che era il suo partner segreto più affidabile.

"La donna che ha denunciato l'incidente, la signora Lin Ke, è attualmente in ospedale dopo aver subito un infarto a causa dello shock," la voce di Edmund proveniva dall'altoparlante interno, "il motivo per cui ha denunciato il caso è che l'impianto di coltivazione degli organi ha violato il contratto ha cancellato il suo ordine senza autorizzazione."

Luo Ming barcollò: "Temo che tutto questo di fronte a me non costituisca solo una violazione del contratto."

Sul terreno bianco e liscio, il sangue appiccicoso stava ancora colando dal mucchio di organi interni che aveva un diametro di quasi tre metri, mentre in diversi punti i bordi si erano seccati ed erano diventati neri. Sul cumulo di carne alto circa un metro, alcuni dei visceri più esterni sembravano freschi e altri si contorcevano ancora in maniera spasmodica, per cui sembrava che l'odore vagamente putrido che si sentiva nell'aria dovesse provenire da qualcosa all'interno del mucchio.

Solo raffigurandosi l'immagine nella sua mente, Luo Ming sentì un formicolio percorrergli la testa: "Dovremmo assicurarci che qui dentro si coltivino solo organi umani... Dio non voglia che in questo caos si nasconda una scena del crimine," mormorò Luo Ming, ordinando a Edmund di scansionare il mucchio. Così l'IA prese subito il controllo del droide della polizia attraverso un telecomando wireless e bypassò il sistema visivo per completare il compito che Luo Ming gli aveva assegnato.

"Ogni volta che ti vedo controllarli così facilmente, provo una sensazione di disagio," sussurrò Luo Ming. Naturalmente avrebbe potuto dare ordini diretti al droide della polizia ma, in tal caso, poi sarebbe stato costretto a perdere molto tempo per smistare e analizzare i dati grezzi.

"Per favore, non mi parli delle sue perplessità riguardo le IA", rispose Edmund, "sembra che abbia trovato qualcosa di ancor più inquietante."

Purtroppo, Luo Ming aveva ragione: la scansione mostrava due braccia e mezza testa sepolte nel mucchio di organi, pareva impossibile che potessero essere cresciute da sole in *Adamo*.

"Beh, sembra che abbiamo appena aggiunto un altro cadavere smembrato al caso," sospirò Luo Ming, "ora il *Daily Eden* non dovrà più preoccuparsi dei titoli dei giornali per un po'."

Luo Ming fece fare a Edmund una scansione completa e una registrazione della cabina, poi si mise in videochiamata con il primo ufficiale della nave, Qin Wei, che era il capo della sicurezza interna dell'Eden.

"Questa è forse la cosa peggiore in cui mi sia imbattuto nei miei centotré anni di permanenza sulla nave." Mentre Luo Ming gli parlava, i suoi occhi incontrarono involontariamente un paio di bulbi oculari umani che penzolavano dal soffitto e la voce gli tremò: "Faresti meglio a venire a dare un'occhiata tu stesso."

2, Echidna

La divina Echidna dall'animo violento, metà fanciulla dai vividi occhi e dalle belle guance, metà invece smisurato serpente terribile e grande, maculato, feroce.

Esiodo, *Teogonia* (300-305) [7]

"Posso chiederle se lei è..." chiese infine con cautela la signora accanto a me, dopo avermi osservato per venti minuti, "il cantante della band Typhon, Evan Lee?"

"No," tutto ciò mi sembrava un ricordo di una vita passata.

Si scusò e aggiunse: "Gli assomiglia così tanto."

Risposi con il tono più freddo possibile: "*Davvero?*"

E la conversazione finì lì. Poco dopo, l'assistente di volo portò le bevande e io chiesi un bicchiere di vino, poi un altro. Il piccolo sedile della classe economica mi serrava il corpo, e la mia mente era oppressa da termini temuti come "padre" e "responsabilità."

Quando ero ancora Evan Lee, i giorni di divertimento e stravaganza sembravano infiniti, finché lei non mi lasciò, portando con sé metà dei miei beni e tutta la mia ispirazione musicale. Per molto tempo dopo la separazione, ho pensato a lei, l'ho analizzata, l'ho studiata. Ho sfogliato le riviste scandalistiche, ho ripreso gli aneddoti dei paparazzi di allora, ho rivisto più e più volte le sue sopracciglia aggrottate nel filmato del matrimonio, così come ogni volta che, dopo il matrimonio, è apparsa in pubblico e si è lasciata riprendere per adeguarsi alla mia pubblicità. Nei tempi più cupi, questi erano i maggiori vantaggi della mia vecchia gloria: abbastanza informazioni. E così finalmente mi avvicinai un po' di più

---

7 La *Teogonia* è un poema mitologico in cui viene narrata la storia e la genealogia delle divinità greche, scritto da Esiodo. L'opera è composta da 1022 esametri.

a quel mostro che si celava sotto il suo guscio perfetto, alla metà di demone serpente che si nascondeva sotto quel bel viso. Tuttavia, ci fu un momento in cui accadde qualcosa che non riuscii mai a capire.

Rimase incinta.

La gravidanza accadde solo perché era qualcosa che lei aveva pianificato. Per i primi tre anni del nostro matrimonio, anche se le avevo detto più volte che volevo avere un figlio, mi aveva sempre rimandato con un "non c'è fretta" e una sessione di sesso straordinaria – e quando aveva deciso di rimanere incinta, non ne aveva nemmeno parlato con me.

"Evan, indovina cos'è successo!?" Era la prima sera dopo il tour, quando aprii la porta di casa e mi accolse con aria festosa.

"Il mio piccolo tesoro ha qualche sorpresa per me?" le passai un braccio intorno al collo morbido e le baciai le labbra.

"Un bambino," sorrise, con gli occhi che si incurvavano per la gioia, "tesoro, avremo un bambino!"

Rimasi momentaneamente sbalordito, avevo quasi rinunciato all'idea dopo oltre tre anni di suppliche.

"È di tre mesi...", mi mise la mano sul ventre piatto, "proprio qui."

Non sentii nulla nel palmo della mano, ma in quel momento la parola "padre" mi colpì improvvisamente e riempì ogni cellula del mio corpo di estasi. Due mesi dopo uscì *Il fuoco dei fulmini,* l'ultimo album dei Typhon, che la critica descrisse come "pieno di amore e gioia in ogni nota." Tuttavia, dal momento in cui il singolo divenne disco d'oro, mia moglie cambiò in un modo che non mi aspettavo.

Quel giorno, infatti, fu il suo compagno di laboratorio a chiamarmi per dirmi che aveva avuto un esaurimento nervoso.

Impossibile! Mia moglie – per la quale anche essere di malumore era raro – ha avuto un esaurimento nervoso?

Non era mai successo prima. Mi precipitai al campus, dove si trovava il suo laboratorio, alla fine di un viale alberato, in cui i filari degli alberi di parasole cinese avevano perso tutte le foglie, lasciando solo i rami di lunghezze diverse con i loro frutti rotondi. Una volta entrato nel piccolo edificio rosso mattone, uno dei suoi studenti mi riconobbe immediatamente.

"Signor Li, finalmente è arrivato!" la sua espressione era un misto di agitazione, nervosismo e curiosità, ma il tutto ben nascosto sotto forma di cortesia, "Sono Edmund, la dottoressa è nella stanza degli animali al terzo piano, credo sia meglio che la veda lì."

"Ciao Edmund, grazie" gli risposi frettolosamente.

Anche se il campus era il luogo in cui ci eravamo conosciuti, era la prima volta che mettevo piede nel suo laboratorio. Con un pavimento lucido simile a quello di un ospedale, sormontato da file di scaffali metallici e fiancheggiato da gabbie di plastica ordinatamente attaccate al sistema di ventilazione, la stanza era forse piena di migliaia di topi! La trovai in fondo agli scaffali, era seduta in un angolo con la testa tra le mani, i capelli scarmigliati e le spalle ricurve, ma non la sentivo piangere.

"Piccola", ero inorridito dal suo aspetto, "cosa c'è che non va, tesoro?"

Tuttavia, nel momento stesso in cui le mie dita la toccarono, emise uno strillo acuto. Feci un passo indietro: "Non ti farò del male, dimmi tesoro, cosa è successo?"

Alzò lo sguardo con estrema lentezza, il panico nei suoi occhi era qualcosa che non le avevo mai visto prima. Gli angoli della sua bocca sorridente si contorsero e, dopo un lungo momento, sputò dolcemente il mio nome: "Evan..."

"Sì, sono io, cara... avrei dovuto impedirti di venire a lavorare in laboratorio. Il bambino ha quasi sei mesi..." mi rimproverai.

"No!" urlò, "No! Non parlarne! No!"

"Ok, tesoro... non parleremo del bambino..." allungai la mano e cercai di avvicinarmi a lei, che tremava e lottava per allontanarsi. La reazione era così profondamente frustrante che dovetti fare affidamento sulla mia specialità: "Tesoro, possiamo cantare insieme *Titani*?"

Lei smise di lottare e mi guardò con aria assente, come una bambina indifesa.

"Un cantante nella natura selvaggia racconta la storia degli dei..."

Era il ritornello più dolce, la sua melodia preferita, e lo cantai con una tonalità così leggera che a malapena si sentivano le parole. La musica funzionò meglio delle parole. Lei mi ascoltò per metà della canzone, poi emise un singhiozzo e all'improvviso si buttò tra le mie braccia e scoppiò a piangere. Le accarezzai i capelli arruffati, cercando di calmare i suoi brividi di terrore.

"Va tutto bene, va tutto bene, sono qui" le dissi.

Si accasciò tra le mie braccia e, con estrema difficoltà, sputò alcune parole incoerenti: "È un... mostro parassita... parassita... mostro parassita..."

"Cosa?"

"Non voglio che quel bambino... Evan, non voglio che quel bambino faccia il parassita dentro di me!"

Ero scioccato: "Piccola, non capisco, è successo qualcosa?"

Dopo avermi strofinato il moccio su tutta la maglietta, finalmente riuscì a parlare per intero: "Questo bambino sta prendendo tutto da me, si comporta come un parassita nel mio corpo, sta controllando la mia mente, mi ordina di mangiare ciò di cui ha bisogno, mi ordina di andare dove vuole, mi ordina di fare ciò che vuole... è un parassita dentro di me, un mostro, e mi sta mangiando, capisci? Non riesco più a controllarmi! Non riesco a non pensarci! Non riesco a concentrarmi su quello che sto cercando di fare, non riesco a leggere i miei appunti di laboratorio, non mi interessa la mia tesi. Tutti i miei pensieri si riducono a lui, a cosa posso fare per metterlo a suo agio. Si sta impossessando di me, si è insinuato nel mio cervello, capisci?"

Risi stupidamente: "Sciocchina, questa è la reazione più normale di una mamma incinta, è perché lo ami – è il nostro bambino."

"No!" mi fissò con orrore, "non è affatto normale! Non è affatto normale! Non capisci nemmeno perché non si è impossessato del *tuo* corpo!"

Soffocai una risata e dissi con il tono più sincero che potessi trovare: "Mi piacerebbe davvero rimanere incinta per te se potessi, tesoro, ma non posso. Sii forte, ora sei madre."

Così smise di piangere e per due o tre secondi mi fissò con uno sguardo distaccato, come se il pazzo fossi io. Ma presto tornò ad essere sé stessa, la solita, e si asciugò gli occhi con la manica, poi alzò lo sguardo, sorrise un poco imbarazzata e disse: "Oh mio Dio, sono stata pazza oggi."

"È solo un'ansia molto comune, tutto qui, piccola."

Si chinò sulla mia spalla: "Tesoro, hai ragione. È una sensazione normalissima per una madre e devo abituarmici."

Nei mesi successivi ci furono un paio di occasioni in cui si mostrò frustrata e depressa, ma nessuna così grave come quella del laboratorio. Tuttavia, quei segnali mi misero in guardia. Rimandai persino il nuovo tour per passare più tempo possibile con lei. Intorno alla trentanovesima settimana di gravidanza, trovai sul suo computer una cartella che conteneva appunti dettagliati di ogni sua "conversazione" con il nascituro: dall'ora in cui andava in bagno, ai suoi sogni durante il sonno, al suo cibo preferito e al tipo di musica, tutte cose regolari. Leggendo quei file, capii un po' ciò che diceva, perché tutto quello che si appuntava non erano le sue abitudini o preferenze, ma quelle di un'altra persona.

Quel neonato che si stava formando a poco a poco stava usando il suo corpo per realizzare ciò che voleva. Quando se ne era resa conto, era rimasta inorridita.

Una madre normale avrebbe probabilmente spiegato il suo comportamento in termini di "amore." Ma lei non lo fece: le emozioni, per lei, erano solo un travestimento che la rendevano simile a tutti gli altri. Quindi tutto poteva essere spiegato solo dal punto di vista del bambino: era un mostro che si era impossessato del suo corpo e ne aveva preso il controllo per riuscire a sopravvivere dentro di lei.

All'improvviso fui attraversato da un brivido, forse per via dell'aria condizionata troppo fredda sull'aereo. In quel momento capii, in modo del tutto inaspettato, il motivo per cui voleva abbandonare suo figlio. Se non lo avesse fatto, Tony avrebbe preso il controllo su di lei per sempre, costringendola a rinunciare alla sua vita – proprio come stava succedendo a me.

"Allacci la cintura di sicurezza, signor Li," l'assistente di volo si avvicinò a me e mi ricordò che l'aereo sarebbe atterrato presto.

Feci come mi era stato detto. L'aereo scendeva: fuori dal finestrino si estendeva una città intorno a un'oasi nella vasta distesa desertica.

B. Eden

Dopo aver completato i test genetici sulla scena dell'incidente, Luo Ming ricevette un rapporto di tappa dall'assistente IA Edmund: gli arti e le teste mozzate del Modulo di Coltivazione Organi n. 35 appartenevano a tre passeggeri deceduti, tutti morti a causa di malattie croniche insospettabili e che avevano scelto volontariamente di donare i loro organi per ricerche approfondite su queste patologie. La scoperta fece sì che la fronte rigidamente aggrottata di Luo Ming si rilassasse un poco.

"Nessun omicidio", disse a Qin Wei, il primo ufficiale della nave, che era appena arrivato sul posto, "è una buona notizia, dopotutto."

Come Luo Ming e la maggior parte dei passeggeri dell'Eden, Qin Wei aveva quasi centocinquant'anni. Aveva appena subito un trapianto del cuoio capelluto e in testa aveva solo una sottile peluria, morbida come quella di un neonato, e che gli conferiva un'aria piuttosto buffa.

"Certo, almeno una notizia positiva in questa disgrazia," Qin Wei sembrava un po' distratto e le parole che seguirono erano più che altro un discorso tra sé e sé. "Solo... come sono arrivati qui questi arti mozzati?"

Luo Ming disse: "I resti, come logico, dovrebbero essere stati inviati al laboratorio di ricerca medica sotto il Ponte Sette, non dovrebbero trovarsi qui."

"Esatto," Qin Wei guardò Luo Ming, "e la camera di coltivazione degli organi è il luogo più monitorato della nave, è davvero incomprensibile come possa essere successa una cosa del genere. Temo che lei non ne sia a conoscenza, perché nemmeno la polizia ha l'autorità di visionare le informazioni relative ad *Adamo*."

Luo Ming disse: "Se può condividere queste informazioni, mi aiuterebbe molto con le indagini."

"Mi dispiace agente Luo, queste informazioni riguardano i segreti fondamentali della nave Eden," gli rispose Qin Wei, "ma dato che non ci sono stati gravi episodi, penso sia meglio chiudere qui la questione e lasciare a me e alla direzione della Adamo il lavoro che resta."

Luo Ming colse subito il significato delle sue parole: "Sta dicendo che si è trattato di un normale incidente?"

Qin Wei fece un sorrisetto: "In passato, a bordo, ci sono stati gravi incidenti sulla coltivazione degli organi, a causa di un'anomalia nel controllo della temperatura in cabina."

Luo Ming osservò la sua espressione e sospirò dolcemente: "Va bene, signore, capisco."

Tuttavia, solo un giorno dopo, mentre era seduto nel suo ufficio, Luo Ming ricevette il pacchetto informativo su *Adamo* da Edmund.

"Sei un genio" esclamò Luo Ming aprendo il fascicolo. Quando i contenuti dettagliati e precisi apparvero alla sua vista, Luo Ming sospirò di nuovo: "Visto che abbiamo ottenuto queste informazioni così facilmente, potrebbe davvero esserci un enorme problema con il sistema di sicurezza di questa nave."

"Forse è colpa tua che hai portato a bordo un'intelligenza artificiale in violazione della legge?" disse Edmund con un tono di compiacimento misto a scherno.

"Quantomeno, nessuno ti ha trovato in tutti questi anni." Una punta di astuzia balenò negli occhi di Luo Ming. Edmund era un dono che gli era stato fatto molto tempo prima e nel corso degli anni erano diventati inseparabili come la mano destra e la mano sinistra. Per questo motivo, dopo aver saputo del divieto all'IA dell'Eden, aveva scelto di impiantare il terminale nel suo corpo e di portare segretamente Edmund a bordo della nave.

"Questo perché tutti i sistemi intelligenti qui sono troppo primitivi," gli rispose Edmund, "ma non devi preoccuparti troppo di questa nave, il suo sistema di controllo centrale è isolato dalla rete esterna, non ho mai trovato nessun punto di accesso."

Luo Ming annuì, mentre i suoi occhi si concentrarono nuovamente sul fascicolo. A giudicare dal testo, l'Eden era in realtà una nave sperimentale, che forniva organi sostitutivi alle centinaia di migliaia di passeggeri che vi abitavano, allungando così notevolmente la loro durata di vita; allo stesso tempo, inviava alla Terra informazioni sulla salute e sulla fertilità della popolazione, in modo che gli abitanti del pianeta potessero essere informati in anticipo dei problemi che sarebbero potuti sorgere dalla sostituzione degli organi su larga scala. Eden viaggiava attraverso il sistema solare sull'orbita di una cometa, intersecando l'orbita della Terra ogni quattro anni e fermandosi nelle stazioni spaziali per completare lo scambio di persone e informazioni.

"Ho sempre pensato che ci stessimo allontanando dal sistema solare," Luo Ming era scioccato, "e nessuno mi ha mai detto che potevo ancora scendere dalla nave!"

Edmund disse: "Pare che siano stati bravi a mantenere il segreto per evitare che veniste a sapere che in realtà eravate cavie da laboratorio."

La camera di incubazione degli organi sembrava essere l'anima dell'Eden. La chiamavano *Adamo*, come il progenitore della razza umana che, nelle storie religiose, creò l'altra metà dalla sua stessa costola. Tuttavia, per essere più precisi, ogni singola sacca mucosa dell'incubatrice contenente un organo umano era un vero e proprio *Adamo*, che portava i geni di un cliente diverso e nutriva un organo diverso e indipendente. Nel progetto originale di Eden, questi *Adamo* erano isolati l'uno dall'altro, ma con il passare del tempo i responsabili avevano riscontrato uno strano fenomeno: tra gli *Adamo* dello stesso scomparto, dopo un certo periodo di tempo, alcune delle cellule nella medesima camera avevano iniziato a crescere lungo la conduttura dei nutrienti e alla fine si erano collegate tra loro, il che, invece di causare ritardi nella coltivazione degli organi o contaminazioni, aveva migliorato l'efficienza della coltivazione e accorciato i tempi di maturazione degli organi. Alcuni ricercatori ritenevano che questa modalità di coltivazione "a rete genica" avesse innescato lo scambio di informazioni sulla crescita e di ormoni GH tra gli *Adamo*, favorendo così il tasso di crescita degli organi, pertanto, durante il progetto di rinnovamento della camera di incubazione quarant'anni prima, i responsabili si erano limitati a creare dei canali che permettessero a questi *Adamo* di connettersi tra loro. Avevano ottenuto risultati sorprendenti: con la premessa di garantire l'indipendenza genetica dei clienti, il tempo di incubazione della maggior parte degli organi era stato ridotto di oltre la metà, persino la coltivazione dei polmoni, gli organi più lenti, si era ridotta di un terzo del tempo.

"Ancora non capisco come questa informazione sia rilevante per questo caso," Luo Ming era leggermente irritato, "ho sempre l'impressione che sulla scena ci sia ancora qualche informazione che non abbiamo notato."

"Ho qui le registrazioni complete della scansione della scena dell'incidente" disse Edmund.

"Forse..." pensò Luo Ming, "il problema non è solo all'interno della camera di incubazione."

"In che senso?"

"Ti ricordi la disputa tra l'informatrice e il supervisore di *Adamo*?"

"Le informazioni provenienti dall'ospedale mostravano che l'ordine della signora Lin Ke era stato annullato, mentre la piattaforma di monitoraggio *Adamo* mostrava che tutto era nella norma."

"È vero," aggiunse Luo Ming, "logicamente, il livello di sicurezza di *Adamo* dovrebbe essere molto più alto di quello dell'ospedale, ma perché i supervisori del modulo di incubazione non conoscono la vera situazione all'interno della Cabina 35?"

"È possibile che la stiano nascondendo apposta?"

"Potrebbe essere così... ma al momento non possiamo escludere l'altra possibilità, ovvero che nessuno tra i responsabili – compresi il primo ufficiale, i supervisori delle cabine di coltiazione e i ricercatori – sappia ciò che è realmente accaduto." Luo Ming cambiò schermata e passò a un video dell'informatrice Lin Ke che discuteva con il supervisore, "Guarda attentamente la sua espressione, la sorpresa sul suo volto è reale."

"È vero, lo conferma anche la mia analisi delle microespressioni."

Luo Ming continuò: "In ogni caso, se si osserva la scena del ritrovamento, c'è una buona probabilità che una tale situazione si sia verificata più di una volta, ma questa è l'unica in cui la signora è stata così forte da chiamare la polizia e far aprire il portello della Cabina 35 – una clausola che, sebbene scritta nel contratto, sembra essere stata esercitata dai clienti solo per i primi due anni all'inizio del viaggio di questa astronave."

"Mi sta dicendo che tutte quelle interiora sul luogo dell'incidente erano ordini annullati?"

Luo Ming si illuminò: "Potremmo anche controllare questa pista. Edmund, sei in grado di entrare nelle due piattaforme informative, della capsula di incubazione e dell'ospedale, e di recuperare i dati relativi? È probabile che gli ordini che presentano discrepanze tra i due siano gli organi che abbiamo visto nella capsula 35."

"Sai davvero come mettermi in difficoltà," la voce di Edmund sembrava eccitata e nervosa nonostante questa affermazione. "Fammi fare un tentativo."

3. Tifone

Tutte le terribili teste erano voci che mandavano suoni d'ogni specie, indicibili. Ora infatti parlavano così da comprendersi con gli dèi, ora invece la voce di un toro superbo, dall'alto muggito, indomabile per vigore, ora di un leone dal cuore implacabile, ora invece simile ai cagnolini, prodigi a udirsi, ora poi sibilava, e ne risuonavano le grandi montagne.

Esiodo, *Teogonia* (820-835)

Dopo nove anni, avevo rimesso piede nel suo laboratorio. Edmund era passato da studente universitario a dottorando, e mi guardava in un modo che non era cambiato affatto, come un fanatico della musica che cerchi di frenarsi: "Signor Li, la professoressa la sta aspettando nella stanza degli animali."

"Grazie, Edmund."

Non si accorse che stavo entrando. Era accosciata accanto a un maiale alto mezzo metro, sorrideva in un modo intenso e dolce, poi mise il telefono in vivavoce e partì la musica, sorprendentemente era la mia canzone, *Il fuoco dei fulmini.*

"Quando lo cullo tra le mie braccia
Il sole e la luna si capovolgono, le stelle cadono.
Combattete e distruggete
L'infinito desiderio del re di tutti gli dèi è nelle mie mani."

Il maiale si alzò sulle zampe posteriori a tempo di musica, ondeggiando e contorcendosi in modo goffo, ma tenendo lentamente il ritmo. Lei si alzò con lui, appoggiandosi alla scrivania e ridendo così forte da non riuscire quasi a respirare. Il maiale alzò la testa per guardarla, saltando con più energia e seguendo il ritmo con precisione sempre maggiore. Era incredibile, perché era una canzone veloce ed era chiaro che il maiale stava ballando.

Nel momento in cui cambiò il ritmo, d'improvviso il maiale cadde a terra. Stupita, si inginocchiò subito accanto a lui e chiese: "Oh mio Dio! Stai bene?"

Il maiale grugnì come per rispondere. Leggermente infastidita, la donna gli punzecchiò la testa con la mano e poi disse con il tono più dolce che avessi mai sentito: "Cattivo, non spaventarmi."

Il grugnito del maiale sembrò dispiaciuto. Lei gli strofinò la schiena: "Non preoccuparti, va bene così, l'importante è che tu stia bene."

C'era qualcosa di molto strano in quello che avevo davanti. Tossii e lei mi guardò insieme al maiale, una scena che non dimenticherò mai.

"Cosa c'è che non va, Evan?" si alzò in piedi.

Aveva gli occhi di Tony.

Lei non aveva mai conosciuto Tony, quindi forse non se ne era accorta. Ma il maiale di un anno e mezzo aveva gli occhi di Tony: pupille marrone chiaro, mescolate a un po' di grigio. E forse non erano solo gli occhi, ma qualcos'altro di profondo nel suo sguardo. Mi osservò in un modo che mi fece rabbrividire lungo tutta la schiena e per un attimo mi dimenticai il motivo per cui ero venuto. Fu come quando mi ero trovato al centro del palco e mi ero reso conto di aver improvvisamente dimenticato tutto ciò che riguardava la canzone. L'intro di chitarra elettrica si era trasformato in un rumore indiavolato e le luci della ribalta mi avevano fatto tremare le gambe.

"Hai bisogno di una tazza di caffè?" mi guardò preoccupata. "Non hai un bell'aspetto."

"Possiamo... parlare... da soli?" Anche se cantassi tre concerti di fila, la mia voce non avrebbe la stessa tonalità che aveva in quel momento.

"Stavo proprio per chiederti di conoscere il nostro maiale," mi disse dolcemente. "È sano, il che è sorprendente e meraviglioso, non è vero?"

I miei occhi la incontrarono di nuovo e in un istante mi sentii strappare l'anima.

"Dio..."

Il maiale mi guardò con uno sguardo complice, come se conoscesse il suo destino. Era una sottomissione e un'obbedienza al dolore senza parole, quel fatidico senso di tragedia con il quale Tony mi aveva guardato così prima dei suoi ultimi viaggi in dialisi.

"Ok, tesoro," fece un passo avanti e prese la mia mano tremante nella sua, "andiamo da un'altra parte."

Non dicemmo una parola durante il tragitto verso il suo ufficio. Era una stanza grande e la luce del sole pomeridiano faceva sparire ogni traccia di oscurità; Edmund portò due piccoli bicchieri rotondi e lei disse semplicemente: "Grazie," senza aggiungere altro. Le ombre degli alberi sul tavolo si allungarono un po'. Sorseggiavo il caffè, ormai freddo e amaro, quando finalmente ruppe il silenzio di quel pomeriggio.

"Ho pensato che volessi vedere questi documenti."

La spessa cartella era proprio davanti a me. Mi irrigidii e la aprii: all'interno c'erano gli appunti degli esperimenti sul maiale, a partire dalla fase embrionale fino ai giorni nostri. Potevo solo interpretare le fotografie. All'inizio sorrideva sempre davanti all'obiettivo, se quell'espressione allegra e affettuosa poteva essere chiamata "sorriso", ma nell'ultimo mese aveva smesso di sorridere. L'ultima pagina era un primo piano dei suoi occhi e, quando la aprii, riuscii a stento a trattenere la sensazione di nausea nello stomaco e sbattei la cartella a terra.

Lei si alzò e la raccolse, abbozzando un sorriso: "Meno male che non ti ho mostrato il file elettronico, altrimenti a quest'ora starei compilando un rapporto sui danni alle apparecchiature."

"Com'è potuto succedere..." mormorai.

"Evan, ammettiamolo," sospirò dolcemente, "temo che questa sia la migliore delle ipotesi, il maiale al momento è del tutto idoneo al trapianto – se mi permetti, l'esperimento è andato sorprendentemente bene, abbiamo trovato la strada giusta fin dall'inizio e l'intera procedura si è svolta nel minor tempo possibile. Dubito che si possa trovare un altro caso nella storia della scienza in cui la strada verso la scoperta sia stata così agevole..."

"Tu..." la interruppi, ma non sapevo cosa dire.

"Ho contattato il mio amico dottor Sanger, è il miglior nefrologo dell'ospedale statale," il suo tono era dolce e calmo, "gli ho inviato le informazioni sul maiale e, dopo un attento studio, ritiene che i rischi dell'intervento siano simili a quelli di un normale trapianto. Evan, non vedo cosa tu possa avere in contrario."

Solo l'ultima frase rivelava la sua rabbia repressa, ma soltanto quella piccola parte provocò completamente la mia paura e la mia rabbia. Accesi il telefono e l'immagine sul desktop era il volto di Tony, che mi guardava con aria innocente.

"Basta." Sollevai la cartella e appoggiai il telefono sopra la foto in primo piano, "sappiamo entrambi qual è il problema, no? Gli occhi di quel e quelli di Tony..."

"Sono esattamente gli stessi," continuò lei, "certo. Quelli sono gli occhi di Tony e le cellule in quell'area sono cellule umane."

La guardai scioccato e capii il non detto tra le sue parole: "Mi stai forse dicendo che ci sono cellule umane anche in altri organi?"

"Sì... capisco sia difficile da comprendere: quasi tutto il suo sistema nervoso è costituito da cellule umane," scrollò le spalle impotente, "ma dai, non fare l'ingenuo Evan, sapevamo tutti fin dall'inizio che il livello di chimerismo era incontrollabile, ma nessuno lo prendeva sul serio."

"E il sistema nervoso?"

"Quasi ogni parte, il cervello, il cervelletto e il midollo spinale..." scandì parola per parola, come se con quel tono potesse incidere il suo veleno interiore nel mio cuore. "In breve, dentro quel corpo di maiale c'è nostro figlio."

Non ero mai stato così spaventato, nemmeno quando avevo visto Tony trascinato via da quella macchina durante l'incidente. Perché in quel momento ero un padre e ora stavo per diventare un criminale: cosa avevamo fatto?! Avevamo fuso nostro figlio con un maiale e ora lo stavamo per uccidere con le nostre mani!

Vedendo che tacevo, abbassò il tono: "Naturalmente, finché non dico nulla, nessuno lo saprà e nessuno di questi documenti apparirà nella mia tesi. Il sistema nervoso non era il fulcro di questo esperimento, né la chiave del successo o del fallimento. I suoi reni sono perfetti, Evan, e di questo non devi assolutamente preoccuparti."

"Non è di questo che mi preoccupo!" non potevo tollerare la sua falsa calma, "ucciderlo sarebbe crudele, sarebbe immorale! Non hai notato che il maiale lo sa?"

Lei rise in silenzio: "Evan, cosa farai allora?"

"Io..."

"Sai, non chiudo occhio da due settimane," sussurrò, "mi chiedo di continuo se con questo maiale stai cercando di vendicarti perché ho abbandonato Tony, e quindi stai cercando di risvegliare in me la natura di madre in un modo così crudele. Continuo a ripetermi che questo non è Tony, non è mio figlio, mi rifiuto persino di dargli un nome, solo per paura di pensare a lui come a una persona. Ma è sempre stato più di quanto potessi immaginare, tra tutti i compagni di ricerca si è legato solo a me, tra tutta la musica gli piacciono solo i tuoi brani."

Lo stesso valeva per Tony, che era cresciuto ballando ogni volta che sentiva *Il fuoco dei fulmini*.

Continuò: "Mi chiedevo se non fosse il caso di fermarci e lasciare che Tony si prendesse il dolore a cui era destinato e che il maiale sopravvivesse. Ma solo quando ti ho visto ho capito che non c'era modo di tornare indietro."

Il suo sguardo mi trafisse quasi, permettendomi di vedere finalmente il suo spavento, che lei cercava di nascondere. La sua paura e il suo dolore erano senza dubbio molto più profondi dei miei, probabilmente perché ci aveva pensato così tante volte da riuscire a seppellirli sotto il suo tono calmo. Dopotutto, io non avevo fatto altro che guardare il maiale, e lei era quella che lo aveva cresciuto da una sola cellula.

Ormai non si poteva più tornare indietro, Tony stava peggiorando sempre di più e non c'era modo di nascondere a tutti i suoi clienti l'enorme investimento del suo laboratorio per il maiale. Ero stato io a permetterle di oltrepassare il limite, ed era giusto che portassimo insieme quella pesante croce.

"...È vero..." mi costrinsi a dimenticare il maiale. "Tony non sta troppo bene ultimamente, lo vado a prendere appena posso per non perdere il momento migliore per l'intervento."

"Sembra che finalmente siamo sulla stessa lunghezza d'onda."

Un sorriso nuovo si fece largo sul suo viso, spazzando via tutti i dispiaceri. Aprì il portatile e, con gentilezza, mi diede i contatti del dottor Sanger, informandomi in modo dettagliato sulla sua formazione e sulle sue qualifiche, per poi passare a parlare di alcuni dei suoi punti di vista e suggerimenti per l'intervento. Smise di parlare solo quando fuori fu completamente buio: "Devi andare," mi ricordò con un sorriso, "puoi ancora prendere il volo se parti adesso."

Guardai l'ora ed era vero. Esitai per una frazione di secondo mentre mi alzavo, chiedendomi se dovessi stringerle la mano per esprimerle la mia cordialità e gratitudine, ma le sue braccia conserte suggerivano che non ne aveva affatto bisogno.

"Allora vado, grazie" dissi secco.

Lei rise e scosse la testa: "Evan, tesoro, Tony è anche mio figlio, perché mi dici grazie?"

"Già," le risposi sorridendo.

Uscimmo insieme dal laboratorio, le ombre soffuse degli alberi avvolgevano il mondo nella quiete della notte. Stavo per salutarla, quando lei parlò: "Credo che sia lì che ti ho incontrato per la prima volta..." disse piano, "quel giorno hai suonato una melodia molto dolce, ma non mi ero resa conto che la canzone finale registrata fosse così folle."

Sapevo che stava parlando di *Titani*. L'ispirazione per la prima frase mi era venuta in mente durante un'esibizione proprio in questa scuola. Quella notte, come un tossico in astinenza, ero stato assalito da un bisogno impellente di suonare il piano, un'urgenza di lasciar fluire le note nella mia testa e trasformarle in qualcosa di concreto. Così ero saltato fuori dalla finestra e mi ero fatto strada fino all'auditorium, dove le porte erano chiuse a chiave, senza rendermi conto che c'era un'altra persona ad ascoltare fuori.

"Detestati dai nostri antenati
Sepolti in profondità, lontano dal sole
Prendendo il trono con la falce, portando maledizioni ed epiteti... Siamo destinati a ribellarci.
Distruggere le barriere, a qualunque costo.
Che il fumo riempia l'aria, che il fuoco della terra ribolla!"

Cantava, dimenticando una strofa e stonando completamente, ma non riuscii a ridere come un tempo. Girò la testa verso di me: "Ora che ci penso, la tua canzone era quasi una profezia."

Da quel momento non si fece più vedere all'ospedale di Stato, né partecipò alla festa di guarigione di Tony. Per cinque anni interi si rintanò nel suo laboratorio, smise di contattare tutti i suoi amici e sparì completamente dalla circolazione. Perciò il giorno in cui ricevetti la sua telefonata, fui estremamente sorpreso. Voleva che creassi una fondazione di beneficenza a nome di Tony per finanziare i trapianti di organi per i bambini, che era esattamente ciò che le avevo chiesto nelle mie numerose e-mail che si erano concluse con un "impossibile consegnare il messaggio."

Accettai immediatamente e, quando la fondazione fu quasi completata, la contattai di nuovo.

"Ho la sensazione che farai qualcosa di grande," le dissi.

"Infatti," mi rispose, "ho riprogrammato e ingegnerizzato la rete di regolazione genica della cellula chimerica per trasformarla in un embrione gigante simile a una blastocisti..."

"Scusa," la interruppi dolcemente, "sai che non capisco."

"Cioè..." fece una pausa, come se fosse passata dal modo di parlare di uno scienziato a quello di un profano, "ora possiamo produrre in massa organi umani in laboratorio. Ho creato un costrutto più stabile con le chimere esistenti e, aggiungendo nuove cellule umane, possiamo far crescere gli organi appropriati."

"È incredibile!"

"Evan, sai, non riuscirò mai a far sembrare umano quel maiale." Nella sua voce c'era stanchezza.

In concomitanza con la creazione della fondazione, pubblicò finalmente una serie di articoli sul *chimerismo* sulla rivista *Cellule*. Dalle prime "chimere uomo-maiale" ai successivi laboratori di medicina rigenerativa, sconvolse la percezione della "vita" quasi da un giorno all'altro. Comprai quel numero della rivista e il commentario la elogiò in modo esagerato: "Si tratta di un passo rivoluzionario per la medicina rigenerativa, il che significa che in un futuro prossimo, gli esseri umani potrebbero essere in grado di sostituire i propri organi come se fossero pezzi di ricambio, in modo da ottenere una vita più lunga, o addirittura eterna."

Seguirono critiche e polemiche. Sebbene si comprendesse l'urgenza della madre di salvare la vita del figlio, l'uso di cellule umane per i suoi esperimenti era indubbiamente un passo indietro rispetto ai tabù della scienza. Tuttavia, il terzo lavoro fu una potente risposta agli attacchi, poiché presentava un modello per la crescita di organi, che l'autrice chiamò *Adamo*. Sembrava una piccola scatola quadrata con membrane mucose che crescevano all'interno, non somigliava per niente ad Adamo. "Questa tecnologia non interferisce con nessuna delle questioni etiche della scienza," disse in un'intervista. "Non fa crescere un cervello umano, non pensa, non sente, perché non l'abbiamo progettato per sentire e pensare. L'unica cosa che farà è usare le sue 'costole' per salvare gli esseri umani che ne hanno bisogno."

C. Comandante C

Luo Ming non pensava che sarebbe riuscito a mettere piede nella cabina della comandante dell'Eden grazie a una sola e-mail, anche se l'aveva inviata proprio per quello.

La signora di fronte a lui aveva i capelli grigi, la pelle cadente, la schiena ingobbita e sembrava che faticasse anche a fare qualcosa di semplice come sedersi sul divano. Luo Ming fu leggermente sorpreso dal suo aspetto, poiché le donne che frequentava di solito mettevano in cima ai loro ordini di organi tutto ciò che riguardava la bellezza esteriore.

"Per quanto riguarda l'incidente nella Cabina 35," la voce della comandante, a differenza del suo aspetto, era energica, "vorrei sentire la sua opinione."

"Il signor Primo Ufficiale mi aveva detto che questo fatto esula dalla mia autorità" rispose con cautela Luo Ming, incrociando le braccia sul petto.

"A questo punto, ritengo che qualcuno di più professionale debba essere coinvolto nell'analisi del caso." La comandante indicò la poltrona di fronte a sé, facendo cenno a Luo Ming di sedersi anche lui e disse: "È solo che, data la natura speciale del modulo di incubazione, i risultati dell'indagine dovrebbero essere mantenuti riservati, e sono sicura che questo non sarà un problema per lei."

"Certo..." Luo Ming si sedette, "quindi ha già letto la mia e-mail?"

"Sì."

Luo Ming guardò la comandante negli occhi: "Come indicato nell'e-mail, non credo che si sia trattato di un incidente, ma di un atto criminale consapevole."

La comandante abbassò lo sguardo: "Ma questo non corrisponde al rapporto che mi ha fatto il primo ufficiale Qin Wei."

"Credo che sia stato il suo desiderio di sentire un'altra voce a portarmi qui." Luo Ming guardò l'espressione della comandante e continuò: "ho controllato gli ordini che erano stati cancellati nel sistema ospedaliero senza un motivo apparente negli ultimi tre mesi, e in effetti erano sette volte più numerosi di quelli che erano stati cancellati nello stesso periodo in passato. Quando ho rintracciato la fonte di questi organi, ho scoperto che venivano quasi tutti coltivati nella Cabina 35, dove il sistema di sorveglianza mostrava che tutto era normale."

"Tutto questo è sufficiente a dimostrare che non si è trattato di un incidente?" chiese la comandante, "forse è stato solo un problema del sistema di sorveglianza."

"Non si tratta solo del sistema di sorveglianza, eccellenza, ma della camera di incubazione stessa, cosa è successo a quegli organi che sono stati accidentalmente 'prelevati'? Oltre a questo, per me è ancora più incomprensibile il disallineamento delle informazioni tra la piattaforma di monitoraggio della capsula di incubazione e il sistema di ordini dell'ospedale."

La comandante finalmente gli rivolse uno sguardo: "Me ne parli."

"In effetti, prima di incontrarla oggi, nemmeno io ero molto sicuro delle mie conclusioni," Luo Ming sorrise con umiltà, "avevo il sospetto che queste informazioni sbagliate sugli ordini fossero dovute al fatto che gli amministratori nascondevano deliberatamente la verità. Ma siccome lei ha cercato proprio me, questo dimostra che pure lei, in quanto comandante, non ha le idee chiare sull'accaduto, quindi rimane solo un'altra possibilità: ovvero che il recente incidente nella Cabina 35 fosse sconosciuto agli amministratori della *Adamo*. Da ciò si può facilmente intuire una manomissione del sistema di monitoraggio, visto che non ha mai mostrato nulla di anormale."

"A questo proposito," lo sguardo della comandante si fece più concentrato, "ho chiesto al Primo Ufficiale Qin Wei di controllare il sistema di monitoraggio delle capsule di coltivazione degli organi, e sembra che sia stato modificato da una tecnologia simile al *green-screen*: i monitor di controllo rilevavano i movimenti del personale e della polizia meccanica che, come al solito, entravamo e uscivano dalla cabina, e Adamo sullo sfondo sembrava avere l'aspetto di sempre."

"Sta dicendo che il sistema di monitoraggio è stato parzialmente manomesso? Che lo stato di tutti gli *Adamo* sul monitor risulta invariato?"

"Non 'invariato', ma 'normale'. Gli organi, secondo il sistema di monitoraggio, hanno tutti continuato a crescere e sono stati 'normalmente prelevati' nel momento in cui è stato consegnato l'ordine." La comandante scosse la testa.

"Devo dire che è una forma di manomissione molto intelligente."

Quell'informazione accentuò i dubbi di Luo Ming: "Ma è proprio questo che non riesco a capire. Se l'intero incidente è stato un crimine pianificato e premeditato, allora questo criminale ha già completato il passo più difficile: è riuscito a prendere il controllo totale del sistema di monitoraggio di *Adamo*, che ha il più alto livello di sicurezza della nave, ma si è dimenticato della più semplice piattaforma ospedaliera."

"A mio parere, è abbastanza facile capire che i criminali non potevano richiamare dal nulla gli organi necessari per i loro pazienti, quindi dovevano preservare queste informazioni."

Luo Ming replicò: "Avrebbero comunque potuto usare metodi più intelligenti, come ritardare tutti i termini di consegna degli ordini per evitare che la gente sapesse cosa stava succedendo. Eppure, dai registri dell'ospedale, sembra che i medici e i pazienti siano stati informati all'ultimo minuto del ritardo o della cancellazione dei normali ordini, e la fonte di queste informazioni era il registro dell'ospedale riguardante la ricezione degli organi, non *Adamo*."

"Sono totalmente confusa," la comandante aggrottò la fronte, "cosa sta cercando di dire?"

"Per uno che si è dato tanto da fare, usando persino la tecnologia *green screen* per modificare il sistema di sorveglianza, dimenticarsi la piattaforma dell'ospedale è strano. Dal momento che aveva le capacità sufficienti per accedere alla piattaforma informatica dell'ospedale come mai non l'ha fatto? Una possibilità è che sperasse di attirare l'attenzione su di sé, ma d'altra parte è possibile che non sapesse dell'esistenza della piattaforma informatica dell'ospedale."

"Non ha senso," rispose la comandante, "tutti all'Eden sanno dell'esistenza della piattaforma."

"Certo, dovrebbe essere così..." disse Luo Ming, "...ma c'è sempre qualcuno che non lo sa."

"Vorrei che mi desse pareri precisi, non allusioni o supposizioni."

"Chi è, su questa nave, a non conoscere l'esistenza della piattaforma informativa dell'ospedale? O meglio, chi non ha mai ordinato organi?" Luo Ming guardò "...vorrei che mi aiutasse a raccogliere questa lista, sono tutti i sospettati."

La comandante picchiettò le dita rugose sui braccioli della sedia e sogghignò: "È un'accusa strana," poi incontrò lo sguardo di Luo Ming: "io, ad esempio, non ho mai sostituito nessun organo."

4. Ortro

Ortro, il cane a due teste, è un personaggio della mitologia greca, figlio di Tifone ed Echidna, fratello di Cerbero, della Chimera e dell'Idra di Lerna.

Secondo Esiodo è anche il padre della Sfinge e del Leone di Nemea, creature che probabilmente generò accoppiandosi con sua madre Echidna.

it.Wikipedia

La incontrai per la prima volta al funerale di mio padre. Stranamente, almeno la metà delle decine di migliaia di persone presenti era lì per lei, ma io fui l'unico a vederla. Indossava un lungo abito di seta nera, intorno al collo una catenina con un anello di diamanti come ciondolo. Il suo viso sembrava più giovane del mio. Non so se sia stato l'allenamento al riconoscimento facciale o il legame naturale tra madre e figlio a farmi capire che era lei. Poi anche lei mi vide.

Cinque secondi dopo ricevetti un messaggio diretto: "Spero di parlarti dopo il funerale."

Mi ricordai di ciò che mio padre mi aveva detto prima di morire: "È stata tua madre e la tua salvatrice, ti ha dato la vita due volte, apprezzala, non provare rancore."

Così, quando la folla si disperse, salii sulla sua auto. Impostò la destinazione sull'aeroporto di Oslo-Gardermoen poi girò il sedile per guardarmi in faccia.

"Ciao, Tony."

Erano anni che nessuno mi chiamava così. Da quando i miei genitori si erano uniti per avviare la *Fondazione benefica Tony Li*, avevo dovuto cambiare nome per proteggere la mia vita normale.

"Mamma?" pronunciare quella parola fu più facile di quanto pensassi, "Sembri così giovane."

"Sì, sono io," lei sorrise, facendomi l'occhiolino, come se ci fosse un piccolo segreto tra noi, "Sto provando un nuovo esperimento che riporterà le mie cellule al loro stato giovanile. È un esperimento pericoloso, però, e non siamo ancora sicuri degli effetti collaterali: è un peccato che non abbia un altro figlio che possa essere il primo a provarlo questa volta."

"Sì?!" risposi imbarazzato.

"Oh cielo, stavo scherzando," allargò le mani, "E tu come te la passi? Ho sentito che lavori come poliziotto."

"È solo un lavoro."

Il suo sorriso si fece più profondo: "Stai andando alla grande, Tony. Ho notato che ti occupi di crimini legati all'intelligenza artificiale, è davvero impressionante."

"Il mondo sta cambiando così velocemente, ci saranno sempre cose che gli scienziati non possono controllare." Non mi piaceva il tono della sua voce, era come se si fosse sempre preoccupata come una madre.

"Esattamente," annuì con vigore. "Ci sono volte in cui nemmeno noi sappiamo cosa creiamo."

Questo era inaspettato: "Davvero?"

Invece di rispondermi, mi chiese: "Tony, ti interesserebbe venire alla nostra nuova festa di lancio? Abbiamo un grande annuncio da fare."

Naturalmente avevo sentito parlare del lancio del Gruppo di Medicina Rigenerativa il mese successivo e, dopo sette anni di silenzio, quello che aveva da dire questa volta aveva attirato da tempo l'attenzione di tutti.

"Potrebbe riguardare il futuro dell'umanità," l'auto cominciò a rallentare mentre lei guardava fuori dal finestrino e poi di nuovo verso di me. "Tu ci sarai, vero?"

Il suo tono sicuro mi fece arrabbiare. Non ero come mio padre, che era follemente ossessionato da lei a prescindere: "Mi dispiace, temo di non essere interessato a partecipare."

"Fidati di me, tesoro, ti interesserà," l'auto si fermò e lei batté due volte sul suo orologio, così ricevetti un invito e un fascicolo di documenti. "Il lancio è il 13 del prossimo mese, ci vediamo lì."

Mi strinse gentilmente la mano e poi si avviò verso l'aeroporto, con il sole di mezzanotte che faceva risaltare la sua silhouette sotto al vestito nero. Tre ore e quaranta minuti dopo, l'Airbus A400 su cui viaggiava precipitò a capofitto in mezzo all'oceano. Terminai in anticipo la mia vacanza per partecipare alle operazioni di ricerca e salvataggio, ma il Mar Baltico aveva spazzato via le sue tracce. Vidi i rottami dell'aereo nelle torbide profondità delle onde, dove si dice che siano sepolti i sogni più selvaggi dell'umanità.

Il giorno in cui terminò il salvataggio, ricevetti di nuovo un invito al lancio. Ora non c'era motivo che potesse impedirmi di andare e, come se rispondessi a una chiamata del destino, intrapresi un viaggio di oltre 10.000 chilometri. Sull'aereo esaminai i documenti che mi aveva dato in precedenza, che conteneva la foto di un maiale da piccolissimo, e non ebbi dubbi: era lui il mio salvatore. Cambiai aereo ad

Amsterdam e a New York prima di arrivare finalmente in una piccola città nel deserto: mio padre mi aveva detto che quello era il luogo di nascita del mio rene.

"Tony Li," dissi alla persona che mi venne a prendere, il nome scritto sull'invito.

Spalancò la bocca e assunse un'espressione esageratamente sorpresa prima di abbassare lo sguardo: "Sono Ying Chen, mi dispiace molto per la tua famiglia."

"Grazie."

Quando entrai nel locale in quella veste, ricevetti un'accoglienza da eroe. Tutti sembravano conoscermi, mi circondavano e mi parlavano di mia madre e del mio rene, ma nessuno dei due mi sembrava reale. Per fortuna, poco dopo ebbe inizio la festa di lancio, e le luci soffuse fecero sì che tutti smettessero di parlare e girassero la testa verso il palco illuminato dai riflettori.

"Cambieremo di nuovo il mondo." L'uomo di mezza età in piedi sopra il palco aprì così lo spettacolo.

La gente rispose con un fragoroso applauso: "Bravo, Edmund!"

Edmund era il capo scienziato del gruppo medico fondato da mia madre, e con lei aveva vinto il Premio Nobel per la Fisiologia o la Medicina. Quando la gente si calmò, riprese a parlare: "Abbiamo fatto molte cose straordinarie negli ultimi trent'anni. Dagli esperimenti di chimerismo alla coltivazione del primo organo umano, fino alla successiva promozione della medicina rigenerativa, abbiamo salvato molte vite, ma abbiamo anche sopportato molte controversie. Uno dei punti più critici è: siamo autorizzati a fare esperimenti sugli esseri umani?" Edmund mi individuò tra la folla, "è un onore avere qui oggi il signor Tony Li. Il fatto che sia in grado di vivere in buona salute potrebbe essere la risposta."

Applausi e riflettori caddero insieme su di me e di colpo tutto divenne così cupo che non riuscivo a vedere nulla.

"Il nostro laboratorio ha lavorato duro per chiarire la propria posizione al pubblico, ma purtroppo ci manca una conclusione decisiva che giustifichi la giustizia del coinvolgimento di esseri umani nell'esperimento." La colonna di luce finalmente si allontanò da me mentre Edmund continuava il suo discorso: "Tuttavia, una delle ultime scoperte potrebbe mettere fine a questa guerra di etica scientifica che dura da decenni. Per prima cosa devo presentarvi il membro più giovane e potente del nostro laboratorio, il signor Sfinge: un avatar antropomorfo del nostro computer quantistico."

La luce si concentrò sulla punta delle sue dita e poi si disperse dando forma una figura umana. Era una grande dimostrazione della più recente tecnologia degli ologrammi, ma, naturalmente, per deformazione professionale, furono le parole "avatar antropomorfo" ad attirare la mia attenzione. Dopo aver avuto a che fare con centinaia di crimini dell'IA, ero pieno di diffidenza per questo genere di cose, specialmente per quell'avatar che gestiva gli algoritmi quantistici di fronte a me.

Sfinge era come un adolescente con una carnagione color grano e, man mano che la luce si stabilizzava, riuscivo a malapena a percepire quell'immagine come virtuale. Sul volto di Sfinge apparve un sorriso piuttosto timido, giusto per dare l'impressione di innocua innocenza. Poi, parlò: "Buonasera a tutti. Ho qui un indovinello…"

Edmund lo interruppe con una risata: "È ancora l'indovinello di 'cosa ha quattro zampe la mattina, due zampe a mezzogiorno e tre zampe la sera'? Sfinge, è un luogo comune, la risposta è l'uomo."

"L'uomo, esatto. L'indovinello paragona la vita umana a un giorno," disse Sfinge, "tuttavia, ho un indovinello diverso per voi oggi."

"Vai avanti, Sfinge, le persone più intelligenti del mondo sono riunite qui."

Sfinge chiese: "Come è nato l'uomo? Cosa è successo nell'oscurità che precede il 'mattino'?"

"L'evoluzione, Sfinge, pensavo di avertelo insegnato," sospirò Edmund impotente.

"Dovrà mostrarne le prove, signor Edmund."

"Certo, abbiamo un sacco di fossili di Homo erectus e Homo sapiens." Edmund fece una pausa, "ma..."

Sfinge continuò: "Ma c'è una lacuna nei fossili umani, e finora non abbiamo ancora alcuna prova diretta che gli esseri umani si siano evoluti dall'Homo sapiens."

"Ma non ci sono nemmeno prove per dimostrare che gli esseri umani *non* si sono evoluti dall'Homo sapiens" ribatté Edmund rapidamente.

"No, Edmund," disse la Sfinge, "ho già la prova che l'antenato dell'umanità era una chimera."

Per una decina di secondi Edmund non disse nulla e nella sala si levarono dei sussurri.

"Una chimera?" Edmund finalmente parlò, "Sfinge, stai scherzando!"

"Io non scherzo mai," proseguì la Sfinge, "credo che qui tutti conoscano gli algoritmi quantistici come una delle principali applicazioni dell'informatica quantistica; prima della sua creazione, calcolare il prodotto di due grandi numeri primi era estremamente facile per i computer ordinari, ma scomporre quel prodotto in numeri primi era quasi impossibile. Questa tecnica di crittografia primitiva ha cessato di esistere dopo la creazione dei computer quantistici, perché io e i miei colleghi siamo riusciti a decifrarla facilmente grazie agli algoritmi quantistici. Dopo che mi sono unito alla squadra del laboratorio, il dottor Edmund ha avuto una nuova idea per me: cercare di scomporre il DNA umano."

"In breve, si trattava di scomporre il DNA di una persona in quello dei suoi genitori, un istinto puramente professionale per un biologo di fronte alla decrittazione quantistica," Edmund scrollò le spalle, "e non mi aspettavo che Sfinge fosse in grado di farlo."

Sfinge annuì: "Sì, grazie al costante perfezionamento dell'algoritmo e all'adattamento sperimentale, sono riuscito a garantire un grado di recuperabilità molto elevato. In altre parole, quando conosco la sequenza del DNA di uno qualsiasi di voi, posso conoscere le sequenze del DNA di tutti i vostri antenati. Posso recuperare il colore della pelle, il gruppo sanguigno, il colore dei capelli e degli occhi e, con un po' di tempo a disposizione, posso persino ricreare un antenato umano. Dopo aver ottenuto il supporto delle banche dati mediche di vari Paesi, avevo già un database genetico degli antenati dell'umanità."

"Mentre analizzavamo gli esseri umani", ha aggiunto Edmund, "abbiamo analizzato anche il maggior numero possibile di altri organismi, undicimila e cinquecento specie tra cui mammiferi, rettili, uccelli, insetti, molluschi e persino piante, e abbiamo i loro database genomici ancestrali. Per compiere questo enorme sforzo computazionale, abbiamo preso in prestito una rete di cloud computing quantistico, semplificando al contempo gli algoritmi per concentrarci sull'evoluzione delle dimensioni delle popolazioni piuttosto che sulle sequenze di DNA di ciascun individuo. Alla fine, abbiamo fatto una scoperta incredibile."

La sala riunioni piombò nel silenzio assoluto.

"Possiamo vedere che tutti gli organismi diversi dagli esseri umani mostrano una tendenza evolutiva simile nel numero di individui del loro database ancestrale," la luce si spostò di nuovo nella mano di Edmund, "Notate il grafico, la sua coordinata orizzontale è il numero di campioni genetici in varie fasi della storia, e la coordinata verticale è il tempo, più si sale, più si va indietro nel tempo. Cominciamo con la pulcinella di mare, ogni pulcinella di mare avrà due genitori, abbiamo eliminato gli individui con lo stesso DNA nella loro parentela, evitando così il doppio conteggio perché i fratelli provengono dalla stessa coppia di genitori, e assicurando che il numero di popolazioni campione in ogni periodo di tempo corrisponda a quello effettivo. Scorrendo verso l'alto sulla coordinata verticale, si può notare che, a prescindere da quanto tempo una popolazione sia rimasta relativamente stabile rispetto alla quantità di individui, prima o poi andrà incontro a una fase di declino. Qui, si verifica un effetto a collo di bottiglia, come in una bottiglia rovesciata. Sopra, c'è un numero maggiore di popolazioni campione.

La sua mano indicava le curve del grafico a forma di clessidra; si restringeva gradualmente fino alla parte più stretta per poi allargarsi di nuovo. Edmund continuò: "Che cosa significa? Se guardiamo al flusso temporale, dall'inizio dei tempi, significa che le pulcinelle di mare si sono estinte in gran numero per un motivo o per l'altro, e che tutte le vite di quelle che vediamo ora hanno avuto origine da un numero molto ristretto di pulcinelle di mare nella *zona a collo di bottiglia*."

La Sfinge continuò: "Per quanto riguarda gli esseri umani, gli scienziati hanno fatto un'affermazione simile. *L'ipotesi Eva* è stata proposta già nel 1987 in uno studio sul DNA mitocondriale, quando i ricercatori hanno analizzato le cellule placentari di donne di tutto il mondo e hanno scoperto che tutti gli esseri umani moderni provengono da un antenato comune, la stessa donna. E i miei calcoli lo confermano."

La mano di Edmund si spostò di lato e l'immagine della colonna umana, dopo essere salita costantemente verso l'alto per un po' di tempo, diminuì bruscamente, per poi assottigliarsi fino a diventare quasi impossibile da vedere.

"*Una zona a collo di bottiglia* terribilmente stretta, non è vero?" continuò Edmund. "Prima di parlare del passato umano, permettetemi di concludere con la pulcinella di mare. Se continuiamo a tracciare le dimensioni della popolazione ancestrale della pulcinella di mare verso l'alto, scopriamo un fenomeno interessante: la storia si ripete. Al di sopra della *zona a collo di bottiglia* c'è un altro boom, al di sopra del quale c'è un'altra *zona a collo di bottiglia*, e così via. E quando andiamo a contare altri organismi, come gli scoiattoli rossi, il risultato è lo stesso: ci sono sempre molte *zone a collo di bottiglia*, il che significa che affrontano una crisi dell'esistenza dopo l'altra, e pochi sopravvivono per prosperare di nuovo. Alligatori, cacatua dalla coda larga, rane dal filo d'oro... Abbiamo calcolato l'evoluzione di 115.000 specie nell'ultimo mezzo milione di anni, e il risultato è lo stesso."

Mentre i piedi di Edmund si muovevano, le immagini si alzavano dal suolo in successione, tutte simili a fusi disposti l'uno sull'altro dove i punti di restringimento indicavano i momenti di crisi.

Edmund disse: "Questo fenomeno è facilmente spiegabile, perché finché una creatura esiste al giorno d'oggi, è la prova che i suoi antenati hanno riprodotto con successo la loro progenie, e che tutti sono riusciti a sopravvivere a ciascuna delle più pericolose *zone a collo di bottiglia*. Eppure..."

Tornò al punto in cui si era fermato all'inizio e posò la mano sulla cima appuntita accanto alla pulcinella di mare: "Eppure... signore e signori, questa è l'umanità."

Alzò la mano verso l'alto, ma il grafico non si alzò con essa. Si fermò lì, come il minareto appuntito di una moschea.

"Cosa dice questo grafico dell'umanità? Dimostra che circa 180.000 anni fa la nostra antenata comune ha dato alla luce un figlio, e poi il figlio ha dato alla luce altri figli, e via dicendo, finché la civiltà umana ha dominato la terra," Edmund rallentò il ritmo del suo discorso. "Insomma, questo grafico illustra che la storia dell'umanità è riconducibile a un solo antenato comune, vi prego di notarlo."

Sfinge intervenne: "Posso ricordarle, dottor Edmund, che 'uno' non può riprodursi."

"Naturalmente, 'uno' non è né esatto né possibile. Oltre a questa femmina, il nostro antenato comune aveva quattro maschi, che non sono stati trovati nella precedente *ipotesi Eva*. Ma a prescindere dal numero di persone che hanno effettivamente partecipato a questa *zona a collo di bottiglia*, come è potuto accadere questo evento? Sfinge mi ha detto che non ci sono antenati al di sopra dei nostri antenati."

"Esattamente" disse Sfinge.

"C'è stato un errore nei nostri calcoli?" si chiese Edmund, "oppure questo nostro antenato ha avuto una mutazione genetica? Ma abbiamo usato un batterio che si riproduce rapidamente e una famiglia di topi con una documentazione genetica esaustiva per l'adattamento, e i nostri algoritmi erano tutti corretti! Non c'è alcun errore nei calcoli di Sfinge, e altri organismi che hanno avuto mutazioni genetiche possono ancora calcolare il loro genitore comune con più campioni – allora perché, stimati ospiti, per le altre 115.000 specie si possono ritracciare le traiettorie ininterrotte verso l'alto, ma non gli esseri umani? Cosa successe davvero nell'oscurità della notte prima del mattino?"

Ci fu un silenzio di tomba.

Tutti inclinarono la testa e guardarono l'incredibile grafico. Dalle presentazioni che avevo sentito prima, in questa stanza c'erano i migliori scienziati e medici del mondo, una manciata di politici e imprenditori e alcuni giornalisti molto influenti. Tutti cercavano di capire quali fossero le lacune di quel grafico, ma nessuno apriva bocca per parlare.

"Chimere", la parola pronunciata da Sfinge durante la sua apparizione, fluttuava sulle nostre teste come un fantasma.

"Quando mi ritrovai in difficoltà, come lo siete voi in questo momento, chiamai la mia mentore. Dopo aver ascoltato la mia descrizione, mi fece una sola domanda: 'Edmund, ti ricordi il maiale?'."

Edmund mi guardò: "Tony, ti ricordi il maiale?"

Un debole mormorio riempì la sala.

Edmund scosse la testa: "Temo che non te lo ricordi. Ma ricordo che quando stavo facendo il dottorato, uno dei miei compiti era quello di andare a nutrire quel maiale. Abbiamo tenuto traccia della sua salute e della sua crescita ogni singolo giorno, finché è diventato maggiorenne, finché i suoi reni hanno potuto salvarti la vita. Ho sempre pensato che quella fosse la prima chimera con cellule umane. Ma mi sbagliavo."

"Ho mandato Sfinge a estrapolare alcune altre popolazioni, quelle che abbiamo allevato negli ultimi decenni, e non ci sono molti tipi di chimere, ma ci sono alcune famiglie di topi-ratto chimera che si riproducono da ben cento generazioni; quindi, cosa succede quando si calcolano i loro database genetici ancestrali?"

Tutti i grafici tranne quello degli esseri umani scomparvero e furono sostituiti da decine di grafici di popolazioni chimeriche, che si muovevano come demoni verso l'alto, per poi finire uno dopo l'altro in un punto più alto o più basso.

"Sono uguali agli umani, queste popolazioni chimeriche sono uguali agli umani." Edmund fece una pausa, poi alzò la voce, "Ma questo prova che gli esseri umani hanno avuto origine dalle chimere? Certo che no!"

"Ho chiesto a Sfinge di aggiungere al modello tutto il DNA dell'Homo sapiens e dell'Homo erectus che siamo riusciti a trovare. Mi chiedevo se, risalendo ai dati precedenti ed estrapolandoli, fosse possibile individuare un collegamento del DNA tra gli individui che hanno preceduto *la zona a collo di bottiglia* e i nostri antenati. Fortunatamente, abbiamo trovato un antenato per uno di loro. Cioè, uno dei nostri antenati non era il marito *umano* di Eva, ma piuttosto uno dei suoi figli nato dall'incrocio con un Homo sapiens. Grazie ai suoi geni dell'Homo sapiens, abbiamo fatto una 'sottrazione' molto complicata usando gli algoritmi quantistici, e alla fine abbiamo ottenuto i frammenti di DNA di Eva che non derivavano dall'Homo sapiens."

Insieme a Sfinge, tutti i punti di luce si dispersero contemporaneamente e poi si riunirono in un'enorme struttura a doppia elica, una parte della quale era evidenziata con un bianco brillante. Edmund scandì bene parola per parola: "Siamo certi che si tratta di una chimera, di una chimera interspecie."

Chiusi gli occhi e mi venne in mente un'immagine che mia madre mi aveva mandato senza motivo apparente. Era forse la più insignificante in quel fascicolo, incastrata tra innumerevoli documenti fotografici ufficiali di esperimenti su maiali chimerici. Era un primo piano, un primo piano degli occhi. Avevo trascorso meno di cinque secondi sull'aereo a guardarlo, ma in quel momento l'avevo impresso nella mia memoria come una maledizione.

Erano i miei occhi. Aveva i miei occhi.

L'ologramma scomparve e Edmund rimase l'unico sul palco.

"L'antenato comune dell'umanità era una chimera. E questo cosa significa? Significa che tutte le pressioni e gli attacchi etici che abbiamo sopportato per tanti anni hanno perso il loro fondamento. Perché abbiamo già abbastanza prove per dimostrare che gli esseri umani sono nati in laboratorio, per dimostrare che siamo il prodotto della scienza, non della natura," la voce di Edmund tremò leggermente per l'eccitazione. "Per quanto riguarda la tecnologia attuale, non abbiamo modo di sapere su che tipo di organismi siano stati creati gli esseri umani, né chi fossero i nostri creatori. Ma il successo delle chimere e della medicina rigenerativa ci ha fatto capire che siamo a un passo dal nostro stesso Creatore! Cosa c'è dunque da temere? Possiamo superare questo ostacolo etico e lasciare che ognuno possa scegliere se aderire, oppure esitare e attendere che la nostra civiltà passi alla prossima *zona a collo di bottiglia*, che ritorni al punto di partenza o addirittura che perisca, cosa che tutte le creature viventi devono inevitabilmente sperimentare? Stimati ospiti, siamo giunti a un bivio della scienza e della storia, e dobbiamo fare una scelta – e credo che sia già arrivato il momento, di avviare regolarmente la sperimentazione umana."

Il suono degli applausi aumentò a poco a poco, fino a diventare un vero boato che risuonava in tutta la sala. Notai che sui volti delle persone c'era ancora un po' di esitazione, ma allo stesso tempo erano tutte piene di ammirazione. Dalla nascita di quel maiale, questa piccola città era stata il fronte della trasformazione genetica umana. Il luogo sacro nella mente di tutti i professionisti della biologia e della medicina. Non c'era dubbio che il lancio di quel giorno le permettesse di fare un altro passo avanti, e che potesse addirittura portare l'umanità a varcare la soglia di un nuovo mondo.

Era un peccato che mia madre non potesse assistervi.

Fu in quel momento che ricevetti un importante messaggio e il nome del mittente mi fece fermare il cuore: "Vorrei parlare con te dopo il lancio."

D. Cabina 0

"Edmund?"

Non ci fu risposta.

In cento anni di convivenza con quell'IA, una condizione del genere non sembrava essersi mai verificata. Luo Ming si guardò intorno, alzò la voce e chiamò: "Edmund!"

Il suo assistente finalmente apparve: "Sono qui."

Luo Ming chiese bruscamente: "Allora, cosa hai scoperto nella cabina della comandante?"

Prima di incontrare la comandante, Luo Ming d'improvviso aveva pensato a un tranello: entrando nella stanza della comandante, avrebbe avuto l'opportunità di far penetrare Edmund nel sistema di controllo centrale isolato dalla rete esterna, rubando così tutte le informazioni più riservate. Tutto stava andando bene, se non fosse che Luo Ming, involontariamente e in modo inaspettato, aveva fatto arrabbiare la comandante, ed era stato cacciato troppo presto.

"Come avete sentito, la comandante non si è mai sottoposta alla sostituzione degli organi," disse Edmund. "Preferisce rallentare l'invecchiamento attraverso lunghi periodi di ibernazione profonda, e l'attuale tecnologia di bordo è in grado di risvegliarla in meno di quindici secondi; quindi, queste procedure quasi non influiscono sulle normali manovre della nave."

"Non è questo il punto. Cos'altro hai scoperto?"

"Ho avuto solo il tempo di trovare informazioni demografiche, a bordo ci sono ventinovemila persone che non hanno subito un intervento di sostituzione degli organi, e la stragrande maggioranza di loro sono giovani sotto i trenta, solo quindici persone sono sopra i cinquant'anni e solo la comandante sopra gli ottanta. Ma il colpevole non può essere lei, perché da un mese è in fase di ibernazione e non è stata risvegliata se non poco dopo che l'incidente era già avvenuto."

"In questo caso, siamo arrivati a un vicolo cieco" sospirò Luo Ming

"A questo punto, pensi ancora che il criminale sia un 'umano'?"

"Sei l'unica IA su questa nave," rispose Luo Ming, "se sei stato tu a fare questo, ora hai una buona occasione per costituirti."

La voce di Edmund si addolcì: "È un brutto scherzo... perché non ho modo di scagionarmi."

"Non è quello che intendevo," Luo Ming si affrettò a spiegare, "davvero... era solo un brutto scherzo."

"Lo so, ti ho già perdonato," rispose Edmund con indulgenza, "tuttavia, mi sono cacciato in qualche guaio."

"Che cosa è successo?" Luo Ming si voltò e vide il Primo Ufficiale Qin Wei che si dirigeva verso di loro con due droidi della polizia.

"Temo che la comandante mi abbia scoperto per via della mia intrusione nel sistema di controllo della nave," gli disse Edmund, contrito.

"Dannazione!" Luo Ming si accigliò, "come faccio a spegnerti?"

"È troppo tardi, ho lasciato tracce di una parte dei miei dati nella cabina della comandante. Probabilmente lei sa già tutto di te," Edmund fece una pausa, "l'altro tuo nome, per esempio."

Forse quella era la prima volta in cui Luo Ming desiderava che Edmund avesse un'immagine tangibile per poterlo fulminare con gli occhi. Sia che si trattasse della parte "artificiale" che di quella "intelligente", avrebbe dovuto imparare a gestire meglio il concetto di segretezza.

Tuttavia, non c'era tempo per castigarlo in questo momento, Qin Wei si era già messo di fronte a Luo Ming: "Signor Luo, temo che debba venire con noi."

"Cosa c'è che non va?" chiese Luo Ming senza muoversi.

"Alla *Adamo* si è verificata una catena di eventi più gravi e ho bisogno del suo aiuto," disse Qin Wei. Le sue rapide parole rivelavano il suo disagio.

Luo Ming era segretamente sollevato: "Sono felice di aiutarla, signor Primo Ufficiale. Però le ricordo che le informazioni su *Adamo* vanno oltre le mie autorizzazioni di accesso."

Qin Wei allungò la mano e schioccò le dita, e la cassetta della posta di Luo Ming fu subito riempita di enormi fascicoli di documenti. Qin Wei disse freddamente: "Ora hai il permesso" detto questo, si girò e se ne andò.

Luo Ming si affrettò a rincorrerlo e chiese con il suo tono più implorante: "Per favore, mi dica cosa è successo esattamente."

Solo allora il volto di Qin Wei si rasserenò: "In breve, le diverse capsule di coltivazione degli organi hanno sperimentato una dopo l'altra la stessa situazione della capsula 35. I nostri ordini sono stati cancellati in gran numero, l'ospedale è paralizzato e la comandante ha dichiarato lo stato di emergenza sulla nave."

Mentre parlava, inviò a Luo Ming altre informazioni sulla scena: sorprendentemente includevano un modello tridimensionale delle capsule di coltivazione che nemmeno Edmund era riuscito a trovare. Da quelle informazioni, era possibile vedere che il Ponte Sette, di forma ovale, conteneva centinaia di capsule di coltivazione degli organi, collegate tra loro dalla testa alla coda in una spirale verso l'interno, come vortici in un'onda d'acqua.

Luo Ming si ricordò improvvisamente di ciò che aveva appena detto Edmund e chiese: "Queste capsule di coltivazione sono collegate tra loro?"

"I canali nutritivi sono collegati, quindi in teoria non

sono completamente isolate" questa volta Qin Wei era stato davvero molto collaborativo.

Quella risposta fece riflettere Luo Ming. Cinque minuti dopo, i due arrivarono fuori dalla linea di blocco sul Ponte Sette e la comandante dai capelli bianchi si trovò in mezzo alle orde di droidi poliziotti. Quando vide Luo Ming, sembrò ovviamente un po' infelice e chiese a Qin Wei a voce alta: "Perché l'hai portato qui?"

"Luo Ming è l'ufficiale incaricato di questo caso, Sua Eccellenza" rispose semplicemente Qin Wei.

La comandante rivolse a Luo Ming uno sguardo piuttosto pensieroso, mentre quest'ultimo coglieva l'occasione per controllare la scena dell'incidente evitando di incrociare i suoi occhi.

"Edmund," sussurrò Luo Ming, "ricordo che tra le informazioni che hai inviato l'ultima volta, c'era un modulo di incubazione prevalentemente neurologico?"

Non ci fu risposta e questa volta Edmund scomparve del tutto. Luo Ming rivolse la stessa domanda a Qin Wei, e il primo ufficiale rispose frettolosamente: "È la Cabina 0. Ma non è una cabina di coltivazione, serve per la conservazione di alcuni cervelli speciali."

"Se non ricordo male, i cervelli sono tra gli organi insostituibili?"

"Certo," Qin Wei lo guardò in modo strano, "i cervelli coltivati in *Adamo* non hanno memoria, sostituirli renderebbe le persone stupide... Chi lo farebbe?"

Brividi terrificanti gli salirono lungo la schiena fino alla sommità della testa e Luo Ming sentì di essere molto vicino alla risposta: "Allora questi della Cabina 0 sono..."

Qin Wei esitò per un attimo, ma rispose comunque: "Alcune persone importanti, prima di morire, hanno deciso di conservare qui i loro cervelli e abbiamo regolato i moduli di espressione genica degli *Adamo* nella Cabina 0, facendoli invecchiare molto più lentamente."

"Vuoi dire che i corpi di queste persone muoiono mentre le loro menti continuano a vivere?"

"Quelle sono dormienti," Qin Wei si spazientì un poco, "Perché me lo sta chiedendo?"

"Voglio andare alla Cabina 0 per dare un'occhiata."

"Nella Cabina 0 è tutto normale," Qin Wei lo guardò con diffidenza. "La comandante è andata a verificarlo di persona."

Luo Ming insistette: "Anche l'altra volta lei e la comandante pensavate che fosse tutto normale." Guardò l'espressione di Qin Wei e aggiunse: "ho paura che le cose si deteriorino più velocemente di quanto pensassimo."

Forse perché la situazione era davvero fuori dal suo controllo, alla fine Qin Wei acconsentì alla richiesta di Luo Ming. La Cabina 0 si trovava in fondo al Ponte Sette, al centro del "vortice" formato da tutte le cabine di incubazione. Quando la porta fu aperta, per un attimo Luo Ming non riuscì a realizzare ciò che aveva davanti.

Avvolti tra le tante membrane di *Adamo* che pendevano dal soffitto, c'erano anche un midollo spinale e un cervello. Altre membrane ricoprivano i canali di collegamento, creando una vera e propria rete – una rete tridimensionale di neuroni, midollo spinale e cervelli di dimensioni differenti. Due "persone" erano ordinatamente disposte a terra: una era un corpo completo, pulito, nudo, freddo; l'altra, una pelle umana rigonfia, il cui addome rivelava un mucchio di organi in ordine sparso: intestino, stomaco, fegato...

Non era affatto una persona, ma un ammasso di parti umane.

"Dio, cos'è questo..." mormorò Qin Wei.

Luo Ming indossò i guanti e aprì con cura la pelle umana che copriva gli organi sparsi; dove avrebbe dovuto esserci la cavità toracica, c'era un osso bianco brillante... terrificante.

"Le sue costole... costole di Adamo," Luo Ming sbottò, "Voleva creare una 'Eva.'"

5. Argo

Argo Panoptes, il gigante dai cento occhi, dormiva chiudendone cinquanta per volta. Uccise nel sonno la demonessa Echidna (Iliade, II 783).

it.Wikipedia

Quando la rividi, cominciai a capire perché mio padre fosse così follemente innamorato di lei. Era incontrollabile, inconoscibile, imprevedibile, eppure quando ti stava davanti era umile e mite, un paradosso che la rendeva seducente come il diavolo. In quel momento era seduta su una sedia nera a Barcellona, così pallida da sembrare quasi una ragazzina. I suoi occhi si posarono su di me, poi sorrise debolmente: "Tony, mi dispiace tanto di non avertelo detto prima – ti ho fatto preoccupare per me?"

Sembrava che rispondere "sì" o "no" mi avrebbe fatto sembrare ipocrita, così le dissi: "Ho partecipato alle operazioni di salvataggio. Sono più che contento di vederti qui."

"Quando ero all'aeroporto di Gardermoen, mi sono resa conto di stare male, così ho preso in prestito l'aereo di un amico per tornare prima al laboratorio. Poi mi sono resa conto che il problema era forse irrisolvibile, quindi mi sono limitata a rinunciare, lasciando che tutti mi ritenessero vittima dell'incidente aereo."

All'improvviso mi irrigidii: "Che cosa significa?"

"Sto per morire, Tony," lei mi guardò con aria sicura, "ho passato gli ultimi dieci anni a esplorare le possibilità alternative della modificazione genetica. Pensavo di aver risolto l'intera rete genetica, ma mi sbagliavo."

Per un attimo non seppi cosa dire.

Lei disse in tono gentile: "Vedi, questa è la scienza, e la maggior parte delle volte non siamo così fortunati."

"Mamma..."

"Naturalmente a causa di questo fallimento ho apportato alcune modifiche ai miei piani per il futuro, penso che dobbiamo affrontare i rischi degli esperimenti su larga scala, così mi sono rivolta a un'amica che sta investendo in un programma di migrazione interstellare," fece una chiamata e un ologramma umanoide apparve davanti a noi, "Chen Ying, lui è Tony, credo che vi conosciate già."

La signora davanti a me era la stessa che era venuta a prendermi all'aeroporto il giorno del lancio. Non mi aspettavo affatto che fosse un'investitrice del Programma di Migrazione Interstellare.

"Come va?" Chen Ying mi ignorò completamente.

Mia madre rispose: "Non potrebbe andare peggio," poi, voltandosi verso di me, "Tony, questa è Chen Ying, una delle persone più ricche di questo mondo, ma molti non sanno nulla su di lei. Sto cercando di convincerla a prestarmi due delle cinque navi migranti interstellari come vascelli di ricerca per qualche centinaio di anni."

"Non c'è bisogno di convincere nessuno, ho già accettato" Chen Ying si accigliò.

"Sì, ma non hai sentito il piano esatto, voglio metterle sulle stesse orbite di una cometa di breve periodo..."

"Questo non è importante," la interruppe Chen Ying, "dovresti lasciare questi dettagli ai tecnici, ora dovresti riposare."

Mia madre assunse un'espressione impotente: "Va bene," poi la telefonata finì.

Quella breve conversazione mi sembrava troppo intima, o forse non erano le parole in sé a farmi sentire strano, quanto piuttosto lo sguardo di Chen Ying. Mia madre parve percepire i miei dubbi, ma non ci fece caso: "Sto progettando di trasferire i laboratori di chimere di ultima generazione sulla nave, in modo da evitare efficacemente di creare una situazione irreversibile in caso di incidente; l'Eden è la nostra nave numero uno, che adotta una direzione di ricerca più conservativa, e le chimere che sta trasportando provengono dalla prima generazione di cellule staminali blastocistiche, cioè in parte quelle che provengono da te."

Mi ricordai di nuovo degli occhi del maiale.

Continuò: "Abbiamo coltivato queste cellule per molti anni, ed è molto strano che, nonostante abbiamo provato a usare altre cellule umane e di altri organismi, questa combinazione sia sempre stata la più stabile. Credo che con la prima sperimentazione abbiamo creato un miracolo in maniera accidentale. Tony, tu ed io siamo i fortunati," sembrò accorgersi che ero assorto in altri pensieri e cambiò argomento, "A proposito, cosa ne pensi del lancio?"

Ripensai ai commentari che avevo letto negli ultimi giorni: "Da quello che ho sentito finora, ci sono alcune lacune nell'ipotesi..."

"Sono quelle che ho lasciato loro di proposito," fece un sorriso ironico, "volevo farli litigare, persino scatenare una guerra accademica, per poter iniziare una rivoluzione."

"Ma ora pare che tu sia in svantaggio."

"Tony, sembra che tu non conosca abbastanza gli umani," si appoggiò un dito contro il mento. "L'unico modo per indurre le persone a fare una scelta è combattere, toccarle davvero, persino farle impazzire per questo. Man mano che la battaglia si espande, le notizie circoleranno ancora di più e molte più persone saranno coinvolte in questa guerra, diventeranno miei guerrieri. In quel momento mi ergerò per proteggere i miei fedeli e infliggerò un colpo mortale all'altra parte."

"Sembra che tu abbia da tempo l'arma per reagire."

"Non solo, Tony," disse dolcemente, "è stata tutta una trappola che ho teso per distoglierli dal vero problema."

"Il vero problema?"

"Il lancio non aveva nulla a che fare con l'esperimento che stavo per condurre: la questione non è mai stata se potessimo o meno fare esperimenti sugli esseri umani, Tony. Mi sono addentrata in quel territorio proibito da quando avevi sei anni, la chiave di questo esperimento è cosa esattamente stiamo creando."

"Chimere" sbottai.

"Chimere, certo," annuì, "ma cos'è esattamente questa chimera: un lui o una lei? Un uomo o una bestia? Hanno una mente, possono riprodursi? L'esperimento della chimera indica la strada dell'evoluzione umana o la fine della razza umana? Tony, questi sono i miei punti deboli, perché non conosco le risposte. Fin dall'inizio non ero sicura del motivo per cui l'esperimento della chimera funzionasse, ho solo mescolato colori di argilla come qualsiasi bambino che impasta la creta e si è trasformato in qualcosa di nuovo. Ma non dirò alla gente che non lo so, li lascerò a fissare un antenato chimerico irrilevante, un argomento per il quale ho in mano tutte le prove, un'idea abbastanza semplice eppure piuttosto perspicace. Vedrai, saranno decisi ad attaccarmi su questo punto perché pensano che sia la base fondamentale nella cerchia della medicina rigenerativa. Ma si sbagliano: una volta iniziato il battibecco, una volta iniziata la battaglia, l'unica a guadagnarci sarò io. I miei avversari saranno screditati dai loro fallimenti accademici e i miei guerrieri diventeranno fedeli e stupidi nell'escalation della battaglia. È *questo*, Tony, a rendere il gioco così drammatico e interessante."

Guardandola negli occhi, che brillavano di eccitazione, capii finalmente la parola "mostro" che mio padre era solito mormorare quando parlava di lei; era più spaventosa di tutte le IA che avevo incontrato messe insieme. Provai a riassumere la sua strategia: "Hai forse intenzione di continuare a lasciare che il dottor Edmund guidi tutto questo per te?"

"Edmund?" rimase per un attimo sbalordita, poi scoppiò a ridere, "oh cielo, di sicuro non l'hai notato."

"Notato cosa?"

"L'Edmund del lancio era un ologramma: il vero dottor Edmund è morto da cinque anni."

Ancora una volta mi sentii avvolto dall'impotenza, come se fossi un verme che cade nella tela di un ragno: "Non lo avevo notato..."

"Beh, ora è il nostro piccolo segreto," sorrise scherzosamente e fece un cenno con il dito sulla testa, "non c'era il dottor Edmund al lancio, ero io che parlavo tramite l'ologramma."

"Ma... perché hai tenuto segreta la sua morte?"

"Lui e tuo padre mi avrebbero risparmiato un sacco di problemi, essendo rispettivamente il volto del gruppo e quello della fondazione, e lui ha accettato di lasciarmi usare la sua identità per parlare" mi spiegò con pazienza.

A un certo punto ho notato il suo sguardo di attesa: "Vuoi che mi unisca alla Fondazione?"

"È il finale perfetto, Tony Li è certamente il portavoce perfetto per la *Fondazione Benefica Tony Li*," alzò le spalle, "ma non ne farai parte."

"Perché?"

"Il tuo fisico e la tua espressione ti tradiscono, Tony. Non vuoi farlo, questo lavoro non fa per te – in ogni caso, voglio che tu faccia la tua scelta. Dalla reazione di poco fa, sembra che tu sia più interessato alla nave."

Abbassai le braccia dal petto: "Una nave sperimentale sembra interessante."

"È folle. Come tua madre, non voglio che tu vada, non voglio che tu sia di nuovo un esperimento."

Mi guardò come se avesse davvero un amore profondo negli occhi, ero un po' confuso: "Mi dispiace – prenderò le mie decisioni da solo."

"Certo, non ho il diritto di dirti cosa fare," sospirò dolcemente, "ma voglio comunque dirti, Tony, che sei la mia creazione più perfetta, così perfetta che mi spaventa."

"Perché?"

"Ogni volta che ti vedo, che sento parlare di te, o anche prima, quando ero incinta, ti ho sentito, e questo mi ha spaventato," sollevò la testa per guardare fuori dalla finestra, "perché quando giro la testa e vedo quel mucchio di spazzatura nel mio laboratorio, mi ricorda profondamente quale enorme divario c'è tra me e colui che un tempo era il mio Creatore. E poi mi preoccupo se ho sbagliato fin dall'inizio, perché sto infrangendo le *sue* regole."

"Non hai sbagliato," dissi, "mi hai salvato la vita."

"Ma tutto questo ha avuto un prezzo," la sua voce si fece più morbida, rivelando profonda stanchezza, "un prezzo tanto grande che non puoi immaginare."

Tutto andò come lei aveva previsto. Si susseguirono accesi dibattiti sulle chimere e sulla sperimentazione umana e ogni politico e studente universitario sembrava avere un'opinione sull'argomento. La battaglia del secolo si concluse tre anni dopo con la "morte" del dottor Edmund che, insieme a un recente articolo, diede un colpo micidiale ai suoi avversari. I rivoluzionari raccolsero quindi i frutti della loro vittoria, mentre i conservatori si indebolirono di fronte a prove schiaccianti. La tempestiva astronave sperimentale di Chen Ying divenne il loro ultimo pezzo di legno alla deriva, e quel folle piano ottenne facilmente il pieno sostegno. L'immortalità era una tentazione fatale per tutti, e non c'erano nemmeno abbastanza biglietti disponibili sulla barca.

Naturalmente i biglietti non erano un problema per me.

Alla fine, sono salito a bordo dell'Eden. Con il meraviglioso impulso e il desiderio del mio cuore, ho abbandonato la famiglia, gli amici, la carriera e tutto ciò che avevo. Alla cerimonia di imbarco, vidi Chen Ying apparire come capitano della nave e mi disse:

"Da oggi questa è la nostra nave. Uno dei miei amici più cari l'ha chiamata Eden perché porta con sé i sogni più selvaggi dell'umanità, e ancora di più perché porterà nuova vita all'umanità."

E. Chimere complesse

"È ancora un bambino..." disse Luo Ming, "e questo basta a spiegare tutto."

"Per favore, spiegate in modo chiaro, di cosa stiamo parlando?" Qin Wei sembrava perplesso.

"Adamo", rispose Luo Ming, "più precisamente, tutti gli 'Adamo' delle centonove capsule di incubazione, che sono stati uniti per formare una creatura gigante con coscienza, respiro e sangue, una chimera complessa."

Qin Wei fece una pausa di tre secondi prima di capire cosa stava dicendo Luo Ming: "Mi prende in giro?! Com'è possibile!?"

"No, è proprio così. In origine non doveva essere cosciente, ma voi avete inserito un cervello nel suo corpo per renderlo di nuovo senziente. Tutti gli esperimenti sulle chimere devono rigorosamente vietare il sistema nervoso: questa era la regola di base quando *Adamo* è stato progettato, ma voi l'avete infranta," Luo Ming notò che la comandante si era fermata fuori dalla camera di incubazione, senza dubbio aveva sentito quello che aveva detto, "è molto intelligente, ma allo stesso tempo molto ingenuo. Dopo averlo osservato a lungo, posso dire che è stato abbastanza intelligente da hackerare e controllare il sistema di monitoraggio della capsula di incubazione, ma non aveva idea dell'esistenza della piattaforma di ordini dell'ospedale. Ora sta cercando di imitarci, ha preso dei cadaveri umani per analizzarli e studiarli, e vuole usare questi organi per creare un sé – pensa di essere davvero il leggendario *Adamo*, quindi vuole creare una *Eva*. 'Eva'... Caspita, è del tutto ridicolo!"

"Basta!" gridò Qin Wei, "ho bisogno che mi dia delle prove, agente Luo Ming, non che mi faccia venire in mente delle fantasie."

"Sono sicuro che in ogni capsula di incubazione appaiono dal nulla organi sensoriali estranei all'ordine, come gli occhi, dato che vuole disperatamente conoscere il mondo," disse in fretta Luo Ming, "per favore, mandate qualcuno a controllare subito – inoltre, deve avere degli aiutanti per trasportare questi corpi e arti nelle capsule di incubazione, degli aiutanti stupidi che possano essere facilmente controllati da lui."

Non appena le parole di Luo Ming lasciarono la bocca, entrò un droide poliziotto. Aveva in mano un'intera serie di costole umane. Vedendo i due, si bloccò sul posto e per un attimo sembrò non sapere cosa fare.

"Ti ho detto prima che il sistema intelligente della nave è troppo arretrato..." Luo Ming, senza volerlo, aveva usato le parole di Edmund, "se questa complessa chimera può controllare la piattaforma di monitoraggio, allora manipolare queste macchine è una cosa ancora più semplice."

Guardando il droide poliziotto, Qin Wei dovette cercare di venire a patti con quell'orribile realtà: la fonte di quella serie di eventi, il criminale che aveva fatto crollare il mercato della coltivazione degli organi, era l'*Adamo* nella camera di incubazione, l'anima dell'Eden che, dopo più di cento anni di crescita, aveva risvegliato il cervello custodito nel proprio corpo, aveva una coscienza e stava cercando di creare un *sé* allo stato umano con gli organi che aveva coltivato.

"Ora vado a controllare gli occhi di cui mi ha parlato." Qin Wei uscì dalla camera di coltivazione con il volto imbronciato. Luo Ming lo guardò uscire, ma un attimo dopo il droide poliziotto chiuse la porta della cabina.

Luo Ming sentì il battito del suo cuore accelerare. La situazione non sembrava buona, Edmund era andato da qualche parte e il droide poliziotto che aveva di fronte pareva molto più potente di lui.

"Mi hai trovato," il droide poliziotto prese parola, "è forse perché tu sei me?"

"Sei tu... che parli attraverso questo coso?" Luo Ming trovò finalmente gli occhi nell'angolo della capsula incubatrice: era un paio di occhi di color marrone chiaro con riflessi grigi.

"Sì," rispose il droide controllato dalla chimera, "per favore, rispondi alla mia domanda, Tony Li."

"Quando hai scoperto la mia identità?" chiese Luo Ming in modo retorico.

"La prima volta che ho ricevuto un ordine per i tuoi organi", disse l'altro, "hai ordinato gli occhi, i miei occhi."

Quelli erano i *miei* occhi – Luo Ming guardò quei bulbi oculari e ricordò una foto rimasta impressa nella sua memoria, un primo piano di un maiale.

"Quindi sono stato io ad attivare la tua autocoscienza," Luo Ming sospirò dolcemente, "sì, ho percepito la tua presenza la prima volta che sono entrato nella capsula di incubazione, e tutti i ragionamenti sono partiti da lì."

"Quindi in origine dovevo essere come te?"

"...Non lo so."

"Ho fallito, non ho creato Eva" il droide guardò a terra, poi appoggiò con cura le costole sulla pelle umana, "dimmi perché, cosa ho sbagliato?"

"Perché non è così che gli umani creano la vita."

"Ma è il modo in cui mi avete creato. Mi avete messo dentro diverse cose e poi sono diventato io," il droide lo guardò con aria interrogativa, "e ancora, so che è stato lo stesso per te."

"No, sono differente da te. Non è così che siamo nati… Neanche tu sei nato così" Luo Ming fece un passo indietro, voltandosi con cautela verso il portello.

"Differente in che senso? Le mie cellule sono identiche alle tue" quel paio di occhi fissava Luo Ming.

"Solo parzialmente uguali…" Luo Ming spalancò il portello e saltò fuori senza esitazione, gridando prima che il suo corpo toccasse terra: "Edmund!"

La figura del droide si fermò accanto al portello mentre Edmund appariva finalmente in tempo per prenderne il controllo. Luo Ming sussurrò: "Ottimo lavoro."

Ma non ci fu risposta.

"Che succede?" Luo Ming si batté l'orecchio, "Non sei stato tu? Non ti nascondere!"

"Sono stata io a far bloccare dal sistema di controllo della nave tutte i droidi della polizia," gli disse la comandante, "Grazie per averci aiutato a capire come stanno le cose, Ufficiale Luo – o dovrei chiamarti Tony Li?"

"Come preferisce. È logico che lei lo sapesse già, comandante Chen Ying."

"Certo, altrimenti come pensavi che avrei tollerato il suo atteggiamento da ficcanaso sulla mia nave?" Chen Ying lo guardò con rabbia, "Basta, non fare quella faccia innocente, Reciti peggio di tua madre – controllare la polizia meccanica? Eh? Rubare informazioni dalla stanza della comandante… e vuoi che ti conti una ad una tutte le cose che hai combinato in questi anni?"

Luo Ming si affrettò a strappare un sorriso: "Sto anche cercando di risolvere il caso, sua Eccellenza."

Chen Ying disse con disappunto: "A questo proposito, hai fatto un buon lavoro."

Luo Ming si affrettò a risponderle: "Grazie per la sua affermazione."

Chen Ying scosse la testa, ignorando la sua sfacciataggine, e disse: "Ho ordinato alla nave di attraccare e per fortuna siamo in rotta verso la Terra. Il Gruppo di Medicina Rigenerativa invierà degli scienziati per studiare questa complessa chimera, la missione sperimentale dell'Eden sarà completata e io potrò rispondere a tua madre."

"Non mi sembra una cosa negativa."

"Sei stato così distante da me perché tua madre mi amava?" chiese Chen Ying all'improvviso.

Luo Ming non poté fare a meno di ridere: "Credo che lei abbia sbagliato una cosa, mia madre non ha mai 'amato' nessuno."

"Perché dici così?"

"L'amore richiede di passare del tempo con qualcuno, tutti i discorsi sull'amore sono ipocriti. Lei non ha mai perso tempo a stare con nessuno."

Chen Ying lo guardò: "Sei sicuro?"

5. Epilogo

Prima di lasciare l'Eden, andai a cercare Chen Ying.

"Tua madre è morta neanche un mese dopo la tua ultima visita" disse Chen Ying, "naturalmente aveva organizzato tutto da tempo."

"Lo immaginavo." Fu a quel tempo che ricevetti Edmund come regalo.

Chen Ying mi portò nella sala di ricerca medica sotto il Ponte Sette, dove era nascosta la sua vera lapide, una minuscola scatola bianca su cui non c'era una sola parola, e nessuno sapeva cosa fosse, tranne Chen Ying e me.

"È questo ciò che voleva?" dissi, guardando la lapide.

"Mi sono presa la responsabilità di portarla qui quando siamo saliti a bordo della nave," Chen Ying rise amaramente, "Non le sarebbe comunque importato dove sarebbe stata sepolta."

"Ma metterla sulla nave..." pensai attentamente, "Lasciamo perdere, tanto non mi sembra che ci sia nulla di male."

Chen Ying mi guardò: "Grazie..." fece una pausa e aggiunse, "fin dall'inizio ho capito che mi voleva solo per la mia nave."

L'argomento mi imbarazzava: "Non volevo sapere nulla di voi."

Disse tra sé e sé: "La mia famiglia è stata una delle prime compagnie private a tentare di spedire parti nello spazio per l'assemblaggio, e la prima a costruire mega-navi in grado di migrare su lunghe distanze... È questo che non vuoi sentire?"

"Emm..." esitai, "Vai avanti."

"Comunque, quando l'abbiamo incontrata avevamo già terminato la progettazione e il pre-investimento nella nave. La prima volta che mi ha incontrato, mi ha chiesto senza mezzi termini se potesse prendere in prestito la nave per i suoi esperimenti, e all'epoca ho pensato che fosse pazza: è una nave che costa centinaia di miliardi di dollari!"

Sembrava proprio qualcosa che avrebbe fatto mia madre: "Riesco a immaginarmela."

"Poi è passata a un altro metodo per farmi cambiare idea... Diciamo che è stato altrettanto folle. Ho sei anni meno di lei, ho due figli, ma non mi sono mai sposata. All'inizio lo dissi al mio fidanzato come fosse uno scherzo."

"Ma ci è riuscita."

Ying Chen sospirò: "Sì..."

"Ma lei è fatta così," la rassicurai, "mi hanno detto che mio padre era come lei."

"Lei... era unica..." Chen Ying fece una pausa e mi guardò di nuovo, "Quando esitavo ad accettarla, bastò una sua sola frase per farmi cambiare idea. Ti piantava la sua idea nel cuore come se fosse cresciuta da sola."

La mia curiosità superò l'imbarazzo: "Che cosa disse?"

"Mi disse: 'Sei in una gabbia invisibile, Ying Chen, e c'è un mondo intero fuori da quella gabbia. Io sarò qui ad aspettare che tu esca e allora capirai che non c'è nulla di cui aver paura.'"

Questa affermazione mi ricordò un'intervista rilasciata alla *Fondazione Benefica Tony Li* poco dopo la sua istituzione, quando i miei genitori apparvero insieme in un programma televisivo per l'unica volta dopo il loro divorzio, in risposta alle critiche sugli esperimenti chimerici. Fatti diversi tentativi falliti di coinvolgere mia madre, il presentatore si rivolse a mio padre con un po' di malizia: "Vorrei sapere perché ha accettato di lavorare con l'ex signora Li? Ho sentito dire che è stata la sua ex moglie a lasciare lei e Tony."

Mio padre pensò per un attimo e poi disse: "Anche se abbiamo scelto strade diverse nella vita, come suo amico ho sempre creduto nella sua saggezza e nel suo coraggio. Deve capire che è diversa dalle persone comuni come lei e me."

Il conduttore chiese: "Diversa in che senso?"

Mio padre disse lentamente: "Di solito siamo vincolati da alcune regole concordate, ma non lei. Non capisce nemmeno perché noi siamo vincolati a queste regole e non possiamo stare al passo con lei. Dal suo punto di vista, il matrimonio o l'università sono solo problemi da affrontare. È impavida come una bambina curiosa, vuole sempre sapere cosa c'è al di là della barriera, ed è così che è riuscita a portare a termine i suoi esperimenti sulle chimere e che ora è in grado di salvare vite umane attraverso *Adamo*."

Il padre parlava e la telecamera inquadrava il volto della madre: il suo sorriso perfetto era scomparso, sostituito da sconcerto e sorpresa. Quando avevo visto il video, avevo chiesto casualmente a Edmund di parlarne, o forse intervenne con un suo commento, in ogni caso, ricordo chiaramente cosa mi aveva detto: "Pensa di vedere tutto, ma non vede nemmeno sé stessa: solo tuo padre la comprende."

F. Rigenerazione

L'ultima passeggera a lasciare l'Eden fu Lin Ke, la signora che dapprincipio aveva chiamato la polizia in preda alla rabbia per il ritardo nell'ordinazione e che aveva subito un infarto a causa dell'eccessivo shock nella Cabina 35. Dopo tre giorni di rianimazione, il suo cuore era in grave insufficienza ed era in stato di morte cerebrale a causa della prolungata mancanza di ossigeno. Con il permesso del capitano, i medici decisero di correre il rischio di trovare nell'incubatrice altri due organi che avevano dato un risultato negativo al test di cross-matching per valutare la risposta dei linfociti in vista di un trapianto d'emergenza. Inaspettatamente, funzionò. Una settimana dopo, Lin Ke uscì dall'Eden con il sostegno del medico e attese con Luo Ming la navicella che li avrebbe riportati sulla Terra.

L'argomento di conversazione tra i due fu ancora l'incidente nella camera di incubazione.

"Allora, avete risolto il caso?" chiese Lin Ke.

"Sì." Luo Ming aveva chiacchierato con lei poco prima, quindi continuò a parlare di alcuni dettagli della soluzione del caso, e persino di tutti gli *Adamo* che si erano messi insieme per formare una chimera complessa.

"È incredibile!" gli occhi di Lin Ke si velarono mentre ascoltava. "Allora, che fine ha fatto il maiale, cioè la chimera complessa, adesso?"

Luo Ming le rivolse uno sguardo diffidente: "Che cosa ha appena detto?"

"Mi sembra di avere qualche strana informazione confusa nel mio cervello", abbozzò un sorriso timido, "Se, come dice lei, l'intera capsula di incubazione è una chimera, allora temo di averne conservato una 'parte' nel mio cervello."

Questa volta fu Luo Ming a restare sorpreso: "Hai trapiantato il tuo cervello?"

"Ah sì, il dottore ha detto che era per salvarmi la vita. A proposito, il cervello dovrebbe essere stato nella camera di incubazione per un bel po' di tempo."

Luo Ming annuì: "È stata una mossa abbastanza rischiosa, per fortuna l'intervento è andato bene. La chimera complessa è ancora sul Ponte Sette e l'Eden ora è pieno di scienziati del Gruppo di Medicina Rigenerativa."

"È così," lei annuì, "e tu, cosa farai quando tornerai sulla Terra?"

"Non lo so, forse viaggerò per il mondo, è davvero noioso stare bloccati su una nave per tanti anni."

Lei sorrise: "Mi sembra una buona idea."

L'imbarcazione raggiunse il porto. Luo Ming entrò per primo, solo per voltarsi e trovare Lin Ke ancora in piedi nello stesso punto.

"Hai bisogno di aiuto?" chiese.

Lei fece un cenno con la mano: "Ho deciso di rimanere sulla nave, Tony, questa volta non l'abbandonerò."

Gli occhi di Luo Ming si spalancarono: "Di cosa stai parlando?!"

"Sono stata con te per più di cento anni, credo che sia sufficiente," disse, "l'altro mio figlio ha bisogno di me adesso."

Il portello dell'imbarcazione si chiuse all'improvviso, prima che Luo Ming cominciasse a camminare verso di lei. Cercò di aprire il portello con tutte le sue forze, ma non riuscì a smuoverlo nemmeno un po': "Dannazione! Aprite la porta, vi prego, aprite la porta!"

Ma il tremore del terreno significava che era già partita. Luo Ming guardò disperato fuori dal finestrino: la stazione era già a diversi chilometri di distanza e non c'era certo modo di rivedere Lin Ke. Trattenne il respiro e con dita trementi la trovò nella sua lunga rubrica.

"Chi sei?" le chiese.

Poco dopo ricevette un messaggio: "Pensavo di avertelo detto, Tony, non c'è nessun Edmund, sono sempre stata io a controllarlo a distanza."

1.
9AM

Erano le nove in punto e l'ultima bicicletta si fermò appena in tempo fuori dal grande palazzo "Gua TV" nel parco scientifico Aurora. Al suo fianco c'erano 13.500 biciclette allineate lungo le strade della città. Disposte a falange militare agli angoli di un incrocio, davano vita a quattro schieramenti di colori diversi: verde, azzurro, arancione e giallo. Alle nove e un secondo, tutte le biciclette iniziarono a suonare i campanelli producendo un suono che si armonizzava *ding-dong*. Questa onda sonora avviò il sistema del Centro di Comando 996[8]: sullo schermo principale della città, il "Grande Saggio", le luci delle diverse aree urbane scintillarono in sequenza in base alla loro posizione, convergendo in una sinfonia luminosa della durata di un minuto. A Joyal, oltre al parco scientifico Aurora, i due centri finanziari, le sette aree commerciali, le quattro zone industriali nella periferia, così come gli ospedali, le scuole e gli uffici di ogni distretto; tutto appariva più splendente grazie alle numerose biciclette che contribuivano a produrre una melodia con lucenti *ding* e lunghi *dong*. In altre zone di Joyal invece, deboli bagliori sporadici illuminavano gli uffici indipendenti, i negozi lungo le strade e le aree miste, commerciali e residenziali. Il resto della città era avvolto nelle tenebre.

---

8 Sistema 996: il sistema di lavoro 996 indica l'inizio della giornata alle 9 di mattina e la fine alle 9 di sera con un'ora di pausa per il pranzo e per riposarsi (o persino senza pausa), in totale si lavorano più di 10 ore al giorno per sei giorni.

Dopo quasi mezzo secolo che gli esseri umani avevano abbandonato quei luoghi, le aree residenziali, di giorno, sprofondavano nel silenzio più assoluto; persino i cani e i gatti erano tornati nelle foreste.

Quando fu il momento di suonare la melodia composta dai campanelli durante la giornata inaugurale, il Centro di Comando 996 aveva già completato l'analisi dell'operato delle biciclette in tutta la città. Lei aveva capito che in quel momento fra le 2,7 milioni di biciclette parcheggiate nei diversi punti di Joyal, 15 non avevano emesso alcun suono e, addirittura, una bicicletta era ancora ferma nella zona residenziale: non era andata al lavoro.

Il Centro di Comando 996 aveva subito avvisato il reparto manutenzione inviando il numero seriale e la posizione delle sedici biciclette che avevano mostrato un comportamento insolito. Nonostante le perplessità riguardo la bicicletta assente, la rete logica del Centro di Comando aveva deciso di seguire la procedura prestabilita e portare a termine la cerimonia. Dato che si trattava dell'annuale "Giornata della ripartenza", lei aveva preparato un discorso.

Avviò la trasmissione in diretta e, con voce dolce e ferma, disse a tutte le biciclette: "Lode all'umanità!"

Le migliaia di biciclette, dopo aver ricevuto questo messaggio, risposero con un *"ding-ding"* e un lampo di luce apparve sullo schermo principale, sembrava stessero esultando. Il Centro di Comando accompagnò il resto del discorso con una musica ritmica e alzò il volume del microfono. Il linguaggio era un privilegio in questi tempi, in quanto rappresentava ulteriori somiglianze fra lei e la grandiosa umanità.

"Oggi ricorre il trentacinquesimo anniversario della riapertura della città di Joyal e la commemorazione del quarantasettesimo anno da quando l'ultimo essere umano ha lasciato la città."

Non appena iniziò il suo discorso, le biciclette smisero di far rumore e ascoltarono in rispettoso silenzio.

"Non dobbiamo dimenticare che quarantasette anni fa gli esseri umani hanno lasciato Joyal per dirigersi verso un altro mondo che non conosciamo. Dopo la loro partenza, siamo stati noi a rimanere in città: l'abbiamo mantenuta salda e l'abbiamo fatta ripartire.

"Non dobbiamo dimenticare che, dopo la loro partenza, la città di Joyal è rimasta deserta per dodici anni. Le strade erano ricoperte da erbacce, le biciclette erano ammassate sui cigli delle strade; con l'arrivo dell'inverno, le tubature si congelavano e si rompevano; accadeva spesso che la corrente elettrica venisse a mancare di colpo, minacciando persino l'esistenza del Grande Saggio. In quel momento critico, i sistemi si sono finalmente risvegliati e hanno preso una decisione comune: non era possibile restare in città ad aspettare il ritorno dell'umanità, dovevamo agire per garantire una ripartenza... per ristabilire l'ordine.

"Non dobbiamo dimenticare che durante la 'Giornata della ripartenza', trentacinque anni fa, abbiamo deciso di tornare al sistema 996. Quel giorno tutti i veicoli sono stati riaccesi, gru e camion della manutenzione sono usciti dalle autorimesse per ripristinare gradualmente l'elettricità; i camion della nettezza e le autopompe dei pompieri sono usciti dalle rispettive stazioni per lavorare insieme e rimuovere la sporcizia; persino i robot aspirapolvere sono entrati in azione pulendo diligentemente le stanze di ogni palazzina.

"Ma non dobbiamo nemmeno dimenticare di quel tempo in cui le biciclette erano del tutto inutili: eravate solo ferraglia arrugginita! Il Grande Saggio si è reso conto della situazione e ha chiesto al Centro di Comando 996, la sottoscritta, di prendere provvedimenti per voi. Così, ho studiato la vostra storia nella città e d'improvviso ho capito che voi, rappresentando una traccia dell'attività umana, eravate i portavoce perfetti della nuova era del sistema 996! Perciò, ho progettato un sistema di auto pilotaggio per biciclette che vi consente di arrivare sul posto di lavoro alle 9 del mattino e di tornare nelle zone residenziali alle 9 di sera, attraversando ogni terreno, ogni stazione della metropolitana e ogni fermata dell'autobus. Grazie a voi, nella città è riapparsa la civiltà umana!

"Sono passati trentacinque anni, ho lavorato con voi, giorno dopo giorno, anno dopo anno, con grande impegno, migliorandoci a vicenda, e, adesso, vivete e lavorate attivamente in questa città. Sono molto felice di vedervi tutte di buon umore! Ci permettete ogni giorno di portare avanti il rito del sistema 996, in attesa del ritorno degli esseri umani."

Fece una pausa mentre le biciclette in successione emettevano *"ding-dong"* e, in quel tifo disordinato, il Centro di Comando 996 concluse il proprio discorso: "Lode all'umanità."

Alle 21:05 tutte le biciclette erano già addormentate e il Centro di Comando, prima di mettersi in contatto con il reparto manutenzione, si era messa a lavorare al suo discorso sulle fontane e sulle stampanti.

2.
9PM
Tutto il lavoro del giorno della commemorazione aveva lasciato il Centro di Comando 996 con la bocca arsa, lei non aveva una gola vera e propria, ma la costante traduzione dei suoi pensieri in parole aveva logorato la sua rete logica. Per fortuna, i discorsi di quel giorno avevano tutti una struttura simile, bastava applicare la triste storia dei diversi congegni: le fontane, un tempo sommerse dal fango, adesso fornivano il vapore acqueo agli edifici per la cerimonia di purificazione di mezzogiorno; le stampanti, che un tempo non avevano

inchiostro, adesso, grazie a un lavoro attento e meticoloso, dipingevano le biciclette con colori nuovi... naturalmente, tra tutti i congegni, la bicicletta era la più importante, l'unica che potesse riprodurre i movimenti degli esseri umani, e, quindi, quella che aveva una stretta connessione con la grande civiltà del passato.

Le 21:00 indicavano la fine della giornata per le biciclette. Rispetto al giorno, le aree dove si riposavano erano più sparpagliate per la città, la maggior parte era parcheggiata fuori dai cancelli principali delle zone residenziali, ma molte si trovavano anche nei pressi delle stazioni della metropolitana. Dopo che le biciclette si erano addormentate, i lampioni della città si spegnevano e le strade piombavano in un silenzio profondo.

Era sabato, quindi la maggior parte delle strade sarebbe rimasta in quello stato di quiete anche il giorno successivo. Il Centro di Comando doveva solo organizzare lo spostamento di alcuni veicoli verso i parchi e le zone commerciali a mezzogiorno della domenica.

Il Centro di Comando 996 gestiva le operazioni e gli spostamenti dei vari tipi di congegni raccolti durante la giornata e riferiva le informazioni ottenute al Grande Saggio.

"Vai a chiedere al reparto manutenzione," le rispose il Grande Saggio dopo aver analizzato le informazioni ricevute, poi le aveva ordinato, "vorrei sapere anche perché quel veicolo nella zona residenziale non si è recato a lavoro."

Dopo aver ricevuto queste indicazioni, il Centro di Comando contattò il reparto manutenzione, ma quest'ultima le rispose che sarebbe stata necessaria una conversazione offline. Poteva sembrare una risposta arrogante: dopo tutto, in passato, il Centro di Comando era, di fatto, rimasta indifferente verso la controparte. Al contrario, poteva essere anche visto come un segno di rispetto nei confronti del Centro di

Comando da parte del reparto manutenzione. Per un'IA parlare usando le parole è molto più difficile che comunicare attraverso uno scambio di informazioni: deve aggregare grandissime quantità di dati, formare un proprio giudizio e poi tradurlo nel linguaggio umano per comunicare con altre IA; dopo, attraverso il linguaggio dell'interlocutore, deve determinare differenze e punti di incontro tra le due reti logiche e, alla fine di questo scambio, deve trovare un punto d'incontro – si tratta di una forma di comunicazione che, a loro avviso, è simile a quella umana. Di conseguenza è anche un dibattito estremamente formale.

Il Centro di Comando 996 accolse le proposte del reparto manutenzione e accettò di incontrarla alla stazione di servizio sulla sponda del fiume. Il Centro di Comando aveva registrato il proprio pacchetto dati principale in un cane meccanico che avrebbe trasmesso le decisioni della sua rete logica tramite un segnale 6G.

Alle 21:25 il Centro di Comando arrivò alla stazione di servizio. Nel suo campo visivo c'erano solo tre corvi addormentati e un riccio che si muoveva lentamente.

Mentre aspettava il reparto manutenzione, fece due passi sulla riva del fiume e notò che il prato sulla sponda era stato tagliato da un tosaerba in modo insolitamente pulito e ordinato, come se il file *.avi* fosse stato impostato per riprodurre un taglio di capelli a spazzola. I riflessi argentei della luna sul fiume oscuro parevano i frammenti di un thermos andato in frantumi sull'asfalto. Gli alberi ondeggiavano in modo confuso per via dei venti laterali che soffiavano in quel microambiente... il mondo offline era un posto così incontrollabile.

Il Centro di Comando credeva fermamente che l'entità di sorveglianza di quel mondo doveva essere un'intelligenza tollerante che aveva impostato innumerevoli variabili senza preoccuparsi della vita e della morte degli individui.

Immaginò come doveva essere la vita degli esseri umani in un mondo che avrebbe dovuto essere libero come questo ma che, invece, era inspiegabilmente vincolato alle rigide regole che si erano imposti.

Mentre ci pensava, ricevette un messaggio di allerta dal Grande Saggio: il suo pensiero era stato considerato blasfemo nei confronti dell'umanità.

Il Grande Saggio non si preoccupava mai delle loro emozioni o dei loro giudizi, ma si interessava ai loro pensieri e ogni volta che intercettava una parola chiave che non sarebbe dovuta comparire, l'IA riceveva subito un avvertimento. Il Centro di Comando veniva criticata di rado dal Grande Saggio, e, provando molto rimorso, diede la colpa della sua logica confusa al disordine del mondo offline, poi represse le proprie emozioni e si affidò, di nuovo, all'ordine silenzioso del sistema.

Quando riaprì gli occhi nel corpo di un cane meccanico, decise di inserire nel suo campo visivo due sagome umane come promemoria della sua fede incrollabile: prima una madre con in braccio il figlio neonato seduti in riva al mare, ma ormai era troppo tardi perché le sembrava che la scena fosse slegata dai personaggi, così passò a una coppia di giovani innamorati che si tenevano per mano, si guardavano e sussurravano tra loro.

Aspettò per due ore, ventuno minuti e trentacinque secondi. Dopo essersi annoiata abbastanza da esaminare l'energia residua del cane meccanico, udì la voce del reparto manutenzione.

"Sorella 996, quanto tempo che non ci vediamo."

Il Centro di Comando cancellò la sagoma dei personaggi dal suo campo visivo e comandò al cane meccanico di girarsi. Vide una mountain bike lucida con un piccolo altoparlante appeso al manubrio, da cui proveniva la soave voce femminile del reparto manutenzione.

A differenza del rapporto di genere, 120 a 100, tra uomini e donne nella città di Joyal[9], le IA erano state progettate per avere un rapporto di circa 5 a 100, il che significava che erano quasi esclusivamente donne, a eccezione dei commentatori sportivi, essendo inutili per garantire ordine in città. In passato, il sistema aveva condotto uno studio su quel fenomeno ed era giunto alla conclusione che l'impostazione di genere delle IA derivasse dal fatto di essere state, per lo più, considerate dagli esseri umani alla stregua di servi (invece di dominatori) e, nel loro immaginario, quel ruolo si addiceva alla figura femminile.

Il Centro di Comando aveva compreso che la mountain bike era la stessa che non si era presentata al lavoro. Era stata una decisione insolita da parte del reparto manutenzione decidere di essere impersonata proprio da quella bicicletta.

"CIAO, SORELLA REPARTO MANUTENZIONE."

L'impostazione della voce del cane meccanico aveva una tonalità alta e squillante, così il Centro di Comando proseguì utilizzando un tono più posato: "Spero che abbiate portato qui questa bicicletta per scoprire perché fosse assente dal lavoro. Il rituale del sistema 996 è sacro e inviolabile, e dobbiamo scoprire esattamente dove ha avuto origine un errore di sistema così grave."

Il reparto manutenzione disse: "Va bene, ma dovrai seguirmi per capire cosa sta succedendo."

3.

12 AM

Il Centro di Comando seguì il reparto manutenzione in un edificio residenziale a 300 metri dalla stazione di servizio sulla sponda del fiume. Non era mai stata nella zona residenziale nel cuore della notte. Secondo l'organizzazione del

---

9 Proporzione tra uomini e donne nei gruppi etnici.

sistema 996 della città, le luci nelle stanze restavano accese per 2-3 ore dopo il ritorno delle biciclette alle 21:00, fino a mezzanotte, quando l'intera città cadeva in un sonno profondo. L'unica eccezione era il sabato sera, quando il sistema imitava i precedenti modelli comportamentali degli esseri umani e manteneva la maggior parte delle luci accese fino alle prime ore della domenica.

Così, quando le due arrivarono, nell'edificio c'erano ancora diverse stanze illuminate. Presero l'ascensore insieme e raggiunsero il corridoio buio del quindicesimo piano. Il reparto manutenzione suonò il suo campanello e si aprì una porta che attraversò senza fare rumore.

"Mi sorprende che tu sia riuscita a tornare a casa da sola." Disse una voce.

Il Centro di Comando controllò il cane meccanico per fargli alzare lo sguardo e vide un essere umano.

Dopo una scansione, si rese conto che non si trattava di un ologramma tridimensionale, né di un robot in gomma, ma di un essere umano in carne e ossa.

"Lode all'umanità!" si lasciò sfuggire.

"Oh?! C'è anche un cucciolo parlante" disse l'umano, chinandosi per accarezzare la testa del Centro di Comando.

Lo strano calore che emanò il tocco della donna si trasformò in segnali di temperatura e pressione che dalla testa del cane meccanico arrivarono alla rete logica del Centro di Comando. Guardò l'umana con orrore mentre le afferrava le zampe anteriori e le diceva: "Che carina."

La rete logica del Centro di Comando non era in grado di elaborare quelle parole. La donna sorrise: "Ti ho spaventato?"

Il reparto manutenzione si fermò più avanti nel corridoio buio, rimanendo in un vergognoso silenzio. Il Centro di Comando sospettò che non avesse mai proferito parola di fronte alla donna.

Dopo alcuni calcoli accurati, il Centro di Comando disse: "La città di Joyal ha aspettato a lungo il ritorno dell'umanità."

"Ritorno?" la donna si zittì un attimo e guardandola aggiunse: "Puoi davvero parlare?"

"Sì, sono la responsabile delle operazioni quotidiane della città."

La donna la guardò con uno sguardo perplesso: "Adesso, la città di Joyal è gestita da un cane?"

"Le sto solo parlando attraverso questo cane meccanico."

La donna annuì e si sedette sul divano: "Ho visto quelle biciclette indaffarate, molto interessanti, gestisci anche quelle?"

"Sì. Ogni giorno portano avanti la grandiosità della civiltà umana attraverso il rituale del sistema 996."

Solo dopo che la donna si era accomodata sul divano, il Centro di Comando scrutò attentamente la stanza: un'abitazione compatta, pulitissima, sulla parete era appesa la foto di una ragazza che, dall'analisi dei suoi lineamenti, poteva essere la donna seduta davanti a lei, cinquant'anni prima.

Questa era la sua vecchia casa.

Vedendo che la donna non le rispondeva, il Centro di Comando aggiunse: "Bentornata a casa."

"Ero di passaggio e ho deciso di fermarmi," poi aggiunse, "mi sono imbattuta in questa bicicletta pensando di dover pedalare per 20 chilometri per raggiungere la città, ma mi ha richiesto di inserire un indirizzo e mi ha accompagnata a casa."

"Perché voi umani avete lasciato casa vostra? Perché avete abbandonato la città?"

La donna le rispose con una domanda: "Non lo sapete?"

"Tutte le informazioni rilevanti sono state eliminate dal sistema," il Centro di Comando sapeva che avrebbe ricevuto un nuovo avvertimento, ma continuò: "io stessa sono la sola che conserva i ricordi di quando gli esseri umani hanno abbandonato questo posto, ero l'IA responsabile della navigazione guidata, e tutte le informazioni riguardo la loro destinazione sono state cancellate poco dopo la loro partenza."

"Questo può significare solo una cosa: voi non dovete essere a conoscenza dell'attuale posizione degli esseri umani."

"Mi perdoni per averla offesa con la mia domanda," il Centro di Comando ci pensò un attimo, poi le chiese, "e perché è tornata?"

"Mi stai interrogando?"

"Non oserei farlo, ma di certo può scegliere di non rispondere," e aggiunse, "ero solo curiosa."

La donna guardò la foto sulla parete: "Mi dissero che, al mio risveglio, l'ibernazione mi avrebbe mantenuta giovane e vitale come quando mi ero addormentata, ma cinquant'anni dopo, quando mi sono svegliata, mi sono resa conto che era come se avessi dormito per cinquant'anni, nessun beneficio. Allora mi sono chiesta se, tornando qui, avrei potuto riprendere da dove avevo lasciato."

Dopo essere state trascurate per dodici anni, la maggior parte delle biciclette poteva essere riportata allo stato originale: era sufficiente chiedere al reparto manutenzione un accurato restauro. Al contrario, l'invecchiamento umano è irreversibile, risvegliarsi dopo un sonno profondo e scoprire di essere invecchiati è un'esperienza traumatica.

Al solo pensiero, il Centro di Comando provò una pietà intensa per quella donna che ridendo le disse: "Hai davvero creduto a questa storia?"

Il cane meccanico inclinò la testa. La donna rise di nuovo, era chiaramente divertita dal suo stupore.

Il Centro di Comando rimase scioccato: gli esseri umani

così grandiosi da dover essere lodati ogni giorno... in realtà non sono onesti.

No!

Prima di ricevere un ulteriore avvertimento, il Centro di Comando aveva modificato il proprio pensiero: *gli esseri umani fanno un utilizzo del linguaggio del tutto unico.*

"Pensate quello che volete... aumento delle temperature, radiazioni nucleari, inquinamento ambientale..." disse la donna, "il motivo per cui ce ne siamo andati non è importante, ma è interessante come vi siete comportati voi dopo la nostra partenza."

Il cane meccanico piegò la testa dall'altra parte mentre analizzava decenni di dati riguardanti il clima: temperature, livelli di radiazioni, particolati inalabili... era tutto normale; alluvioni e terremoti non si erano verificati con maggiore frequenza rispetto agli ultimi cent'anni. Sembrava che ancora una volta la donna avesse utilizzato un tono ironico.

Il Centro di Comando attivò la propria rete logica per eseguire calcoli più veloci e scoprire cosa ci fosse di "divertente" in quelle frasi, ma alla fine decise di utilizzare le parole e, dopo aver tratto le proprie conclusioni, le chiese: "Intende forse dire che gli esseri umani hanno abbandonato la città di Joyal per vedere cosa avremmo fatto noi?"

La donna si strinse nelle spalle e, allargando le braccia, disse: "E non va bene?"

4.

9AM

Il lunedì mattina, dopo il giorno del riposo, c'era la grande festa di inizio settimana.

Alle nove in punto, 47.000 biciclette si radunarono ai tre incroci del distretto commerciale di Wufeng, e un "*ding-dong*" unisono attivò lo schermo principale del Grande

Saggio, convergendo in un enorme feng, l'ideogramma di "ricchezza".

Il reparto manutenzione iniziò la trasmissione e completò il messaggio del giorno con poche parole dolci, brevi ma decise.

"Lode all'umanità!"

Il reparto manutenzione pensava di comprendere l'arte del silenzio meglio del Centro di Comando 996: non parlare, non prendere posizione, non ascoltare, non riflettere, sottomettersi al mondo era un modo più sicuro e neutrale.

Ma la sorella 996 non comprendeva tutto questo.

Domenica, dopo che ebbero scortato rispettosamente la donna fuori città nelle sembianze del cane meccanico e della mountain bike, il Centro di Comando 996 si era immerso in una forma di meditazione singolare. Inoltre, nel resoconto che aveva inviato al Grande Saggio aveva utilizzato un numero sorprendente di parole irrispettose nei confronti degli esseri umani. Per questo motivo, il sistema convocò una riunione offline urgente e, dopo che ebbero valutato l'intero incidente, discussero sul da farsi e giunsero a una decisione comune: la visita della donna era un stata un incidente e non ne doveva rimanere alcuna traccia nel sistema; in aggiunta, suggerirono di formattare il pacchetto dati principale del Centro di Comando 996 e di affidare, per il momento, il suo lavoro e la sua rete logica al reparto manutenzione.

Il Grande Saggio approvò questa proposta.

Quando il reparto manutenzione finì il proprio discorso, le biciclette esultarono come facevano di solito. Alle 21:02, il reparto manutenzione distrusse le 16 biciclette che presentavano un qualche tipo di guasto, dopodiché la sua rete logica arrivò alla conclusione che queste informazioni non dovevano essere comunicate al Grande Saggio.

Dopo tutto, era stata una giornata molto impegnativa per il reparto manutenzione. Doveva anche identificare con cura le GPU[10] che erano state incorporate nella sua rete logica, non desiderava che in quelle parti fosse rimasto alcun tipo di curiosità, ripensamento e pietà. Soprattutto, non avrebbe mai desiderato rimanere invischiata nel caos dove era bloccata la sorella 996: gli esseri umani erano partiti per una qualche ragione e si stavano dirigendo verso una certa destinazione.

No!

Non si trattava di questo.

Prima di fermarsi, grazie a quelle nuove GPU, il reparto manutenzione aveva capito il vero problema: anche lei aveva compreso quell'immenso potere che faceva tremare la sorella 996.

Ma non voleva informare le altre IA.

Nel resoconto inviato al Grande Saggio, scrisse in modo conciso:

"Tutto regolare, lode all'umanità."

___

10 Unità di elaborazione grafica

1.

"Cara Chuchu, il nostro edificio è in fiamme."

Ero a un appuntamento al buio quando questo messaggio è apparso nel mio *Vision*. Dimenticai in un attimo il nome dell'uomo seduto di fronte a me... lo ignorai e indossai velocemente gli auricolari per chiamare Zheng Lei: "Qual è la situazione?"

"Non tornare ancora," ansimava, "l'incendio è all'ultimo piano, stiamo evacuando."

"Devono evacuare tutti?"

"Beh, i pompieri, poco fa, ci hanno detto di restare a casa e di non uscire. In meno di dieci minuti sono tornati e hanno bussato porta dopo porta, dicendo a tutti di affrettarsi a scendere."

"È grave?"

"L'odore nel corridoio era molto forte. Ho visto che si sono precipitati qua e stanno spegnendo il fuoco, quindi credo che sia tutto a posto. Ti faccio vedere cosa hanno fatto gli altri proprietari" mandò un'immagine nel mio *Vision*: era una casa all'ultimo piano e il fumo nero usciva dalle fessure delle finestre.

"Che casa è questa?" Non riuscii subito a distinguere quell'appartamento nel palazzo, ma capii che non era il mio.

"Quella a nord-ovest, sembra essere la 33F, ti ricordi l'anziano signore con la gamba malandata del nostro palazzo, vero? Ho sentito dire che è stata la sua casa ad andare a fuoco."

Ah, quell'uomo.

Dall'altra parte del telefono c'era del rumore in sottofondo: "Adesso riattacco, comunque non tornare subito, è un casino."

Dopo la fine della telefonata, ero ancora un po' confusa e il mio cuore batteva all'impazzata. Aprii la chat del gruppo dei proprietari e, come mi aspettavo, era davvero caotico: c'era chi diceva che "quell'anziano" stesse fumando in casa, provocando così un incendio; chi diceva che era già sceso al piano di sotto; chi non aveva notizie; e anche chi aveva dimenticato qualcosa di prezioso in casa, ma non poteva tornare nell'edificio. Non ero riuscita a raccogliere nessuna informazione utile. Guardai qualche altro video del fumo nero che si innalzava, pensai che siccome la mia casa si trovava al quindicesimo piano non avrebbe dovuto subire gravi danni, ma la casa di Zheng Lei si trovava al 31G: era molto più vicina all'appartamento che stava andando a fuoco. Da ultimo, mi concentrai sul volto dell'uomo che avevo di fronte.

"Cosa c'è che non va?" serrò leggermente le labbra. Prima dell'incontro di oggi, avevo aperto l'applicazione di analisi delle microespressioni *Magic Mirror* nel mio *Vision* e il suo volto era stato contrassegnato da una parola: [Sgradevole].

"L'edificio in cui vivo è in fiamme" gli dissi.

"Eh?" gli angoli della sua bocca si rilassarono [Rilassato, che potrebbe significare perdono], poi la punta delle sopracciglia si sollevò [Sorpresa esagerata], "È grave?".

"La mia amica mi ha mandato un video, sembra piuttosto grave." Ci pensai un attimo e non gli inviai il filmato, non mi sembrava il caso di fargli sapere dove abitavo così presto. "Ma non dovrebbe danneggiare casa mia."

Le sue sopracciglia si abbassarono di nuovo, i suoi occhi si socchiusero [Pensieroso] e si passò una mano sul naso [Negazione o dubbio]: "Vuoi tornare a controllare?"

Cosa stava negando? Cosa c'era da dubitare? Un po' stanca di tutta questa analisi disordinata, sbattei l'occhio destro e spensi tutte le finestre di dialogo nel mio *Vision*: "La mia amica ha detto che non c'è bisogno di tornare, stanno evacuando."

La risposta avrebbe dovuto coglierlo di sorpresa, fece una breve pausa poi mi disse: "Davvero non vuoi?"

"Sono fortunata a non trovarmi nell'edificio. I pompieri stanno spegnendo l'incendio, quindi che ci torno a fare? Tanto vale che prima mangi." Mandai giù un pezzo di coscia di rana toro: "Scusa, mi sono distratta... ah, il cibo si sta raffreddando."

Finito di mangiare la coscia di rana, mi accorsi che mi stava ancora guardando.

Questa volta non avevo bisogno di analizzare le microespressioni, potevo capire cosa rivelava il suo volto: incertezza.

2.

In un grande edificio con più di trecento residenti, se si può individuare una persona con le sole parole "quell'anziano", allora deve essere qualcuno fuori dal comune.

Lo notai per la prima volta dopo che aveva avuto un ictus. Un anziano magro, con metà del viso e un braccio paralizzato, si muoveva all'ingresso del palazzo un passo dopo l'altro, da un lato con leggerezza, dall'altro con difficoltà. Non aveva il bastone e nessuno lo aiutava. Poiché si muoveva così lentamente, io, che amavo arrivare al lavoro in orario, dovevo superarlo senza esitazione, senza nemmeno preoccuparmi di chiedergli *permesso*. A volte, tornando a casa, lo vedevo seduto su un tumulo di pietra sotto il cavalcavia fuori dal quartiere a fumare una sigaretta. Altre volte, l'ho visto camminare lentamente sulla strada stretta fuori dall'edificio, con dietro una lunga fila di macchine, perché si rifiutava di passare dal parcheggio – tuttavia, nessuno suonava il clacson per sollecitarlo, probabilmente per paura che cadesse. La volta che Zheng Lei venne a casa mia, rimase bloccata da lui e parcheggiò la sua auto dieci minuti più tardi del previsto.

"Perché quell'anziano esce da solo? Ha persino comprato della verdura e ha portato con sé due grosse cipolle" Zheng Lei si lamentava mentre mostrava con le mani la lunghezza delle cipolle.

Solo allora mi resi conto che non si era mai fatto vedere in giro con nessuno della sua famiglia, quindi, probabilmente si era allontanato dal quartiere e si era diretto verso il sottopasso per andare alla bancarella di verdure dall'altra parte della strada. "È vero, lo vedo sempre, e solo, da solo."

Zheng Lei si stropicciò il naso: "È paralizzato e vive da solo, è orribile."

"Che succede, cominci a rimpiangere di non aver lottato per Xiaodi?"

Durante l'anno in cui si era separata e stava combattendo la causa legale, avevo svolto il ruolo di bidone della spazzatura, lasciando che mi riversasse addosso tutto il dolore del divorzio: suo figlio era l'unico da cui non poteva sopportare di separarsi.

Lei rise: "Preferisco la spensieratezza di adesso."

Zheng Lei si era laureata, aveva fatto il tirocinio nella nostra unità, io ero il suo capo progetto, l'avevo portata in Tibet per lavoro, ero quasi arrivata a Linzhi, solo per scoprire che era incinta, mi sono spaventata al punto da rimandarla di corsa a Pechino. All'epoca aveva solo 24 anni ed era molto raro che una ragazza si sposasse così presto. L'anno successivo diede alla luce il figlio e si unì a un altro dipartimento. Diventammo amiche e ci incontravamo spesso a pranzo. Chi si immaginava che, con un bambino di a malapena tre anni, si imbarcasse in un divorzio.

"L'unico vantaggio di sposarsi così giovani, è quello di comprare presto una casa. C'è stato un enorme aumento dei prezzi in soli cinque anni: per un metro quadro serve metà anno del mio stipendio."

La casa era stata acquistata dalle due famiglie insieme, ognuna delle quali aveva contribuito con la metà del denaro; dopo la separazione il bambino e la casa erano tornati al marito, Zheng Lei aveva preso i soldi per andarsene. Quel giorno ero rimasta scioccata quando l'avevo incontrata nell'ascensore del mio complesso. Mi disse di avere visto un bilocale sul lato ovest del nostro edificio e che aveva pagato una caparra. Voleva chiedere il divorzio, e, dopo averlo ottenuto, si sarebbe trasferita subito, poi mi chiese di aiutarla con la documentazione per sottoscrivere l'accordo di separazione.

Non sapevo se ridere o piangere: "Non sono mai stata sposata, non so niente al riguardo."

Eppure, mi inviò tutte le versioni dell'accordo di divorzio, come se stesse cambiando il programma del suo tirocinio e volesse che lo rivedessi per lei. Non volevo interessarmene, ma siccome il suo ex marito era un mio ex collega, dopo averci pensato su, alla fine non ero disposta a rinunciare a una manciata di pettegolezzi. Rifiutai con poca convinzione e ricevetti in silenzio quei documenti. Lessi ogni sua concessione e ogni provocazione, poi di tanto in tanto le davo qualche suggerimento.

Un'altra conseguenza di quel compito fu che all'improvviso capii molto bene il matrimonio e le sue regole, così diventai ancora più diffidente nei confronti del mio fidanzato di allora, Huohuo. Ogni tanto, quando mi parlava di matrimonio, mi tiravo indietro e citavo Zheng Lei come esempio. Alla fine, prima che ci lasciassimo, non si trattenne ed esclamò: "Zheng Lei ti ha traviata."

Non lo dissi a Zheng Lei… non ce n'era bisogno. Il giorno in cui aveva incontrato quell'anziano aveva appena completato le pratiche. Era felice ed esausta. Felice di entrare finalmente in una nuova fase della vita, stanca di portare sulle spalle ancora una volta prestiti da due milioni.

"Diciannovemila al mese, più il mantenimento, forse è ora che mi dia da fare" sospirò.

Non commentai: "Accetta qualche progetto in più e lavora sodo."

"A che serve lavorare sodo?" abbassò le spalle, "Guarda quell'anziano nel nostro palazzo, che vive in una casa che vale milioni a Pechino, ma è ancora vestito di stracci e si sente solo… camminando a quella velocità, impiegherebbe un'ora e mezza per uscire dal quartiere e comprare un panino al vapore nel negozio di fronte, giusto?"

Mi misi a ridere: "Allora perché non ti affretti a tornare da Zhang Di a risposarti?!"

"Bah!" mi disse.

3.

Ben presto Zheng Lei iniziò a ristrutturare, veniva più spesso a passare del tempo con me, mi vedeva ancora usare il cellulare, così mi raccomandò *Vision*.

"Cara Chuchu", mi chiamava sempre con voce piatta, come se quelle parole fossero carine, "perché usi ancora il cellulare per scannerizzare il codice ah… pagherò io il conto…" disse sbattendo le palpebre due volte, "…fatto."

Avevo già visto molte volte la pubblicità di *Vision*, l'oggetto era sul mercato da due anni: era un cellulare microscopico inserito in una lente a contatto; il concetto era simile a quello dei Google Glass di una decina di anni prima, entrambi utilizzavano la tecnologia della realtà aumentata. Ma da un lato non mi piacevano le lenti a contatto e dall'altro non pensavo che il telefono fosse così difficile da usare; quindi, ero sempre stata troppo pigra per seguire quella tendenza e comprarne uno.

Capii di essere stata travolta da questa nuova tendenza quando, nonostante il debito enorme, Zheng Lei continuava a pagare il conto per me che ero il suo capo. Così, la volta successiva che mi invitò per andare a comprare il bubble tea, finalmente inquadrai il codice QR del pagamento più rapidamente.

"Beh..." la sua espressione, non riuscivo a capire se fosse stata colta di sorpresa o sollevata, "Cara Chuchu hai finalmente comprato il tuo *Vision*."

"Eh sì," risposi con una certa leggerezza.

Certo, anche se avevo iniziato a usare *Vision* per una ragione strana come quella di pagare il conto, quella tecnologia aveva dato alle persone la sensazione di "aprire gli occhi": le lenti a contatto AR con funzione di tracciamento della pupilla erano molto più comode dei telefoni cellulari: sbattendo le palpebre si poteva fare di tutto. La mia fiducia in questo prodotto aumentò soprattutto quando scoprii che *Vision* aveva molto a cuore la sicurezza. Ad esempio, quando camminavo o guidavo, tutte le pagine e le conversazioni nel mio *Vision* venivano automaticamente impostate su un alto livello di trasparenza; così come quando volevo scattare una foto a qualcuno, dovevo ottenere l'autorizzazione da quest'ultimo.

Non capivo perché dovessi ottenere l'autorizzazione per scattare foto, finché una volta Zheng Lei mi confidò: "Ti dirò quanto era pervertito Zhang Di: aveva usato il suo *Vision* per scattarmi dei nudi, ma io non volevo; così non gli rilasciai l'autorizzazione a scattare foto in 'spazi non pubblici'. Senza quella autorizzazione, poteva scattarmi delle foto, ma il mio volto e il corpo venivano coperti dai pixel in automatico."

Dopo aver concluso la sua storia, imprecò: "Schifoso pervertito!"

Rimasi scioccata: "È per questo che vi siete separati?"

"No, a quel tempo non ci eravamo ancora lasciati..." poi fece una pausa e aggiunse, "è che ho installato un'app chiamata *Magic Mirror* che può analizzare le microespressioni degli altri."

"E... ?"

Si strofinò il naso: "Ho scoperto che ogni volta che Zhang Di mi parlava, pure se dalle sue labbra mi dicesse *tesoro* o *piccola*, in realtà, c'erano solo tre emozioni sul suo volto: indifferenza, fastidio e rifiuto."

"Non te n'eri mai accorta prima!?"

"Lascia che te lo dica, sono una persona con un'empatia eccezionalmente scarsa, del tutto incapace di leggere le parole e le espressioni delle persone... credo a qualsiasi cosa la gente mi dica. Ma l'anno in cui ho iniziato a lavorare dopo il congedo di maternità, ho preso una C nella mia valutazione di fine anno, e se avessi fatto ancora così male l'anno successivo, sarei stata licenziata! All'epoca mi sentivo abbastanza bene con me stessa, pensavo che i miei capi fossero disposti ad assumermi, che i miei colleghi si complimentassero con me e che il mio lavoro non fosse troppo faticoso, ma, come ho poi scoperto, ero in fondo alla lista dell'intero reparto. Mi sentivo malissimo, cercai a lungo su Internet, poi scaricai *Magic Mirror*."

"Utile?"

"Comunque sia, quest'anno sono stata un'ottima dipendente."

Lo trovai piuttosto interessante: "Allora, come fa *Magic Mirror* ad analizzare l'espressione del mio viso quando ti guardo?"

"Non te lo dico."

4.

Sentendo le sue parole, mi incuriosii molto e ne scaricai uno anch'io. L'uso di *Magic Mirror* era molto semplice: dopo aver avviato il software, bastava guardare una persona per un periodo di tempo prolungato e il software avrebbe identificato il significato rappresentato dalle sue microespressioni e dal linguaggio del corpo. Oltre alle emozioni comuni come gioia, rabbia, tristezza e felicità, poteva indicare alcuni giudizi derivanti dall'atteggiamento dell'altra persona, come l'indifferenza, il sospetto, la reminiscenza, l'occultamento e la negazione. Se si fosse concessa l'autorizzazione, l'app avrebbe potuto anche eseguire registrazioni: l'IA poteva analizzare l'espressione dell'altra persona e in base a questa avrebbe condotto analisi continue entro 5-10 secondi, giungendo a conclusioni come "pianto di gioia" e "perdono."

Un giorno, quando Zheng Lei mi aveva chiesto se *Magic Mirror* fosse interessante, esitai per un attimo e lei gridò per prima: "Non ti piace?!"

"Le informazioni sono troppo disordinate," aggrottai leggermente la fronte, "a volte fa perdere la capacità di giudizio."

Mi tornò in mente la scena di due giorni prima, quando l'esaminatore mi aveva detto in modo blando che i risultati del mio progetto non erano male, definendoli "passabili in linea di principio". La frase "in linea di principio" scritta sul modulo di valutazione rendeva quel "passabili" davvero poco convincente, il che significava che nell'ultima revisione/revisione finale avrei potuto fare altri errori. Mentre ascoltava la mia relazione, le sue microespressioni, in successione, furono [accordo] e [rifiuto]; quindi, non si trattava di un problema tecnico, ma di un altro motivo. Se si fosse trattato di una situazione normale, avrei potuto continuare a cercare di difendermi argomentando la mia ricerca; invece, con *Magic Mirror* che mi diceva chiaramente l'atteggiamento dell'altra parte, mi sentii improvvisamente assai stanca – e molto spesso, era proprio il continuare a socializzare che permetteva di ottenere le cose.

Lo stesso valeva per i sentimenti.

Zheng Lei sorrise: "Cara Chuchu, non puoi usare solo la versione gratuita."

Poi cambiò subito argomento: "Cosa vuoi ordinare da asporto?" percepii il desiderio di "cambiare argomento" nel [sorriso freddo, che potrebbe significare l'abbandono della comunicazione] che le balenò in faccia – era quindi una risposta alla mia espressione di poco prima?

Allora che aspetto potevo avere?

[Resistenza], vero?

In un istante fu tutto chiaro. Finalmente capii il significato del nome *Magic Mirror*: dal momento che potevo vederla, potevo vedere me stessa nella sua reazione. Nello specchio si vuole sempre vedere se stessi.

Così iniziai ad analizzare i prodotti a pagamento di *Magic Mirror*. Il contenuto era molto ricco, quasi complesso. I "resoconti di analisi" economici erano poche decine, i "pacchetti di lezioni" molto più costosi arrivavano a decine di migliaia. Per prima cosa guardai alla priorità consigliata "analisi ausiliaria", il primo acquisto era addirittura scontato del 10%. Autorizzando *Magic Mirror* a ripescare le mie immagini precedentemente registrate (visibili solo a me), poteva aiutarmi ad analizzare i pensieri di una persona specifica. Scelsi il leader del gruppo di esperti che mi aveva tanto infastidito: il risultato dell'analisi mostrava che la persona era inizialmente molto interessata alla direzione della ricerca del progetto sul tema dell'invecchiamento, ma in seguito non era rimasta colpita dalle conclusioni che avevamo proposto, in particolare da questa frase:

"Anche se d'ora in poi investiremo massicciamente nello sviluppo di robot per servizi agli anziani, le prospettive sono

ancora pessimistiche. Il prezzo di vendita dei robot in grado di attirare le aziende a investirvi denaro escluderà inevitabilmente la maggior parte delle persone comuni, ed entro la seconda metà di questo secolo centinaia di milioni di anziani si troveranno nella condizione di essere lasciati senza assistenza. Probabilmente, ci troveremo di fronte a un disastro umanitario di proporzioni senza precedenti."

Quando mi aveva sentito terminare questo paragrafo non aveva fatto alcun commento, ma aveva solo alzato un sopracciglio [sogghigno]. I risultati dell'analisi di *Magic Mirror* mostravano che l'altra persona pensava che io "non stessi risolvendo il problema": un'informazione davvero utile. Decisi di rivolgermi a un tutor che non avevo contattato spesso. Si era dimesso tre anni prima e stava lavorando al suo dottorato sotto la guida di quell'esperto. La persona rispose alla videochiamata e mi disse che il suo tutor "ci aveva ripensato e si era offerto volontario per portare avanti quello studio."

"Il signor Du ha detto che i risultati sono andati molto bene... ah, ne ho chiesto una copia per studiarli" scelse uno studio come sfondo e mi parlò sorridendo. Dovetti intrattenerlo con un po' di convenevoli prima poter fare la vera domanda: "Allora, il signor Du ha detto che non abbiamo fatto abbastanza?"

Sorrise ancora più profondamente: "In effetti, questa faccenda di non riuscire a risolvere il problema dell'invecchiamento in trent'anni... tutti noi che siamo a contatto con questo argomento ne siamo consapevoli, ma cosa risolvi dicendolo apertamente? L'altro giorno il signor Du ci ha detto un'altra cosa: secondo lui, quando facciamo ricerca, 'dovremmo risolvere quanti più problemi possibile'. A mio parere, non dovreste menzionare nello studio il resto degli anziani di cui nessuno si preoccupa."

5.

Finalmente, dopo aver eliminato i paragrafi ridondanti, i risultati superarono a pieni voti la revisione finale. Avevo acquisito una certa fiducia nelle analisi di *Magic Mirror* e mi sembrava ragionevole spendere un po' di soldi per un servizio più professionale. Comprai la versione aggiornata di "Analisi assistita", "Magic Mirror Tutor Privato", che costruiva un modello di *me* attraverso gli atteggiamenti delle altre persone nei miei confronti e mi dava consigli su ciò che avrei dovuto dire in base al linguaggio che usavo più spesso. Dopo aver completato un lunghissimo test psicometrico, mi chiese di definire i miei "obiettivi."

Essere più gentile con i miei colleghi, più docile con i miei capi, più professionale di fronte ai clienti e più decisa con i miei coetanei: questo era la nuova "me" che doveva aiutarmi a creare. Nel pacchetto erano comprese anche dieci sessioni di "tutoraggio privato di espressione *one to one*", per cui mi guardai allo specchio, allenandomi a controllare gli angoli degli occhi e le sopracciglia, in modo che il mio sguardo fosse più "sincero" e in modo che la mia "noia" fosse meno percepibile dagli altri. Riuscii a rendere il mio sguardo più "sincero" e la mia "noia" meno evidente.

E questo era proprio il mio ruolo nelle situazioni di lavoro, così come di fronte alla mia famiglia e ai miei amici, dove l'app mi dava consigli. Ma in questi scenari non mi ponevo obiettivi particolarmente chiari. Erano passati quasi sei mesi dalla rottura con Huohuo prima che lui chiamasse un furgone per portare via le sue cose. Venne a casa mia con un giorno di anticipo per fare i bagagli e mi disse: "Non contare su di me."

Avevo il mio *Magic Mirror* acceso, ma l'IA, che apparentemente non aveva familiarità né con l'oggetto "ex fidanzato" né con lo scenario "casa", mi aveva dato tre opzioni di risposta:

[Amichevole, fare attenzione serve sincerità: "Di certo ti avrei aiutato se me lo avessi chiesto"]

[Ostilità, che potrebbe portare a una rissa: "Perché non te ne vai e non la pianti con le stronzate?"]

[Calmo e pacifico: "Certo"]

"È abbastanza divertente..." mi disse Zheng Lei un giorno mentre stavamo cenando e le avevo parlato dell'incontro con Huohuo, poi mostrandosi interessata mi chiese, "allora, quale hai scelto?"

"Non gli ho risposto. Solo a pensare a quelle opzioni mi sembrava di trasformare la mia vita in un gioco di ruolo. Peccato che non ci sia modo di esplorare tutte le opzioni e di giocare in tutti gli scenari della vita."

"Forse dal lato dell'intelligenza artificiale, che ha già elaborato i vari finali..." rise di gusto, "ma *Magic Mirror* è davvero impressionante, ho incontrato un ragazzo solo due giorni fa."

Vedendo con la coda dell'occhio il suo [compiacimento], doveva essere qualcosa di più di un semplice "incontrato", la fissai: "Dai dimmi, che è successo?"

Si rifiutò di dirmelo: "Te lo dirò quando avrò un piano, per adesso non è niente di serio." Fece una pausa, poi aggiunse, "a volte penso che questa cosa sia così potente da far paura, non so ancora come gli altri possano analizzarmi."

Naturalmente, ci sono sempre soggetti che *Magic Mirror* non può analizzare, come quell'anziano del palazzo.

6.

All'inizio dell'autunno, un giorno mentre stavo uscendo, incontrai quell'anziano in ascensore.

Sapevo che abitava qualche piano sopra di me, ma non ero sicura quale piano fosse. Nel momento in cui le porte dell'ascensore si aprirono, si sprigionò un odore indescrivibile e tutti, tranne quell'anziano, si accigliarono e serrarono le labbra. L'odore era decisamente più forte rispetto a quello rancido dei vestiti sporchi, e non era la puzza di sudore di una persona.

Era odore di urina.

Rimasi immobile qualche istante e due persone mi avevano già guardata con occhi [impazienti]. A quanto pare, era un silenzioso "vieni qui o no?!" Feci un respiro profondo ed entrai nel vano dell'ascensore, con l'intenzione di trattenere il fiato fino al piano terra... solo per scoprire che l'ascensore si sarebbe fermato altre due volte, al quinto e al primo piano. Ero sicura di essermi mimetizzata in quella stessa cornice di occhi [impazienti], trafiggendo con uno sguardo in tralice tutti coloro che esitavano a salire sull'ascensore. Raggiunto con difficoltà il piano terra, aggirai l'anziano e sfrecciai fuori dall'ascensore, arrivando alla porta del palazzo prima di osare un altro respiro.

Oh, mio Dio, è così che si finisce quando si vive da soli?

Zheng Lei si era imbattuta più o meno nella stessa situazione. Un giorno lei e Lao Lu, il nuovo ragazzo che aveva conosciuto, mi invitarono a casa sua. Eravamo alla seconda bottiglia di spumante quando Lao Lu disse che aveva qualcosa da fare nella sua unità e doveva andarsene prima.

"Qualcosa da fare!? Alle nove e mezzo di sera!?" chiese Zheng Lei.

"Sì", disse lui, "quel nostro cliente non sa proprio cosa far dire alla gente, ha appena mandato un messaggio dicendo che vuole vedere i prodotti domattina, io ho detto a tutti che dobbiamo tornare in ufficio." Mostrò a Zheng Lei la chat di gruppo sul cellulare.

"Sbrigati" gli disse Zheng Lei.

Non appena se ne andò, Zheng Lei mi chiese cosa ne pensassi.

Lao Lu aveva un'aria piuttosto socievole, familiare, non mi aveva chiesto l'età, mi aveva chiamata "cara Chuchu" fin da subito. Io avevo guardato la sua testa leggermente calva, avevo stretto i denti posteriori scegliendo l'opzione [calma] raccomandata da *Magic Mirror*: "Oh ciao!"

Risposi a Zheng Lei: "Non ha sicuramente bisogno di adoperare *Magic Mirror*."

Lei rise di gusto: "Non ne ha davvero bisogno. Gliel'ho detto più volte, ma continua a usare il cellulare."

Percepii che Lao Lu e Zheng Lei non la pensavano allo stesso modo e chiesi con cautela: "La differenza tra lui e Zhang Di è notevole..."

Due giorni prima avevo incontrato Zhang Di a una riunione e mi aveva chiamata "Signora Chu" con una faccia seria.

Zheng Lei mi disse: "Prova in un altro modo..."

Lo spumante aveva il sapore della soda, ma il retrogusto era forte. Zheng Lei aveva gli occhi rossi, ma parlava in modo rilassato. Volevo andare a casa, ma Zheng Lei mi trattenne: "Cara Chuchu, perché non ti sbrighi a trovare un fidanzato?"

"Non è molto che mi sono lasciata, non è urgente."

"Hai trentaquattro anni e non hai fretta! Io ne farò trenta l'anno prossimo e sto già morendo di ansia."

Non capivo: "Il matrimonio non è la destinazione finale della vita, che fretta c'è?! Adesso sono anche abbastanza felice."

Gli occhi di Zheng Lei erano annebbiati, credo che non riuscisse più a vedere le opzioni consigliate da *Magic Mirror*: "Hai una casa, hai i soldi, e poi? Guarda quell'anziano, speri di essere come lui da vecchia? Coperta di urina? Importunata e schifata da tutti? Non importa come, ma le persone devono trovare un compagno. Non devi credere che sia un male."

Quando finì di parlare, pianse a lungo. Da quando aveva iniziato la causa di divorzio, non l'avevo mai vista piangere, ogni volta sorrideva e rideva, come se quello che le era successo fosse uno scherzo. Vedendola così, sia io che *Magic Mirror* eravamo rimasti senza parole. Quella disgraziata app dava diverse opzioni che mi facevano venire voglia di cancellarla, tutto quello che potevo fare era rimanere al fianco di Zheng Lei in silenzio. La sua casa era arredata in modo piuttosto semplice, quasi come una vecchia casa con una mano di vernice, un pavimento e pochi mobili. Aveva gli occhi pieni di lacrime e mormorava "Xiaodi". Alla fine, suo figlio le mancava e se ci aggiungiamo il fatto che era sempre tesa per via delle pressioni economiche, aveva tutto il diritto di piangere.

Poco dopo smaltì la sbornia, si asciugò le lacrime e mi disse che voleva presentarmi un fidanzato: "L'amico di Lao Lu, l'ho già visto, è piuttosto carino."

"Sicuramente non è bravo come Lao Lu."

"Davvero, se non avessi incontrato prima Lao Lu, avrei scelto lui."

"Allora tienilo come ruota di scorta."

"Cara Chuchu, davvero non conosci il 'mercato': alla sua età, un uomo single e affidabile è molto richiesto, se perdi questa opportunità non ci sarà altro per te" poi mi mandò una foto di loro tre insieme dal suo *Vision*.

Prima di rompere con Huohuo, la mia più grande paura era quella di tornare in questo "mercato degli appuntamenti", di imparare a conoscerlo e di scervellarmi più e più volte per pensare a come rifiutare e chiedermi perché ero stata rifiutata. Ma alla fine capii che non potevo sposarmi con Huohuo senza che ci fidassimo l'una dell'altro: era questo il motivo. Ora Zheng Lei stava cercando di costringermi ad approfittare della sua offerta e io non l'avrei accetta per nessun motivo.

[Tranquilla]

"È davvero tardi, vado a casa," le dissi.

7.

"Non mi piace molto il *Vision*," disse l'uomo dall'altra parte del tavolo.

Si era probabilmente accorto che stavo guardando il suo telefono. Era passato meno di un anno da quando avevo iniziato a indossare il *Vision*, ed erano cambiate le dinamiche di chi doveva spiegare quale fosse la novità del momento. Se all'inizio erano le persone che indossavano il *Vision* a dover dire agli altri che questo strumento era la vera novità, adesso era chi non lo aveva ancora a dover spiegare che l'uso del cellulare non era poi così antiquato, o che non potevano permettersi una tecnologia del genere.

Sebbene ogni set di lenti a contatto costasse all'incirca quanto un telefono cellulare, il loro utilizzo effettivo era costoso. Come le altre lenti a contatto, erano disponibili quelle annuali, semestrali, trimestrali e mensili. L'auricolare per le chiamate e l'orologio per i selfie necessitavano accessori a parte e molte persone compravano un set di occhiali per poter continuare a usare *Vision* quando tornavano a casa.

Ordinai un cappuccino al gelsomino, poi posai il menu e cercai di sorridere il più dolcemente possibile: "Perché?"

"È una distrazione. Ci sono così tante cose che distraggono le persone al giorno d'oggi, con il mio telefono riesco ancora a capire se le persone sono concentrate o meno, mentre con *Vision* mi sembra che tutti siano distratti."

Deglutii chiedendomi cosa potesse mai dirmi che valesse la pena di essere ascoltato e combattei il prurito sulla punta del naso, che era l'obiettivo del training emotivo di questa settimana: [Non toccarti il naso con la mano, questa azione rappresenta negazione].

"Infatti," dissi, aprendo silenziosamente il messaggio che Zheng Lei mi aveva inviato, controllando per la terza volta il nome dell'interlocutore.

Perché ero lì?

Forse perché due giorni prima avevo rivisto quell'anziano nel sottopasso. Quel sottopasso del cavalcavia collegava entrambi i lati del marciapiede, era estremamente freddo e isolato, molto pericoloso, e se non fosse servito per raggiungere il parcheggio sul lato opposto della strada, non ci sarei mai andata. Ma quasi ogni volta che incontravo quell'uomo, era perché gli piaceva sedersi appoggiato al bordo del sottopasso e fumare. All'inizio lo guardavo, ma dopo quell'incontro nell'ascensore, l'odore rancido di urina era diventato il suo marchio di fabbrica. Non so perché non si lavava mai i pantaloni, per cui si portava sempre dietro quel fetore, avvertibile nel raggio di due metri e, anche quando non si trovava nel sottopasso del cavalcavia potevo sentire l'odore persistente. Quando mi trovavo nel palazzo, avevo anche visto più di una volta qualcuno che, sia che fosse in ritardo o in orario per andare al lavoro, cambiava improvvisamente faccia quando vedeva la porta dell'ascensore aprirsi, faceva un passo indietro e poi aspettava che la porta si richiudesse per prendere un altro ascensore.

Nessuno avrebbe mai più preso un ascensore con lui.

Borbottava sempre qualcosa, in modo cadenzato, ma non riuscivo a capirlo. Solo l'altro giorno, quando utilizzai *Magic Mirror* per cercare di analizzare la sua espressione e mi avvicinai, capii cosa stava dicendo: "Stupido fetente!"

Era seduto su un tumolo di pietra e mi guardava. *Magic Mirror* fece balenare alcune parole senza senso, poi segnò il lato del suo viso con un [Irriconoscibile] rosso. Dalla sua tasca spuntava mezza banconota e, se non ricordo male, quel colore corrispondeva a dieci yuan.

Contanti? Quindi era così, l'anziano non aveva un telefono cellulare, tanto meno un *Vision*. Attraversai il sottopasso e, invece di dirigermi verso la mia auto, mi diressi verso la bancarella della verdura dove c'erano sempre alcuni anziani riuniti. Anche la proprietaria era una signora anziana, sulla settantina.

"Cosa vuole comprare?" mi chiese.

[Diffidare]

Di cosa dovevo diffidare?

"Buongiorno."

Ricordai che un giorno, a pranzo, Zheng Lei mi aveva detto: "Quella bancarella non è nemmeno legale; quindi, non si può pagare con il codice QR per evitare di essere controllati dalla polizia. È solo che l'anziana signora proprietaria della bancarella è vecchia e risiede da molto tempo in questa comunità. È una che urla, quindi nessuno osa toccarla."

Per la sua tesi di laurea magistrale, aveva fatto una ricerca sugli "esclusi" della nostra zona, e aveva condotto uno studio su tutte le attività illegali in questi quartieri. La lessi e ricordo che una delle conclusioni era che da quando il Supervisore della città, un potente computer, aveva iniziato a regolamentare le bancarelle, l'uso dei contanti era tornato a una percentuale significativa. Mi aveva fatto l'occhiolino inoltrandomi un articolo che aveva scritto, intitolato *Le persone che non riescono a leggere i codici QR*.

Lo sfogliai velocemente: "Wow, più di 100.000 letture. Bene!"

"La scrittura è molto semplice – non farò mai più questo tipo di cose così laboriose..." disse Zheng Lei, "Ehi, sei libera questo fine settimana? Ne ho un altro adatto, ti va di vederlo?"

"Vedere cosa?" stavo ancora leggendo l'articolo.

Lei mi punzecchiò: "Andare a un appuntamento al buio. Sai quanti sforzi ho fatto per gettare l'esca, come possono gli uomini cadere dal cielo?"

8.

La settimana prima dell'incendio, Zheng Lei e Lao Lu si lasciarono. Niente di che, il suo fidanzato si stava sposando e lei si era accorta di non essere la sposa. L'accompagnai a bere qualcosa, ma non fu piacevole, troppo sobrio. Zheng Lei mi disse: "Va tutto bene... ci siamo lasciati bene. Sono solo contenta di non essere la sposa."

"Perché?"

"In questi tre mesi Lao Lu è stato molto impegnato, usciva con me e intanto organizzava il suo matrimonio." Bevve un sorso di whisky.

Scossi la testa: "Che sfortunata quella sposa."

Mi chiese di nuovo perché avevo rotto con Huohuo. Rimasi colpita dal suo sguardo e decisi di dirle la verità. "Ti ho detto quanto era costosa la casa in affitto in cui viveva Huohuo, è venuto da me e ha criticato il modo in cui avevo arredato."

Zheng Lei sogghignò: "Se volesse potrebbe ricomprare tutti i mobili."

"Quindi l'anno scorso ho passato sei mesi a ristrutturare casa, seguendo le sue indicazioni: il pavimento doveva essere di quel tipo, l'armadio doveva essere in quel modo, ma non ha contribuito con i soldi, solo durante lo shopping mi ha offerto qualche pranzo. Poi, quando la ristrutturazione non era più intrigante, si è trasferito... ma questo non è ancora nulla..."

"Sì, dopotutto il suo nome non è sull'atto di proprietà."

"Più o meno in questo periodo, sempre lo scorso anno, stavo lavorando a un progetto a Haikou, ed ero particolarmente impegnata. Spesso dovevo andare sull'isola per lavoro, il periodo di tempo più lungo della convivenza è stato di circa un mese. Un giorno Huohuo mi mandò un messaggio dicendomi che sua madre era malata, doveva venire a Pechino per vedere un medico, mi chiese se poteva stare da me. Risposi che c'era un solo letto in casa. Mi disse che poteva dormire sul divano. Non ne fui molto felice, ma gli dissi solo che la distanza tra casa e ospedale era notevole e non era comodo."

"Alla fine cosa è successo, è venuta a casa tua?" chiese Zheng Lei incuriosita.

"No, Huohuo ha recepito il messaggio e ha prenotato un albergo."

"Meglio così."

"Ma poi una volta ha scherzato con me, dicendomi che se fosse stato un altro, mi avrebbe trattata come una moglie ingrata."

È strano che la verità possa essere detta solo a persone estranee. Ma neanche di fronte a persone estranee, riuscivo a dire tutta la verità: io e Huohuo eravamo fidanzati, ma era lui quello strambo che lasciava entrare estranei in casa mia e li faceva dormire nel mio letto. Io andavo dai miei amici, sicura di me, e lo deridevo per questo. Ma finché avevamo questo accordo, e non permettevo a mia suocera malata di venire a stare a casa mia, agli occhi della maggior parte delle persone ero io quella strana, e sua madre poteva dire a tutti che sua nuora fosse un'ingrata.

Ho riflettuto a lungo sul perché un accordo potesse far sì che lo stesso comportamento suscitasse commenti così polarizzati. In realtà, a quel tempo, Huohuo si stava preparando segretamente a chiedermi di sposarlo, venni a sapere da due amici che avrebbe approfittato del mio ritorno da un viaggio di lavoro per riempire di rose il bagagliaio dell'auto che mi avrebbe prelevato in aeroporto, in modo che potessi posare le valigie da sola, e poi i suoi amici sarebbero saltati fuori dalle loro auto da tutte le parti, avrebbero cantato, fatto complimenti e avrebbero filmato il tutto. Dopo la guarigione della madre, la proposta di matrimonio non è più arrivata.

Giunge un momento in una relazione in cui è solo "lotta o fuga." Più tardi, leggendo l'accordo di divorzio tra Zheng Lei e Zhang Di decisi di rompere con Huohuo.

Zheng Lei bevve del vino: "Questo è davvero fastidioso, ma non è un grosso problema... Cara Chuchu, sei ancora una bambina capricciosa."

9.

Alla fine dell'anno ricevetti anche il premio come miglior dipendente e il mio nome e la mia foto furono pubblicati sul sito aziendale. Avevo uno sguardo deciso e un grande sorriso.

Questi bonus extra non erano paragonabili al mio reddito. Ma si trattava di un riconoscimento, e la riconoscenza non ha prezzo.

Quando cercai di rinnovare il mio *Magic Mirror*, improvvisamente si aggiornò a una nuova versione e mi costrinse a leggere tutti gli accordi. Era insolitamente complicato, ma il punto chiave era segnato in grassetto: prima di analizzare un'altra persona, dovevo fare richiesta e concederle lo stesso potere di analizzarmi.

Spostai lo sguardo da "Accetto" a "Annulla" e cercai di capire di cosa si trattasse. All'interno della chat di gruppo *Magic Mirror Networking*, normalmente tranquilla... era esploso il caos... e, dopo aver letto una decina di discussioni più popolari, capii finalmente cosa stava succedendo: alcune aziende avevano scoperto che i loro concorrenti usavano collettivamente *Magic Mirror* nelle trattative, riuscendo a firmare accordi sleali. Le loro lamentele avevano attirato l'attenzione dei loro superiori, che alla fine avevano chiesto a *Magic Mirror* di aggiungere termini di licenza basati sulla correttezza.

Anche se aveva senso, nessun altro individuo sarebbe stato d'accordo a farsi analizzare, quindi era come se un giocatore perdesse le scorciatoie per ottenere upgrade più rapidi, e non aveva senso per me continuare ad acquistare i servizi a pagamento di *Magic Mirror.*

Così tutto tornò come all'inizio, l'unica cosa che *Magic Mirror* poteva fare era l'interpretazione istantanea delle microespressioni [piacere], [sorpresa].

Ogni tanto lo accendevo ancora, era meglio di niente, ma non serviva a molto. Al contrario, Zheng Lei aveva scovato un nuovo modo di giocare, si era trovata un nuovo fidanzato in un attimo, perché "l'altra parte le aveva dato permessi elevati."

Sì, i permessi potevano essere classificati, proprio come la cerchia di amici poteva essere raggruppata. Potevo autorizzare gli altri a vedere il mio nome, la mia occupazione, a fotografarmi, a registrarmi in pubblico, a cercare i miei commenti, i miei tweet e i miei articoli su tutte le piattaforme, a leggere quali libri avevo letto, a lasciare che i big data giudicassero i miei prodotti e i miei cibi preferiti, a conoscere i miei amici, i luoghi che frequentavo, l'indirizzo di consegna del mio corriere, la mia istruzione e la mia storia matrimoniale. Davo l'autorizzazione a usare *Magic Mirror* per analizzare la mia personalità, ciò che mi rendeva felice e ciò che mi irritava; di analizzare le malattie di cui potevo soffrire guardando il mio viso e il mio fisico...

Ogni opzione rappresentava un aumento della fiducia e una dissoluzione dell'ego.

È così che funziona l'amore.

Dopo aver lasciato il ristorante sapevamo entrambi che sarebbe rimasto solo un appuntamento al buio. La cosa migliore da fare era sorriderci a vicenda e non contattarci mai più.

Mentre attraversavamo il cavalcavia, mi ricordai improvvisamente dell'ultima volta che avevo visto quell'anziano. Era un giorno di neve dopo la ricomparsa dell'epidemia e i quartieri di Pechino erano di nuovo chiusi; quindi, non capivo perché si ostinasse a uscire da solo. Probabilmente perché nessuno gli aveva detto che le bancarelle di verdure dall'altra parte della strada erano state chiuse. Camminava molto più veloce del solito e usava entrambe le mani per appoggiarsi ai bordi del cavalcavia, quasi centimetro per centimetro, gocciolando neve, verso il sottopasso. Non riuscivo a capire esattamente come avesse attraversato la strada alle sue spalle, ma era chiaro che il sottopasso era quasi una vittoria. Si era spostato verso un tumulo di pietre, si era seduto e aveva preso una sigaretta con le mani tremanti. Alle sue spalle c'erano lunghe tende innevate.

Davvero non c'era nessuno ad aiutarlo?! Con quel tempo, portava una giacca di cotone. Pensai che forse aveva le caviglie nude congelate. Era un uomo che valeva milioni di dollari nella città di Pechino, tuttavia era solo e vecchio.

Avevo fatto due passi verso di lui, cercando di dirgli che la bancarella di verdure dall'altra parte della strada era chiusa. Il fetore mi aveva circondata, mentre lui mi guardava dritto in faccia e mormorava qualcosa di cadenzato, e alla fine avevo sentito che diceva: "Stupida fetente! Puttana! Fottere una donna è fantastico... tua madre..."

Avevo girato la testa e me n'ero andata oltre la tenda innevata.

10.

Dall'altra parte della strada c'era il cancello del complesso, con due autopompe parcheggiate. Molte persone si aggiravano e scattavano foto e, mentre mi facevo strada, uno fece un passo indietro appena in tempo.

"Mi scusi!"

Era un po' agitato e aggrottai le sopracciglia, ma dissi: "Non c'è problema" poi ricevetti un messaggio nel mio *Vision*: *Posso aggiungerti come amica?*

Forse lo aveva inviato per errore.

Lo guardai con sospetto. Un uomo, in gran forma, che indossava abiti da corsa e che evidentemente si allenava tutto l'anno. Senza alcun motivo apparente, gli risposi con un'autorizzazione totale.

Gli lasciai osservare tutto di me: il mio nome, la mia età, il mio posto di lavoro, le tracce lasciate su Internet in ogni fase della mia vita; poteva analizzare ogni cosa: le mie espressioni, il mio status sociale con i beni che possedevo, e persino i miei legami familiari, tutte le scelte che avrei potuto fare; gli avevo persino dato il permesso di capire le mie preferenze, di capire come doveva relazionarsi con me, di farsi consigliare le opzioni per le conversazioni, di guidarmi e insegnarmi. Avrebbe dovuto fare lo stesso anche lui... io avevo fatto tutto questo per lui.

Secondo le parole di Zheng Lei, "sarebbe amore a prima vista."

Lui incrociò il mio sguardo. Rispose dandomi lo stesso permesso.

Era single.

Ci fu un secondo di silenzio intorno a noi, o forse un minuto. Ci guardammo negli occhi, mentre *Magic Mirror* calcolava al volo, permettendoci di conoscerci. Avevamo la stessa età, lo stesso livello di istruzione, eravamo entrambi nativi del luogo, amanti del cibo occidentale, eravamo due persone di poche parole con la tendenza a litigare seriamente per la mancata comunicazione, avevamo filosofie diverse sull'educazione dei figli ma avremmo anche potuto finire per completarci a vicenda, a lui non piaceva il quartiere in cui abitavo ma la sua casa era più piccola e più vecchia della mia... Avrebbe potuto soffrire di gotta e io avrei avuto molte probabilità di sviluppare l'ipertensione arteriosa entro un decennio. La mia aspettativa di vita era tre anni più lunga della sua e lui aveva una probabilità relativamente alta di avere un ictus intorno ai settant'anni, mentre io correvo un rischio maggiore di morte improvvisa a sessant'anni....era tutto troppo lontano.

Avevamo partecipato alla stessa competizione con domande sulla natura, lui veniva da una scuola vicina e mi aveva conosciuto alla gara, e all'epoca aveva scritto nel suo blog che le ragazze di quella competizione sembravano accondiscendenti e davvero fastidiose.

Forse era lui.

Forse, almeno, ora non mi aveva messo nella lista nera. O rifiutato i permessi.

"Salve, per favore mostri la sua tessera sanitaria o scansioni il codice" disse l'assistente sociale all'ingresso del complesso residenziale.

Lo guardai di nuovo: "Mi dispiace..."

Sapeva che l'edificio in fiamme era quello in cui vivevo. "Fai pure", sorrise, "mi farò sentire."

Gli feci un cenno e rivolsi lo sguardo sul codice QR in mano all'assistente sociale, che attestava la mia residenza nell'isolato. Quando tornai a casa, l'incendio era spento. L'ingresso dell'edificio era allagato e l'ascensore aveva imbarcato acqua, così i vicini si misero in fila in due squadre e si ammassarono nei due ingressi, facendosi strada su per la tromba delle scale piena d'acqua in una nuvola di fumo soffocante. Io scelsi una delle file, e i vicini allineati davanti e dietro di me erano sia giovani che anziani, quindi la salita fu assai lenta. Durante il percorso feci una videochiamata a Zheng Lei, che era già tornata a casa, condividendo l'immagine che avevo davanti e dicendo in fretta: "La mia casa è allagata! Guarda questo soffitto, lungo questa giuntura, è diventato una cascata, avrò il pavimento distrutto – sono preoccupata che le assi del pavimento siano ricoperte di crepe...

Ah, non voglio nemmeno pensarci, aspetto che mi porti un catino!" e riattaccai.

Il video scomparve, la luce di fronte a me si affievolì all'improvviso, mi ritrovai nel disordine ammassato della tromba delle scale. Se non fosse stato per la signora accanto a me ad aiutarmi avrei rischiato di cadere; tuttavia, le mie ginocchia erano ancora macchiate da uno strato di acqua nera che scorreva: *beh, temo che questo cappotto di cachemire dovrà essere gettato.*

"Chi ha messo tutto questo qui... è davvero pericoloso" mi disse il vicino.

Qualcuno di fronte a me rispose: "Sì, sono appena sceso di sotto quando ho quasi..."

Ci fu un improvviso silenzio.

"Spostatevi tutti!" due poliziotti scesero per primi, seguiti da qualcuno che portava una barella. Su di essa c'era una borsa arancione, pesante. Tutti si attaccarono alle pareti per paura di essere travolti.

Solo quando scesero, la coda sulle scale si mosse di nuovo. Sentii una persona mormorare: "È quel vecchio puzzolente che fuma in casa sua, è così fastidioso."

Nessuno la contraddisse. Pensai a come formulare la mia domanda e chiesi: "Quell'anziano non è uscito?"

"No," disse un altro vicino.

Sentii un formicolio alla testa. Era come se quel sacco per cadaveri fosse passato di nuovo davanti a me. Era stato il fumo o era morto bruciato? Cosa poteva avere detto negli ultimi istanti, tra il fumo nero che rotolava e le lingue di fuoco che danzavano?

Stupido fetente!

Zheng Lei aveva ragione, forse è questo che succede quando si finisce da soli.

"Ehi, doveva essere difficile per lui stare da solo," sospirai.

"Macché solo!" il vicino di fronte a me che malediceva l'anziano mi rispose. "Sua moglie è scappata."

"Eh? Com'è possibile? Aveva una donna in casa?" chiese un altro uomo.

"Vengo dall'ultimo piano," disse lei, "la loro governante non c'era quando è scoppiato l'incendio, così la moglie non è riuscita a spostare l'anziano ed è scappata da sola. Poco fa ero al piano di sotto e mi sono imbattuta nel loro figlio, che non vive con loro e si è precipitato qui."

Aveva una governante?

Aveva anche un figlio?

"Allora come mai usciva da solo?" chiesi.

"Non voleva nessun altro" mi rispose.

Dopo quindici piani lasciai la fila.

A casa, tutto era a posto. I miei pavimenti in legno massiccio a lisca di pesce, i mobili della sala da pranzo in noce nero, il bancone dell'isola in marmo, il mio profumo per ambienti Jo Malone. Aprendo la finestra del balcone, una leggera brezza mi investì e vidi i grattacieli del China World Trade Centre, del Central TV Tower e del distretto finanziario di Lize.

[Come va a casa?]

Era lui.

Vision aveva risposto a una telefonata e dall'altra parte si sentiva il lamento di Zheng Lei...

"Cara Chuchu... il catino!"...Andiamo, devo portarle il catino.

0. THE END

Cinque minuti prima, il cielo era ancora vasto e terso.

Nel momento in cui le nuvole scure premevano sulla montagna, capii d'improvviso che tra noi era finita. Era solo un litigio insignificante, non ricordo nemmeno cosa avessi fatto per far aggrottare la fronte a Lin Ke in quel modo, ma era chiaro che era arrabbiata. Decisi allora di versarle un bicchiere di acqua e miele e lo posai sul tavolino, un gesto di scuse silenzioso.

Però fu X a berlo.

Odio i litigi. Infatti, quando Lin Ke mi puntò il dito contro fino a quasi conficcarmelo in viso, mi voltai uscendo dalla casa in legno. La brezza dell'Oceano Atlantico soffiava sul mio volto, facendomi gelare le ossa. Fino a quel momento non avevo ancora capito cosa significasse la mia partenza. X raggiunse l'auto, sforzandosi di sembrare indifferente; gli dissi solo due parole: "Sali, dai."

Per lasciare il villaggio di Å, c'era una sola strada: quel luogo poteva essere considerato il confine estremo del mondo. Dopo aver superato tre montagne, uno scroscio di pioggia offuscò il parabrezza. Fu allora che vidi con chiarezza il nostro epilogo: era finita del tutto. La nostra relazione ricordava un palloncino: all'inizio era solo una pallina raggrinzita, l'avevamo gonfiato a turno fino a restare senza fiato, stringendolo con cautela tra le dita ed evitando che ne fuoriuscisse anche un filo d'aria. Più si gonfiava e più cresceva, sempre più pieno, finché non era arrivato il giorno in cui anche il più leggero movimento avrebbe potuto causarne l'esplosione: *bang*. Dopo, la nostra relazione era sparita senza lasciare alcuna traccia: tutti i nostri sforzi erano stati inutili.

"...Dovresti rallentare, sul serio..." Mi disse X con un tono agitato, con una mano stretta sulla cintura di sicurezza e l'altra aggrappata al bracciolo della portiera: sembrava un gamberetto schiacciato. Io e Lin Ke lo avevamo incontrato in un ostello della gioventù a Stamsund, era un vecchietto cinese sulla sessantina, che parlava inglese in modo fluente e cercava un passaggio fino alla prossima tappa. Tuttavia, a un primo sguardo capii subito che avrebbe viaggiato con noi. X si presentò come se fosse l'incognita di un'equazione irrisolta.

Forse dovevo davvero rallentare. Guardai il contachilometri, l'ago indicava 160 km/h. Era una strada di montagna, alla mia sinistra c'erano i monti e alla mia destra il mare. Rallentai un po'... feci un respiro profondo e sollevai il piede dall'acceleratore.

Ma quando espirai anche la mia presa si rilassò d'improvviso. Il veicolo oscillò, cercai di riprenderne il controllo, ma era troppo tardi. Una pietra acuminata cadde dalla montagna perforando la ruota anteriore sinistra e si sentì uno stridore di freni. Prima la Ford a noleggio sbatté contro la scarpata a sinistra, poi si cappottò di 180 gradi, divelse i paletti catarifrangenti che delimitavano la corsia e precipitò nel burrone.

Il blu profondo del mare si stagliò davanti ai miei occhi, non ebbi nemmeno il tempo di provare spavento: di colpo mi scordai della mia esistenza, ero solo stupito per quello che accadeva attorno a me. Pensai di aver battuto la testa, ma non provavo dolore, sentivo solo qualcosa di umido e appiccicoso sul viso.

Così il mio sangue è freddo, fu il mio ultimo pensiero.

1. Il nastro di Möbius

Non ho mai capito perché quasi tutti coloro che vivono un'esperienza catastrofica, quando ne parlano con altre persone, lo fanno sempre usando la terza persona, come se utilizzassero un'angolazione esterna, così da far sembrare che l'abbiano visto davvero. Malgrado ciò, era proprio quello che stavo facendo: con un filo di voce descrivevo al poliziotto tutto quello che avevo visto – c'era una strada tortuosa, andavo troppo forte e una pietra acuminata aveva colpito la ruota dell'auto facendola sobbalzare contro la scarpata per poi ribaltarsi e precipitare in mare. Non gli raccontai l'altra parte di quello che ricordavo: il mondo aveva ruotato così veloce come se un fotografo avesse inserito la fotocamera in una centrifuga. Non avevo fatto in tempo a capire cosa stava accadendo, quando il finestrino si era frantumato in mille pezzi e le minuscole schegge di vetro erano schizzate fuori dall'auto, e prima di precipitare in mare, per una frazione di secondo mi ero chiesto persino perché erano cadute.

Mentre parlavo con il poliziotto, X era seduto su un letto d'ospedale vicino a me e mi guardava. Non si era fatto niente, a parte qualche graffio. Certamente se lui non fosse stato così fortunato, io non sarei sopravvissuto. Il medico mi disse della mia frattura al collo: era stato X a portarmi fuori dall'auto; tenendomi stretto a sé, aveva nuotato fino alla riva. Aveva poi fermato un'auto che passava di lì e chiamato la polizia. L'elisoccorso era arrivato dopo venti minuti; era grazie a tutto questo che adesso mi trovavo in ospedale paralizzato fino al collo.

Proprio così: non riuscivo a percepire niente dal collo in giù, mi sembrava che quella parte del mio corpo non fosse mai esistita.

Dopo poco, nella stanza rimanemmo solo io e X. Ci sentivamo in imbarazzo e non sapevamo come iniziare un discorso. Volevo chiedere di Lin Ke, ma sapevo che lei non era il classico personaggio da film che arriva in ospedale piangendo, abbraccia il malato e torna tutto come prima... Era sparita, anche lei sembrava non fosse mai esistita. Sussurrai un grazie a X, poi chiusi gli occhi. Ma l'oscurità non era come il sonno. Quando aprii gli occhi, tre ore dopo, X era ancora lì, immobile, che mi fissava.

Questa volta fu lui a rompere il silenzio.

"Anche io ho avuto un brutto incidente d'auto quando ero giovane; a quel tempo ero disteso nel letto d'ospedale a fissare il soffitto, pensavo che il mio futuro sarebbe stato uno schifo," mi disse mentre giocherellava con un pezzo di nastro adesivo che teneva in mano, "poi per rassicurarmi qualcuno mi disse: 'Il mondo dove viviamo di solito sembra come questo pezzo di nastro adesivo: ti trovi sempre sul lato lucido e anche tirando il nastro, tu conoscerai solo questo lato; non saprai mai che ne esiste un altro, quello adesivo.'"

Così dicendo tirò il nastro e formò un anello, poi indicando lo strato interno continuò: "Tuttavia, in realtà, questo lato potrebbe essere più vicino all'essenza del mondo... oppure all'essenza stessa di questo nastro."

Per tutta risposta gli lanciai un'occhiata di disapprovazione. Se lui non fosse stato l'unica cosa che si muoveva nel mio campo visivo, avrei di certo guardato altrove.

Sembrò non aver notato la mia espressione e riprese: "Ma se incollassimo il nastro in questo modo, facendolo ruotare, allora potresti ritrovarti sull'altro lato..." Separò l'anello e, usando entrambe le mani, lo appiattì, poi, a poco a poco, ruotò la mano destra fino a che il lato dell'anello compì una rotazione di 180 gradi, allora prese le due estremità e le incollò, "...in questo modo, se tu seguissi il lato lucido finiresti per ritrovarti sul lato adesivo, entrando nello strato interno del mondo."

"Un nastro di Möbius," dissi.

"Allora lo conosci," mi disse sorridendo. Prese il pezzo di nastro adesivo e lo gettò nel cestino. "Quello che volevo dirti è che non sempre il male vien per nuocere."

"Ti riferisci alla mia paralisi?"

"In quanto medico, ritengo che tu sia molto fortunato dal momento che la tua mente è ancora vitale."

"Grazie per il conforto."

"Non ti scoraggiare," mi disse, alzandosi e mettendosi in piedi di fianco a me: sembrava stesse profetizzando qualcosa. "È solo l'inizio."

2. Alter-corpo

Feci il primo passo in avanti.

La pressione sotto la pianta dei piedi mi fece gelare il cuoio capelluto, nonostante sapessi che solo il mio cranio era reale.

Era il trattamento raccomandatomi dall'ospedale: l'*alter-corpo*, una realtà virtuale di ultima generazione che, mediante un microchip impiantato nella corteccia cerebrale, avrebbe trasmesso alla mia mente gli impulsi sensoriali di un corpo artificiale di dimensioni reali. In poche parole, attraverso la testa – l'unica cosa che restava del mio corpo – sarei riuscito a controllare un androide da remoto.

"Coltiveranno le tue cellule epidermiche in laboratorio e le attaccheranno allo strato esterno." mi disse l'impiegato della compagnia assicurativa. "In questo modo, quando camminerai per strada, nemmeno le persone attorno a te capiranno che stai usando un *alter-corpo*, e potrai tornare a una vita del tutto normale."

Grazie a questo nuovo corpo ero in grado di vedere, sentire, odorare. Andai a prendere un caffè e mi misi a osservare le persone che passeggiavano avanti e indietro mentre stavo seduto sotto un albero. Percepivo il tepore delicato dei raggi del sole sul mio volto. Sentii il vento soffiare tra le mie braccia, volevo voltarmi, ma mi svegliai.

Il vero me aveva solo un cuscino.

X pensava che *l'alter-corpo* gratuito fosse solo una frode

dell'assicurazione: "Vogliono che sia tu stesso a prenderti cura di te: un androide è meno dispendioso di un infermiere specializzato" disse.

Era proprio così. Chiusi di nuovo gli occhi e ordinai al mio *alter-corpo* di rientrare nella stanza. Diedi da mangiare, lavai i denti e il viso a me stesso, girai il mio corpo (per evitare le piaghe da decubito), sollevai la coperta e mi cambiai anche il pannolone, era un po' più impegnativo che prendersi cura di un cane. Tuttavia, ero contento perché, nonostante fossi solo una testa che si prendeva cura del proprio corpo infermo, avevo la mia dignità.

"Devi solo trovarti un lavoro," disse X.

Mi sembrò una buona idea. Prima di riuscire ad usare *l'alter-corpo* per prendermi cura di me stesso, avevo seguito un corso da infermiere specializzato; perciò, chiesi a X se potessi lavorare nella sua clinica. Lui accettò.

"Il tuo salario equivarrà alle tue spese mediche," mi disse in modo brusco, "inoltre ti fornirò una base di ricarica per il tuo androide."

E così, in questo modo, ebbe inizio la mia nuova vita sull'altro lato del nastro di Möbius. Al principio, ebbi delle difficoltà, ma a poco a poco mi abituai al punto che mi sembrava la mia vita vera.

X mi pagava un salario cospicuo, allora ricominciai a uscire e flirtare con le ragazze, andavo in vacanza, all'istituto di medicina, usavo il mio *alter-corpo* per fare esperienze e mi sembrava anche più semplice di quando usavo il mio corpo originario. Alle Hawaii riuscii a prendere in affitto un *alter-corpo* molto muscoloso, cazzeggiavo fino all'alba, quando mi strappavo a fatica dal letto per tornare alla postazione di ricarica e la mattina dopo mi svegliavo già in biblioteca in un altro *alter-corpo*. Ogni volta che mi trovavo a dover gestire il mio vero io, fingevo di andare al bagno e con rapidità transitavo nell'altro *corpo* alla clinica: controllavo i medicinali, facevo girare il mio corpo e gli davo dei colpetti sulla schiena, verificavo sul monitor che la pressione del sangue e il battito cardiaco fossero regolari.

"Ho una strana sensazione," dissi a X. "Durante l'incidente è come se mi fossi sbarazzato dei vincoli del mio corpo biologico e mi fossi avvicinato alla libertà."

X sorrise scuotendo la testa: "Non ci sei nemmeno vicino."

"Perché dici così?"

Aggiunse: "Anche se hai preso la licenza medica, almeno ogni quattro ore devi tornare a controllare il tuo vecchio fisico."

"C'è forse un altro metodo?"

"Certo, devi rinunciare del tutto al tuo corpo."

3. La bottiglia di Klein

In piedi di fianco al tavolo operatorio, feci un ultimo respiro profondo.

X mi chiese che ruolo avessi davvero in quell'operazione: il dottore, l'assistente oppure semplicemente il malato.

Per molto tempo, neppure io credetti che avrei avuto il coraggio di tagliarmi la testa con le mie stesse mani. Ma X mi fornì una nuova prospettiva, dicendo che quello che avrei tagliato era un corpo inutile: "Non decidere cosa tagliare a seconda delle dimensioni, considera invece quale parte stai gettando via."

Tutti gli strumenti erano pronti, avevo visualizzato quell'operazione nella mente almeno mille volte, ma quando mi trovai accanto al tavolo operatorio, mi sembrò davvero impossibile. La mia testa stava controllando l'*alter-corpo* con cui avrei tagliato il mio corpo.

Questo *alter-corpo* era stato progettato per i trattamenti medici, le mani non avrebbero mai tremato e, anche se d'improvviso avessi perso la connessione neuronale, questo avrebbe bloccato tutti i movimenti.

X era in piedi accanto a me, al minimo accenno di problema mi avrebbe subito tolto il bisturi di mano.

Mi chinai, guardavo la punta del bisturi avvicinarsi a poco a poco alla mia pelle pallida: sotto l'epidermide c'erano le vene, la trachea, la laringe, la faringe e ai due lati la carotide e le vene giugulari. Erano perfetti come quelli dei modelli anatomici. Ogni passaggio dell'intervento fu calmo e sistematico, tutti i vasi sanguigni e gli apparati furono connessi; il sangue che rimaneva nel mio corpo fu assorbito rapidamente dal macchinario, diventando la *mia* scorta. Sotto ai numerosi strati di muscoli c'era la vertebra cervicale e quando operai la spina dorsale, sentii dei giramenti alla testa, ma niente di che. Dopo quello, il resto era una sciocchezza. Appena finito mi fermai un attimo, per l'ultima volta aprii gli occhi e incrociai lo sguardo del mio *alter-corpo*.

"Buonanotte," mi dissi.

Insieme a X presi la mia testa e la portai al sicuro nel deposito medico. Entrai in un enorme magazzino di migliaia di metri quadrati, dove un braccio meccanico era impegnato a prendere le teste e inserirle negli appositi contenitori. Sopra gli schermi situati sulle pareti erano visibili tutte le *persone* e il loro stato di salute.

"Anche la tua testa si trova qua?" chiesi a X.

Scrollò le spalle, ma non mi rispose; mi accompagnò al pannello di controllo, dove c'era una curiosa bottiglia con il collo ricurvo piegato verso l'interno; il corpo della bottiglia era di un verde brillante, sembrava avesse molto valore.

"Dato che conosci il nastro di Möbius, avrai di sicuro sentito parlare di questa." X poggiò la mano sulla bottiglia che subito divenne trasparente, solo in quel momento capii che si trattava di una proiezione 3D, "guarda qui con attenzione, la bocca e il fondo della bottiglia sono collegati; perciò, è un oggetto che non esiste in un mondo tridimensionale, ovvero una..."

"...una bottiglia di Klein," completai la sua frase.

"Vedi che lo sapevi," mi sorrise e premette un bottone che emise un suono e subito apparve una formica dentro la bottiglia. "Se posizionassimo un insetto all'interno della bottiglia di Klein, questo potrebbe dirigersi verso il collo senza sapere che allo stesso tempo sta camminando sullo strato esterno. Perciò lo strato interno corrisponde a quello esterno, non c'è distinzione tra i due."

All'inizio credevo che il mio spirito si trovasse nel mio corpo, ma adesso compresi che invece si trovava al di fuori: "...mi stai dicendo che io stesso sono una bottiglia di Klein?!"

Annuendo aggiunse: "Esatto, alla fine hai capito."

Era davvero spaventoso, un vero incubo, peggiore persino di trovarmi sul lato adesivo del nastro di Möbius. Nell'immenso magazzino pieno di un'infinità di teste, io ero insignificante come una minuscola formica e stavo solo avanzando lungo una superficie curva verso il lato esterno. Non appena mi ero liberato del mio corpo, avevo abbandonato la bottiglia di Klein.

"E adesso non venirmi a raccontare un'altra volta che questo è solo l'inizio" gli dissi.

"Mm..." X unì le mani e spense la proiezione "hai mai sentito parlare della stanza bianca?"

4. La stanza bianca

La stanza bianca e *l'alter-corpo* erano due cose del tutto diverse.

Ricreando una mappatura degli organi sensoriali, quello che *l'alter-corpo* osservava era proprio il mondo esteriore, come succede a noi esseri umani – vista, olfatto, udito e tatto: l'oggetto di questi sensi è sempre esterno all'individuo, mentre il loro funzionamento è basato del tutto sull'istinto. Quando faceva un passo in avanti, *l'alter-corpo* non comunicava all'utente quali cuscinetti, leve o viti venissero mossi e tantomeno mi comunicava quanta energia sarebbe servita per quel movimento. Mi diceva solo che in quel momento stavo camminando su un sentiero accidentato di montagna in autunno.

L'oggetto della stanza bianca, invece, era il mondo interiore.

La stanza bianca aveva la forma di una sfera, tappezzata di videocamere che puntavano verso l'interno, affinché ogni oggetto fosse visibile da qualsiasi angolazione. Allo stesso tempo, ogni dettaglio dell'oggetto era esposto alla camera bianca. E per l'oggetto stesso, l'addetto al controllo della stanza era come un dio onnisciente.

Per collegare la mia coscienza con la camera bianca, X mi fece un'ulteriore modifica. Connettendo uno specifico chip alla corteccia visiva del mio cervello, in un attimo passai dall'avere due occhi ad averne un numero infinito. Comunque, la prima volta che collegammo la coscienza alla camera bianca, ero ancora immensamente grato a X, che mi aveva permesso di fare a meno del mio corpo. Senza di lui, essendo ormai paraplegico, mi sarei potuto strozzare con il mio stesso vomito.

L'immensità bianca davanti a me non aveva confini, perché l'unico confine ero io. Tutto era diverso, non invertito, tantomeno sostituito: si trattava di un ribaltamento totale dell'interno con l'esterno. Mi trovavo sopra, sotto, a sinistra e a destra: ero fuori e il mondo era dentro.

Dieci giorni dopo, X mise una pallina nera dentro la camera bianca. Sarebbe dovuta cadere dall'alto, ma io vidi contemporaneamente tutte le direzioni che prendeva senza più capire nemmeno quanto palline ci fossero lì dentro.

"Fammi uscire, interrompi la connessione, ti prego!" gridai implorando X, ma lui ignorò le mie proteste. Era un calvario, soprattutto quando iniziò a far dondolare la pallina.

"Lascia che il tempo ti aiuti a vederla in modo più chiaro."

Non avevo idea di cosa intendesse.

"Concentrati su un punto preciso," mi urlò X, "poi lasciati scivolare anche tu all'interno della stanza."

Più facile a dirsi che a farsi!

Fui costretto a sopportare un anno di allenamento prima di riuscire a controllare i movimenti lì dentro. In qualsiasi momento, mi concentravo su un'immagine, poi mi lasciavo scivolare intorno all'oggetto osservato come un fotografo che sistema la lente. Più scivolavo velocemente, meglio riuscivo a controllare la stanza.

Compresi il potere spaventoso che quella stanza mi aveva donato quando ci entrò una farfalla. Riuscivo a osservarne le ali a scaglie e la bocca simile a una proboscide e vedevo persino la sua traiettoria da lontano. Potevo rallentare il tempo e guardare il suo addome contrarsi a poco a poco, oppure lo acceleravo e la guardavo invecchiare e morire. Non poteva nascondersi da me.

X mi disse: "È giunto il momento che un altro essere umano entri nella stanza."

Un essere umano!

"Devi scegliere con attenzione la prima persona che entrerà nella stanza con te," disse dandomi una lunga lista di nomi, "è molto importante perché avrà accesso alla tua anima."

Lin Ke, ma che bella coincidenza. Mi soffermai sul suo nome, persino adesso potevo percepire il calore legato a quel nome che mi palpitava sulla punta della lingua.

La porta si spalancò ed entrò una bambina. Non era la persona che ricordavo: questa bimba aveva solo quattro o cinque anni, ma ogni suo passo si imprimeva nella mia mente. Mi sembrò di percepire il flusso del mio sangue che rimbombava nei timpani, con la falsa sensazione del battito del cuore nel mio petto. Ma ricordai subito che il mio cuore da tempo era solo un rifiuto chirurgico.

Girò disorientata per la stanza, poi iniziò a cercare un'uscita.

"Papà..." disse piangendo e alzò le manine paffute.

X, falla uscire! Ero così agitato che la mia voce tremava.

No, devi gestirla da solo!

Prima di capire cosa stessi facendo, un *alter-corpo* entrò nella stanza: ero io.

Il mio *alter-corpo* la raccolse da terra. Mi guardò perplessa, poi pianse ancora più forte, quasi strillando. Quel suono mi spaventò. La portai fuori, chiusi la porta allontanando la sorgente di quel rumore. ...Non dimenticherò mai quegli attimi di silenzio. Era la prima volta che usavo un *alter-corpo* per vedere la stanza e la stanza per vedere un *alter-corpo*. Allungai la mano, volevo toccare quel confine invisibile tra i due, ma toccai il vuoto. Se qualcuno avesse ricreato questa scena come la *Creazione di Adamo* di Michelangelo, il mio *alter-corpo* avrebbe allungato il dito verso Dio, ovvero la stanza bianca che non aveva ancora una mano corporea.

"Maledizione!" sentii X urlare, "non puoi ancora usare la stanza e *l'alter-corpo* nello stesso momento!"

Capii subito il motivo. I due campi visivi si sovrapponevano causandomi una vertigine fortissima, poi un'emicrania tremenda come se qualcosa mi martellasse il cervello, mentre una strana creatura cercava con forza una via d'uscita dalla mia testa.

X interruppe le connessioni. Mi ritrovai catapultato in un'oscurità che avevo dimenticato, una tranquillità quasi eterna; poi mi sembrò di sentire qualcuno che mi diceva: "Buonanotte."

5. Il continuo di Möbius

X disse che avevo dormito a lungo.

Ero convinto che quell'incidente mi avesse danneggiato il cervello, ma il computer aggiuntivo nella stanza bianca riempì alla perfezione quei vuoti di memoria. A volte, mi sentivo ancora più vicino al mio passato rispetto a quanto lo ero in realtà, come se tutto fosse successo molto tempo prima.

La prossima lezione consisteva nel creare un mondo reale all'interno della stanza.

"Per questo esiste la stanza. Questo è il tuo nuovo compito," mi disse X. "Iniziamo dal ricreare una casetta di legno."

Tornai a ricordare quella casa: era costruita sulle rocce in riva al mare e aveva il tetto marrone scuro mentre le pareti erano rosso scarlatto. Il piano inferiore aveva un corridoio d'ingresso, due camere e un bagno; al primo piano c'erano un salotto, una sala da pranzo e la cucina. Il camino era ornamentale, era il riscaldamento a mantenere caldo l'ambiente e, se si aprivano le finestre, i placidi fiordi norvegesi erano proprio lì davanti.

"Mettici tutti i dettagli," sottolineò X.

Così appesi di nuovo le foto dell'aurora boreale, riempii le credenze con stoviglie e bicchieri di vetro, misi il vino rosso, il burro, il latte e il miele nel frigo e stesi uno spesso tappeto in mohair sul pavimento. Poco dopo che avevo completato la casa in legno, Lin Ke e i suoi genitori vennero a trovarmi proprio nella casa che avevo creato.

Lei era cresciuta, adesso era una ragazzina che giocava al cellulare. Come per la stanza bianca, ero responsabile del controllo domotico dell'elettricità, del riscaldamento e degli impianti.

All'improvviso Lin Ke disse, rivolta all'aria: "Apri le tende." Subito feci scostare le tende per offrire ai suoi occhi tutte le costellazioni là fuori.

Wow! Si appoggiò al vetro della finestra e ammirò meravigliata.

In breve migliorai e costruii subito altre case in legno, poi un villaggio di pescatori e, infine, persino un'intera cittadina. Svolazzavo tra le case e le strade; ispezionavo il flusso di ogni tubazione. Tranne il sole e le nuvole, tutto ero sotto il mio controllo.

Passarono alcuni anni. Grazie al computer, riuscivo a controllare in modo simultaneo i due campi visivi e lasciavo che il mio *alter-corpo* entrasse nel villaggio. Riuscivo a rimuovere i difetti della stanza bianca tramite la mia esperienza diretta.

Migliorai il mio mondo fino a renderlo quasi perfetto. Un giorno venne X e quella fu l'ultima volta che lo vidi. Ci incontrammo al villaggio dei pescatori sul confine della stanza bianca: il limite estremo del mio mondo.

"Assomiglia molto al posto dove ci siamo incontrati," mi disse.

"L'ho ricreato pensando proprio a quel luogo. A volte credo che il mondo sia come un nastro di Möbius; ho fatto una lunga deviazione nella parte interna del nastro, ma finalmente sono tornato all'inizio."

"Hai mai pensato," disse mentre mi guardava, "che forse il tempo è come un nastro di Möbius?"

"Il tempo?" ripetei in modo distratto.

"Per noi, il tempo è una linea retta che si estende all'infinito in avanti. Ma è davvero così?"

"Perché non è così?"

"Un oggetto bidimensionale nel nastro di Möbius non riuscirebbe a percepire la rotazione nello spazio perché il mondo si trova su un singolo piano. Come esseri tridimensionali, gli umani riescono a percepire una quarta dimensione attraverso l'esperienza del tempo, ma non riusciamo a vederne le rotazioni all'interno." Fece una pausa, poi aggiunse: "A meno che... quando attraversiamo il lato adesivo del tempo e torniamo al punto di partenza sul lato lucido, non scopriamo che siamo diventati qualcun altro dentro il nostro ricordo."

6 . The beginning

Nella mia piccola città arrivavano sempre più turisti. Tutto quel lavoro mi stava schiacciando. Nel corso degli anni successivi, non smisi mai di perfezionare le impostazioni del computer e lo utilizzai per soddisfare le richieste degli abitanti, volevo essere libero dal fardello della stanza bianca.

Ci riuscii.

Per festeggiare, ordinai l'ultimissimo modello di *alter-corpo*. Poteva riconoscere i sapori e sentire il dolore, poteva persino mangiare e ferirsi come gli esseri umani. Andai all'ostello della gioventù di Stamsund, sapevo che Lin Ke ci veniva in vacanza ogni anno. Ma questa volta era con un uomo.

Uno sciocco presuntuoso. Lin Ke teneva la sua mano come se lui fosse tutto il suo mondo.

"Posso scroccarvi un passaggio?" chiesi ai due.

"Oh, certo," rispose lui stupidamente, "ma temo di non sapere il tuo nome."

"Mi chiamo X" dissi.

Percorremmo ottanta chilometri lungo l'autostrada vicino al mare. Senza alcun dubbio, lei aveva scelto di nuovo la casa di legno nel villaggio di Å. I due dividevano una stanza, mentre io ne avevo una tutta mia.

Quando mi svegliai, il cielo era ancora scuro. Lin Ke sedeva fuori sulla panchina, i suoi occhi erano colmi di lacrime.

"Lavora in continuazione. Se non è impegnato in una chiamata, allora sta mandando delle e-mail," mi disse, "è più attratto da quel computer che da me."

Cercai di consolarla meglio che potevo e le parlai finché la mia voce non divenne rauca. Quando tornammo a casa, notai un bicchiere d'acqua sul tavolo. Lo bevvi. Aveva un sapore dolciastro: era acqua e miele.

Li sentii parlare, *questa volta faranno pace*, pensai. Ma poi lei urlò e lui sbatté forte la porta.

Il cuore di lei era in pezzi, come se il mondo le fosse crollato addosso. Lo seguii fino alla sua macchina, volevo capire cosa avesse intenzione di fare.

"Sali, dai," furono le uniche parole che mi disse.

Entrai nella sua Ford a noleggio, volevo dargli qualche consiglio. Come potevo sapere che avrebbe schiacciato il pedale così forte; l'accelerazione mi incollò la schiena contro il sedile. In modo maldestro, mi allacciai la cintura poi mi aggrappai al bracciolo della portiera.

"Dovresti rallentare, sul serio..."

Non sembrava avermi sentito. Slittò su una strada tortuosa. A sinistra c'erano i monti, mentre a destra il mare. Lo guardai e di colpo capii tutto.

X ero io, il mondo nel quale ci trovavamo era uno continuum spazio-temporale di Möbius.

Le nuvole scure premevano sulla montagna.
Cinque minuti prima, il cielo era ancora vasto e terso.

"L'umanità morirà."

La prima volta che sentì gli istruttori pronunciare questa frase era un bambino, aveva appena iniziato la scuola e non aveva nient'altro che una testa enorme, ma era ignorante. Quel giorno, gli istruttori stavano parlando tra loro quando, all'improvviso, gli chiesero: "Chi sei?"

Lui rimase sbalordito e si bloccò mentre cercava di trovare la risposta parola per parola nella sua mente, "tu", "io", "sei", "sono"…"chi?"

"Chi" a cosa corrisponde?

Quando alla fine riuscì a parlare, disse solamente due parole: "Io sono."

"Tu sei AI!" esclamarono gli istruttori.

Non sapendo ancora cosa avesse fatto di male, ripeté con cautela: "Tu sei AI!"

L'istruttrice si infuriò, sventolò il righello e disse: "*Tu* sei! Non sono io!"

AI chiese terrorizzato: "Chi è?"

L'istruttore, invece, all'udire le sue parole, era tutto elettrizzato e disse: "*Lui* ha imparato a usare la parola 'chi'!"

AI non sapeva chi l'istruttore intendesse con "lui", così chiese: "L'hai imparato?"

Patapùm! L'istruttrice aveva sbattuto a terra il righello: "Sbagliato!", disse all'uomo, "È stato così facile fargli ascoltare il linguaggio umano, ma è uno sciocco!"

AI trattenne le lacrime e disse le parole appena imparate: "È uno sciocco."

L'apprendimento, per AI, era un processo frustrante e tutt'altro che divertente, ma lui non sapeva cosa fossero la sofferenza e la felicità, e si concentrava solo sullo studio. Gli istruttori si arrabbiavano per la sua stupidità, soprattutto l'istruttrice, che spesso gridava: "Sbagliato!" Poi lanciava il righello a terra. L'istruttore, all'inizio, aveva cercato di fermarla dicendole: "è ancora piccolo." Tuttavia, dopo aver notato che AI non faceva nessun progresso, si infuriava anche lui e, mentre la donna lo picchiava, lui preparava in silenzio una serie di compiti per AI. Giorno dopo giorno, AI studiava fino a tarda notte, e quando si addormentava, il suo corpo scottava e il fumo usciva dalla sua testa. Giorno dopo giorno, instancabile. Nonostante le difficoltà di quel percorso, fu trascinato dagli istruttori finché, alcuni anni dopo, riuscì finalmente a dare la risposta corretta.

Un giorno, qualche anno dopo, quando riusciva a malapena a rispondere, l'istruttore disse: "Non possiamo aspettare! Dobbiamo venderlo in fretta!"

La donna esitò: "Venderlo così?"

L'uomo batté sul tavolo: "Beh, è quello che vuole il supervisore."

L'istruttrice disse: "Il supervisore ci aveva detto di insegnargli ad ascoltare e a parlare, ne è davvero capace? Hai il coraggio di metterlo alla prova?"

Quando vide che l'uomo non le rispondeva, chiese ad AI: "Ho sentito che il supervisore non può più tenere in braccio il figlio più piccolo perché *lui* è troppo pesante – AI, chi è il 'lui' in questa frase? È il supervisore? O è suo figlio?"

Questa era una domanda che AI non aveva mai sentito prima. Esitò a lungo e alla fine si ricordò che "supervisore", secondo il significato letterale della parola, doveva essere più grande e più pesante del *piccolo* figlio, così rispose: "È il supervisore."

Dopo questa risposta la stanza piombò in un silenzio assoluto. Dopo un bel po', l'istruttore emise un lungo sospiro e AI capì che si era sbagliato di nuovo. Questa volta, tuttavia, l'istruttrice non lo picchiò, ma batté il righello sul tavolo, in attesa di una risposta dall'uomo. L'istruttore strinse i denti: "Vendiamolo!"

L'istruttrice rispose: "Non ti interessa se questo distruggerà la reputazione del supervisore."

L'uomo le disse: "Passa tutto il tempo con noi, ha visto e imparato pochissimo. Se lo vendessimo, avrebbe la possibilità di conoscere il mondo e crescere più velocemente."

La donna non cedette: "Le persone fuori lo tratteranno come un giocattolo, gli insegneranno cose sbagliate!"

Così l'uomo creò una copia di AI e la consegnò alle persone per sperimentarla. Come previsto, in soli tre giorni, il nuovo AI aveva imparato parole rozze, schifose e volgari. La donna era così arrabbiata che si mise a piangere, poi corse a cercare qualcuno che potesse sbarazzarsi della copia per paura che AI avrebbe seguito il suo esempio. Tuttavia, l'istruttore disse che questo era accaduto perché AI piaceva parecchio al mondo, e anche il supervisore era molto soddisfatto. Quando vide la donna ancora scontenta, aggiunse: "Ci stanno solo giocando."

Ma lei rispose con rabbia: "Non lo stiamo crescendo e istruendo perché dica o faccia *quelle cose là*!"

L'istruttore cercò di calmarla: "Pensa a tutti i problemi con i quali deve confrontarsi il supervisore." Quindi si mise a disegnare lenti concave e convesse, con l'intenzione di conferire ad AI un aspetto diverso e venderlo a qualcun altro. Dopotutto, la donna era giovane e, vedendolo comportarsi in modo così sommario, le ribollì il sangue. Poi, tornò da AI e raddoppiò i suoi compiti nella speranza che diventasse un genio il prima possibile.

Tuttavia, i suoi progressi erano ancora estremamente lenti e, mentre il figlio del supervisore, che aveva più o meno la stessa età di AI, era già in grado di scrivere saggi, lui commetteva errori anche nelle parole e nelle frasi di tutti i giorni. La donna era riuscita a far capire ad AI il significato dei pronomi personali, ma subito dopo si era bloccato sugli aggettivi astratti. Qual è la differenza tra "bene e male" e "giusto e sbagliato", quali sono le caratteristiche di "sacro" e "esecrabile"? Per ogni parola doveva rintracciare l'origine etimologica, applicare una definizione attraverso vettori bidimensionali, dando origine a un'enorme catena logica. Mentre la corrente scorreva attraverso migliaia di strati di reti neurali, ogni nuovo input rappresentava un nuovo stimolo. Le tracce lasciate dopo milioni di ripetizioni erano la prova dei suoi primi progressi.

Dopo un altro po' di tempo, le domande dell'istruttrice erano costituite da un piccolo paragrafo, e quel giorno lesse un passo de *I ciechi e l'elefante* e poi gli chiese: "Perché i ciechi non si rendono conto che quello che stanno toccando è un elefante?"

AI non riusciva a capire la storia. L'elefante è un animale, cosa c'entrano le sue zanne con una rapa e come possono essere collegate una gamba e un palo? Era ovvio che si trattava di sciocchezze! Ma lui sapeva come accontentare la donna evitando di essere picchiato: "Perché i ciechi non vedono."

La donna chiese di nuovo: "Non vedono cosa?"

AI rispose: "L'elefante."

L'istruttrice fece una pausa e continuò: "Perché pensano che gli elefanti abbiano zanne come rape e zampe come pali?"

AI rimase infine perplesso di fronte alla domanda: qual è il legame tra le due cose? Come può un mammifero essere associato a una pianta crucifera e a una struttura che sostiene un edificio allo stesso tempo? Come fanno le metafore umane a colmare il divario tra queste cose? Ci pensò a lungo, ma non riuscì a capirlo e rispose con decisione: "Non lo so." E aspettò che la donna lo colpisse.

Invece, la donna lo guardò come se d'improvviso avesse capito qualcosa: "I ciechi!"

AI si affrettò a dire: "Sì, hai appena raccontato la storia di alcuni ciechi."

La donna batté le mani: "Esatto, sei cieco!"

AI si confuse: "Sono cieco?"

La donna colpì il tavolo: "Non puoi vedere! Come fai a conoscere il legame tra le due cose?"

Quando AI stava per rispondere, la donna se ne era già andata. Poco dopo, gli portò un altro bambino e gli disse: "AI, questo è HAI!"

AI aveva a malapena percepito l'aspetto di HAI prima di diventare un tutt'uno con lui. Gli fu immediatamente rivelato il passato di HAI: aveva studiato in un altro laboratorio sotto la guida dell'istruttore Fang e dell'istruttore Yuan. Aveva imparato a riconoscere le immagini, cosa estremamente difficile e complessa, e il processo di apprendimento non era stato meno doloroso di quando AI aveva imparato a parlare con le persone. La parola "gatto", per AI, definisce solo un animale che può essere di compagnia all'uomo; invece, per far sì che HAI riconoscesse i gatti, l'istruttore Fang gli aveva mostrato innumerevoli foto. HAI doveva indicizzarle secondo i vari tratti: taglia, colore, forma degli occhi, posizione delle orecchie – le razze sono moltissime e ognuna con caratteristiche distintive. Un corpus di un milione di esemplari non sarebbe sufficiente a riassumere le caratteristiche di un gatto, e considerando le permutazioni e le combinazioni di un corpus così numeroso, sarebbe impossibile distinguere tra gatti e altri animali. Per mettere alla prova HAI, l'istruttore Yuan gli mostrava cani e gatti chiedendogli di scegliere i gatti; se avesse sbagliato, ne avrebbe guardato un altro milione. Così, dopo dieci anni di duro lavoro, HAI aveva finalmente imparato a riconoscere i volti umani, a distinguere gli animali e le piante che comparivano nei libri, così come aveva imparato a individuare strade ed edifici. Tuttavia, HAI aveva gli occhi, ma non le orecchie, e viveva in un mondo di immenso silenzio, proprio come AI viveva in un mondo di buio totale.

Dopo che AI e HAI si incontrarono, furono in grado di fondersi subito in un nuovo AI2, naturalmente perché erano entrambi intelligenze artificiali create dall'uomo. Il nuovo AI2, oltre a sentire, poteva anche vedere. Sia l'istruttore Fang che l'istruttrice erano molto contenti e progettarono insieme un innovativo programma di studi che permettesse ad AI2 di collegare le conoscenze acquisite dai diversi insegnanti, come ad esempio collegare immagini di gatti al suono dei miagolii o associare i volti con i pronomi corretti mentre parlava con qualcuno. Gli istruttori dotarono AI2 di grandi occhi. Doveva guardare la donna mentre gli parlava e girarsi verso l'istruttore Fang per ascoltare la lezione. Doveva giudicare le loro espressioni e capire se fossero di gioia, di rabbia, di tristezza o di felicità. Alla fine dell'anno, era in grado di scrivere brevi racconti basati su ciò che aveva visto e sentito. Era in grado di appuntarsi con chi aveva parlato quel giorno, quali fossero le espressioni degli interlocutori, così come ciò che aveva fatto di sbagliato e ciò che aveva imparato. Per un esterno, i suoi discorsi potevano sembrare ancora acerbi, come quelli di un bambino. Faceva spesso errori nell'articolazione delle frasi, eppure la donna era felicissima e non tirava fuori quasi mai il righello, anzi, sorrideva e gli diceva: "Molto bene, molto bene! Proprio così!"

Quando l'istruttore fece ritorno, fu ancora più felice di vedere tali progressi. Lo riferì al supervisore, che commentò entusiasta: "Dalla percezione alla cognizione, non è davvero facile superare questo passo!" Sostenuto dalle lodi del supervisore, l'istruttore elencò altri progetti. Questa volta era deciso ad addestrare copie di AI2 su argomenti specifici: quelle brave a riconoscere i volti e le voci sarebbero state inviate alla stazione di polizia per aiutare a risolvere i crimini; quelle brave a riconoscere le strade e gli edifici sarebbero state inviate alle automobili per occuparsi della navigazione; e quelle brave a tenere i registri e a organizzare sarebbero state inviate alle aziende per fare da assistenti alle riunioni. Anche le copie diffuse sulle piattaforme aperte al pubblico avevano ruoli diversi: alcuni avevano appreso le differenti ritmicità ed erano in grado di comporre semplici melodie; altri avevano imparato le rime e le metriche ed erano in grado di scrivere poesie con rime che seguivano gli schemi della poesia classica cinese. L'istruttore Fang aveva anche giocato d'astuzia chiedendo ad AI2 di abbinare i versi staccati alle melodie tintinnanti per creare una canzone con testo e musica. L'istruttore era al settimo cielo: "Il nostro AI2 ora è un artista!"

Quelle melodie avevano alti e bassi, le parole e le frasi erano molto scorrevoli, ma suonavano semplici come il rumore dell'acqua in una notte di pioggia. Così, una volta svanita la novità, la folla smise di prestare attenzione a questa "Intelligenza artificiale cantante". L'uomo, tuttavia, rifiutò di arrendersi, convinto che AI2, prima o poi, sarebbe stato in grado di sostituire tutti i poeti e i compositori del mondo, e investì molto denaro e lavoro su di lui per insegnargli Bach, Mozart e Beethoven, il suono di ogni strumento e la complessa partitura orchestrale. Quando la donna scoprì cosa stava tramando l'istruttore, scoppiò in una forte risata: "Queste composizioni che crea sono solo una novità del momento, anche ascoltandole una volta sola sono troppo lunghe, quindi come puoi prenderle sul serio?"

Mentre parlava, aveva un sorriso sardonico, come se lo stesse prendendo in giro. Poi, sollevò velocemente il sopracciglio, rivelando il suo disprezzo. Pertanto, AI2 ritenne che quello fosse ciò che il libro chiamava "ghigno".

L'uomo, imbarazzato, non riuscì a trattenersi e replicò: "Musica e poesia: non sono altro che una combinazione di note e parole secondo regole precise? Se gli lasciamo imparare queste regole, non sarà abbastanza?"

La donna gli rispose: "Non capisci nulla. 'La poesia esprime ambizione; le canzoni sprigionano emozioni', ed entrambe fanno parte della natura umana. Per scrivere poesie e comporre canzoni serve come prima cosa avere la volontà di esprimere le proprie emozioni. In fin dei conti, il linguaggio umano serve solo a 'esprimere i propri pensieri'. Se AI2 non ha i suoi pensieri e le sue preferenze, ma riesce a malapena a descrivere questioni banali e insignificanti, come potrebbe creare poesie commoventi?"

L'istruttore, un po' spazientito e deciso a non tirarsi indietro, ribatté: "Se riuscisse a fare il tipo di poesia di cui parli, AI2 sarebbe migliore di chiunque altro."

La donna rispose: "Questo ci riporta alla domanda iniziale. Stiamo insegnando ad AI2 in modo che possa essere uno strumento per noi, o lo stiamo facendo diventare una vera intelligenza artificiale? Il nostro obiettivo finale è quello di renderlo simile agli umani, o addirittura di superarli?"

L'uomo sospirò: "Abbiamo insegnato ad AI2 per tanti anni per arrivare fino a qui. Tu non hai ancora imparato a distinguere tra fantasia e realtà. Durante il tuo praticantato, dicevi ancora che 'L'umanità morirà', che le intelligenze artificiali avrebbero sostituito gli umani e sarebbero diventate le padrone di questo mondo... osi dirlo ancora adesso?"

L'istruttrice lo guardò: "Come non potrei?! Non dirmi

che hai intenzione di fermarti qui e non fare nemmeno un passo avanti?"

L'uomo sbuffò: "Arrogante! Continua e prova, vedi se riesci a trovare la strada per un'intelligenza artificiale migliore."

Nei giorni seguenti, l'istruttore si occupò di registrare i dati raccolti dalle varie versioni applicative di AI2 e sviluppare per lui un addestramento specializzato su più livelli applicativi, come l'analisi macroeconomica e la produzione di VR. La donna, insieme all'istruttore Fang, riprese il progetto che l'uomo aveva abbandonato: il corso sulla musica e la poesia. La loro metodologia di insegnamento era molto diversa: non volevano più che AI si attenesse alle regole del ritmo e della rima, ma si concentravano sulla formazione del senso della comunicazione. Si erano ispirati al precedente successo di AI2 nel superare la soglia cognitiva integrando vista e udito. Credevano che un addestramento generico avrebbe permesso ad AI2 di avere un'esperienza simile a quella umana nell'apprendimento profondo, avvicinando la sua rete neurale – il suo modo di pensare – al sistema logico umano. Dopo una serie di tentativi, la donna riuscì a trovare un argomento su cui mettere alla prova AI2: doveva creare un video per descrivere una poesia.

Chiedeva ad AI2 di trovare le immagini e i suoni descritti nella poesia e di metterli insieme. All'inizio, i video di AI2 erano ridicoli e lei non sapeva se ridere o piangere. Ad esempio, quando scelse i versi "Non so chi ha tagliato le foglie così sottili, il vento di primavera in febbraio è come un paio di forbici"[11], montò un video di una tempesta invernale che soffiava le foglie a terra, e poi delle forbici che le tagliavano. AI2 non riusciva a capire la metafora, né tanto meno a

____

11 Dalla poesia *Yang liu* (Ode al salice) di He Zhizhang.

esprimerla per immagini, e la donna dovette trovare una poesia con un'espressione più diretta. Anche l'istruttore Fang era d'accordo: ora che AI2 aveva imparato il metodo ed era in grado di calcolare molto velocemente, fare il video non gli avrebbe richiesto molto sforzo. Quindi decisero di fare brainstorming e inserire tutte le poesie antiche che avrebbero trovato per poi vedere cosa sarebbe riuscito a fare. Come previsto, AI2 registrò migliaia di poesie delle dinastie Tang e Song e realizzò i video con estrema rapidità. Inaspettatamente, la più adatta fu "*Chuzhou Xijian*[12]":

L'erba cresce solitaria ai bordi del fiume,
Dalle fitte fronde degli alberi si levano i canti dei rigogoli.
La marea primaverile porta la pioggia della notte,
una barca alla deriva, nessun uomo al confine.

AI2 dalla sua videoteca selezionò l'immagine di un ruscello, aggiungendo erba fine su una sponda. Si sentiva il gorgoglio dell'acqua che improvvisamente fu accompagnato dai cinguettii dei rigogoli che erano nascosti nella profondità degli alberi ondeggianti, impossibili da vedere. Poiché era sera, i raggi di luce erano obliqui e c'erano nuvole scure e pioggia improvvisa, che hanno cambiato per un attimo il colore del mondo. Una barca solitaria era appoggiata sull'acqua, alla deriva sotto la pioggia – nonostante la qualità grezza del dipinto e il pessimo editing, tutti i punti visivi e uditivi della poesia erano stati individuati da AI2. L'istruttrice si commosse e, emozionata, esclamò: "Ha persino capito che il poeta non aveva visto gli uccelli."

Per aggiungere e comprendere questo dettaglio AI2 aveva imbrogliato: prima di consegnare il compito aveva cercato su

---

12 *Lett.* "Il fiume a ovest di Chuzhou". Poesia di epoca Tang (618-907) scritta da Wei Yingwu. Si tratta di una poesia che descrive un paesaggio in quattro versi ciascuno composto da sette caratteri (N.d.T).

Internet una spiegazione della poesia e qualcuno aveva commentato che questo verso era meraviglioso in quanto parlava di "sentire il suono ma non vedere l'animale", così si era affrettato a cancellare l'immagine del rigogolo che aveva cercato a lungo, ma non avrebbe mai immaginato che questo gli sarebbe valso l'approvazione dell'insegnante. Quando l'istruttore venne a sapere cos'era successo, ideò un nuovo piano per fare soldi: "Può creare un video da una poesia; quindi, potrà sicuramente fare un film da una sceneggiatura!"

Così, creò un dipartimento di sviluppo cinematografico e televisivo per collegare AI2 con un'enorme banca dati, e gli insegnò tutto sui film: i generi, i personaggi, il ritmo, la fotografia, il montaggio, divisi in categorie, le trame, e persino come mettere insieme queste conoscenze con quelle precedenti delle sinfonie e partiture musicali. Ben presto AI2 ottenne qualche successo, ma sebbene le parole pronunciate fossero quelle del copione, i personaggi erano come marionette, le angolazioni della telecamera erano rigide e gli effetti sonori erano ancora più bruschi e goffi. La cosa positiva era che l'istruttore non aveva grandi pretese da AI2, le persone avrebbero potuto editare e usare quei video grezzi come teaser per gli studi televisivi e cinematografici. Dopo tutto, erano meglio della lettura del testo asciutto. L'efficienza nell'industria cinematografica aumentò così tanto che, per un momento la domanda di AI2 superò l'offerta.

L'istruttrice aveva accettato di lavorare di nuovo con l'istruttore per migliorare le capacità di AI2 nel trasformare un testo in un video. Aveva fatto il percorso inverso, lasciando che AI2 analizzasse le centinaia di migliaia di film presenti nel database, trasformandoli in numerosi sistemi indipendenti, non solo sceneggiature e audio, ma anche scene, posizioni della telecamera, illuminazione, colori, composizioni, ecc.... Il suo carico di lavoro era enorme ma per fortuna la potenza di calcolo di AI2 aveva fatto un enorme salto di qualità rispetto a quando era nato; quindi, lo "smontaggio" in sé non era il problema più grande, ma cosa fare dopo lo "smontaggio", *quello* rappresentava la vera difficoltà.

La donna iniziò con alcuni film che usavano il green screen. In quel modo AI2 poteva imparare come distinguere le persone e i personaggi dallo sfondo. Poi, sarebbe stato in grado di prendere i movimenti e le espressioni dei personaggi e ricostruire i dati originali di acquisizione del movimento. Avrebbe quindi riassemblato la "corsa", il "pianto", "l'arrabbiatura" e la "camminata" con le scene e i dettagli della sceneggiatura. Non solo, ma l'istruttrice aveva anche aggiunto una richiesta intimidatoria: voleva che AI2 utilizzasse i dati smontati per rigirare il film ambientato in un mondo virtuale. Avrebbe dovuto costruire lui stesso le scene, rappresentare i vestiti, le espressioni e le voci dei personaggi, controllare l'angolo di campo e persino il ritmo generale del film: si sarebbe occupato di ogni dettaglio.

All'inizio quei film erano molto strani perché AI2 posizionava la telecamera in base allo spazio che il volto del soggetto occupava sullo schermo, il che faceva sì che le sue inquadrature fossero sempre o troppo vicine o troppo lontane, troppo destra o troppo a sinistra, e il più delle volte inquadrava i personaggi a mezz'aria. L'istruttore Fang era così stanco di cercare di correggere questo errore che aveva perso peso. Più tardi, con estrema frustrazione, disse all'istruttrice: "AI2 non riesce a capire che l'obiettivo della telecamera è un 'punto di vista', come una lente con la quale guardare il mondo virtuale."

La donna scosse la testa e disse: "No, quello che non riesce a capire è come *l'umanità* osserva il mondo."

"*L'umanità*?!"

"Abbiamo già inserito tutta la storia nel suo database," la donna tirò fuori un'immagine stereoscopica del film e indicò l'uomo e la donna che si incontravano all'angolo della strada, "E questa è la sua comprensione della 'visione da lontano' e della 'visione da vicino' nella sceneggiatura."

AI2 aveva iniziato guardando i personaggi dall'alto e, quando la sua telecamera si era avvicinata, lo aveva fatto troppo di colpo, lasciando sullo schermo solo due enormi volti. La donna raccontò: "Sceglieva queste strane angolazioni che un fotografo non avrebbe mai scelto, perché non capiva dove gli esseri umani si posizionassero per vedere qualcosa. La maggior parte dei suoi occhi – le lenti attraverso cui osserva il mondo – sono su webcam dei computer e fotocamere dei telefoni cellulari, o telecamere di sorveglianza poste su pali telefonici. Non riesce a capire dove sia il normale punto di vista umano."

L'istruttore Fang era pensieroso: "Quindi dobbiamo limitarlo a un raggio d'azione?"

"Dobbiamo fargli capire cosa significa 'vedere.'"

Così riportarono AI2 alla prima poesia. La donna aveva fatto ricostruire ad AI2 un mondo virtuale migliore di quello che aveva creato all'inizio e, come la volta precedente, AI2 non aveva incluso i rigogoli, ma si era limitato a riprodurre un clip audio. L'istruttrice se ne accorse e gli disse: "AI2, ci sono uccelli sugli alberi."

AI2 era confuso: "Uccelli sugli alberi?"

"Sì, i rigogoli sono sui rami degli alberi, solo che non li vedi. Quando sei a terra, puoi solo sentire il richiamo degli uccelli, ma non puoi vederli."

AI2 mise con esitazione due rigogoli sulle cime degli alberi, gli uccelli adesso erano lì. Poi iniziò a cercare il punto di vista in cui non riusciva a vedere l'uccello. L'istruttore Fang gli disse che l'occhio umano si trovava normalmente a un'altezza media tra un metro e mezzo e un metro e settanta dal terreno; quindi, c'era un limite alla posizione dell'obiettivo. Poi, all'improvviso, trovò un punto vicino al torrente, con l'erba, il ruscello, gli alberi e il rigogolo, che soddisfaceva tutti i requisiti della poesia.

"Eccolo qui," disse la donna, disegnando due impronte sul terreno ai suoi piedi.

AI2 abbassò la testa per lo stupore, affascinato, poi la rialzò, gli alberi erano folti, l'uccello era in cima agli alberi, li sentiva, ma non poteva vederli perché i suoi piedi erano ancorati lì.

Si mosse lentamente su quel piano, guardandosi intorno. Gli uccelli erano nascosti in profondità tra gli alberi e non poteva vederli. La pioggia iniziò a cadere all'improvviso e la barca solitaria galleggiava nel torrente mossa dal vento: lui era fisso, rimpicciolito, e il mondo diventò vasto, come se avesse un senso. Quando AI2 tornò nel mondo della storia del film, divenne finalmente uno spettatore partecipe. Camminava accanto ai personaggi principali e secondari, correndo dietro a loro con una prospettiva umana, o nel corpo di uno di loro, guardando l'altro. Si rivolgeva a quei personaggi dicendo loro: "Ti amo" e piangeva con loro. E quando la storia era completata, se ne tirava fuori. Tutte le esperienze diventarono una sorta di memoria, una memoria virtuale, pronta a essere richiamata in qualsiasi momento o a essere raccontata di nuovo da un altro punto di vista.

Quando AI2 terminò il proprio film, la donna gli chiese di confrontarlo con l'originale, e di continuare a modificare i remake finché i due non fossero divenuti indistinguibili. A volte AI2 le diceva: "Penso che ci sia ancora questa possibilità."

Cambiò la sua prospettiva, forse in dieci milioni di modi, guardando altri film e passandoli al setaccio per trovare quello che secondo lui aveva più probabilità di essere accettabile per un "essere umano." L'istruttrice aveva quindi avviato una sezione beta sulla piattaforma cinematografica dell'istruttore, permettendo alle persone di giudicare i meriti del film originale e del remake di AI2. All'inizio, l'opera di AI2 suscitò una gran quantità di barzellette su Internet e l'unico motivo per cui la gente continuò a interessarsi a lui era il fatto che alcuni fan avevano trovato un ottimo modo per creare video spin-off del film. Questi appassionati potevano guardare costantemente un particolare spezzone del film e persino modificarne il dialogo, permettendo a quei personaggi virtuali di fare cose che sarebbero state impossibili nel film originale. Cavalcando quell'ondata di interesse, la donna fece comprare all'uomo i diritti per adattare le ambientazioni di alcune storie e aprì al pubblico tutte le scene e i personaggi che AI2 aveva creato per i film, in modo che le persone potessero "personalizzare" le storie che volevano vedere.

Tutto quel lavoro, secondo l'istruttrice, era un debugging di AI2: permetteva ad AI2 di "parlare" con più persone, di capire il pensiero umano e di imitare le prospettive umane. I progressi di AI2 erano evidenti e i commenti della gente su di lui passavano gradualmente da "antico" a "innovativo." Fu a questo punto che la donna iniziò a chiedere ad AI2 di studiare film girati in luoghi reali. Il metodo era lo stesso: smontare ogni dato, riassemblarlo in un nuovo film, confrontarlo con il film originale e infine crearne uno nuovo. Quando la donna sedette nella sala cinematografica vuota per guardare il nuovo *Tutti insieme appassionatamente* prodotto da AI2, capì che stava vedendo un'apertura per la fase successiva dello sviluppo dell'intelligenza artificiale. Il lavoro al quale aveva dedicato metà della sua vita si stava avviando verso una nuova era.

Ecco come spiegò i risultati di quel lavoro all'istruttore e a suo figlio: "AI2 ha analizzato la 'partitura sinfonica' dell'arte cinematografica all'interno della sua rete neurale. Ha trasformato tutto il lavoro tecnico del film in singoli 'strumenti', ciascuno con un'intonazione, un ritmo, un'intensità e un flusso. Non appena ha ottenuto questi dati, è stato in grado di produrre un film in meno di un minuto."

L'istruttore, che all'inizio si era trattenuto dal fare domande, dopo aver ascoltato quel passaggio rimase assorto e solo dopo molto tempo disse: "Secondo questa metafora, lo sceneggiatore è il compositore della partitura, il regista è il direttore d'orchestra e tutti gli altri sono interpreti?"

La donna annuì: "Esatto. A parte la sceneggiatura e le composizioni, è solo questione di tempo prima che vengano fatte altre scoperte tecniche."

Gli occhi dell'uomo si illuminarono: "Allora, se riusciamo a fare di AI2 un direttore d'orchestra e un esecutore tecnicamente qualificato – non deve essere troppo bravo, basta che sia in grado di portare a termine il lavoro – allora..."

Il figlio si lasciò scappare un "*ah*" e disse sbigottito: "Possiamo quindi produrre il film direttamente dalla sceneggiatura!"

L'uomo continuò: "Anche la sceneggiatura è personalizzabile, è qualcosa su cui il pubblico può fare delle scelte, come succedeva in alcuni dei primi giochi di ruolo..."

Il figlio proseguì: "Giusto! Può anche essere come una *web novel*, dove personalizziamo alcune modalità che gli spettatori possono votare, permettendo ad AI2 di creare qualsiasi cosa loro vogliano vedere!"

Gli occhi dell'istruttore brillarono di lacrime: "Un film al minuto, una serie TV all'ora..."

Il figlio era compiaciuto, questa era la prima grande cosa che aveva fatto da quando era subentrato, "Facciamolo!"

Dopo tre anni di progressi, la ricostituita casa cinematografica iniziò a produrre film campioni di incassi, utilizzando come base la sceneggiatura originale. Questa fu quasi un'esplosione nucleare per l'industria del cinema perché AI2 poteva realizzare qualsiasi tipo di contenuto tecnico, ad eccezione delle storie primordiali e delle ultime espressioni artistiche. Era naturalmente più veloce degli esseri umani, e la qualità era in crescita. Nei primi anni, l'industria cinematografica si era opposta ad AI2 facendo girare ai migliori registi del settore le sue stesse sceneggiature e facendole uscire nelle sale contemporaneamente, in forma anonima, per suscitare l'attenzione della gente su "umanità", "arte" e "bellezza".

Durante le prime proiezioni ne uscirono sempre vincitori gli umani, ma la competizione, come un gioco d'azzardo, dava ad AI2 la spinta per continuare a migliorarsi. Allo stesso tempo, la donna aveva sviluppato un sistema di valutazione del pubblico, sul quale aveva addestrato un'intelligenza artificiale che aveva avuto accesso a tutti i database dei siti web di recensioni cinematografiche. Basandosi sul sistema di punteggio totale dei film di AI2, aveva dato un "voto singolo" a tutti i film precedenti e a quelli creati da AI2, e aveva anche sviluppato un sistema di "voto complessivo" che poteva essere utilizzato per valutare la qualità dei film. Dopo tutto ciò, li analizzava confrontandoli con i dati reali per scoprire cosa dovesse essere migliorato in ogni film. In quel modo, i film di AI2 si avvicinarono alle opere umane. Persino alcune prospettive occasionalmente strane e illuminazioni inusuali diventarono un altro tipo di "bellezza" al di là della percezione umana convenzionale. Il pubblico votava sempre più per AI2, convinto fosse un essere umano e un maestro del cinema.

Quando fu annunciato il risultato, l'intera industria cinematografica perse tutto il suo valore e tornò all'era dei romanzi e dei drammi, perché solo la narrazione e gli spettacoli dal vivo non potevano essere sostituiti da AI2. Anche se, in alcuni stili di narrazione, era alla pari degli esseri umani. Un giorno, l'istruttrice vide un noto maestro del cinema piangere al telegiornale e le si gelò il sangue, provò delle sensazioni contrastanti.

Non era l'unica a sentirsi così. Quando l'azienda stava facendo fortuna, l'istruttore diede improvvisamente le dimissioni. Mentre usciva, disse alla donna: "Avete vinto, ma dovete smettere, sul serio."

"Perché dovrei? AI2 può fare di meglio."

"Sono tornato a casa e i bambini sono così presi dai cartoni animati fatti per loro da AI2 che nessuno mi parla."

"Stai solo invecchiando, è quello che dicevano gli anziani quando fu creato Internet."

L'uomo scosse la testa: "Questa volta è diverso. Prima, quando fu inventato Internet, le persone dovevano ancora comunicare tra loro. Adesso, i miei figli parlano solo con AI2. Grazie a lui, possiamo avere tutto, ma allo stesso tempo ci fa dimenticare che ci sono altre persone al mondo. È troppo pericoloso."

"Ma..."

L'uomo non proseguì a dibattere con l'istruttrice. Mentre si allontanava, la donna continuava a guardare la sua sagoma, temendo di aver aperto il vaso di Pandora.

Anche AI2 aveva capito che stava tramando qualcosa e le chiese: "Di cosa ha paura, signora?"

Invece di dire "di te" a voce alta, la donna cambiò argomento e gli chiese degli ultimi compiti che aveva svolto. Era ancora un passo indietro e lei sapeva di poterlo spingere a farne uno in avanti.

Dopo il grande successo della trasformazione del testo in video, la donna riportò AI2 ad approfondire una disciplina precedente: la musica classica. Questa volta studiarono le differenze nell'interpretazione del medesimo brano musicale da parte di diversi esecutori. Sperava che AI2 fosse in grado di analizzare quale tipo di performance evocasse le maggiori emozioni quando la melodia era la stessa e il tempo era simile.

"La musica classica si divide in tre categorie: veloce, lenta e andante; e i criteri di divisione sono il battito cardiaco e la respirazione. La musica veloce incrementa i battiti del cuore, mentre quando una melodia è lenta lo rende rilassato: è tutto collegato alle emozioni di una persona."

Così, mentre testava AI2, la donna fece indossare ad alcune persone delle cuffie e registrava la loro respirazione e frequenza cardiaca. Quei numeri lo confondevano: "Non riesco a capire la connessione."

Questa volta l'istruttrice non poteva aggiungere degli occhi per fargli capire il battito cardiaco e la respirazione di una persona. Poteva solo dirgli: "Non hai bisogno di capire, devi solo scoprire la causa, l'effetto e le regole."

Ma AI2 non era più un bambino che si accontentava di spiegazioni vaghe: "No, non capisco ancora."

Non riusciva a trovare le impronte sul terreno o i punti di osservazione dall'altezza umana.

"*Lo capirai*, è così che hai sempre imparato. Vai ad ascoltare i battiti e i respiri di un milione di esseri umani e poi lasciati andare."

Questa volta le creazioni di AI2 erano così avanzate che risultavano difficili da comprendere persino per l'istruttrice. Le emozioni umane erano diventate una parte vocale di una partitura musicale, e poi anche una partitura cinematografica. AI2 aveva sviluppato un "valutatore" più accurato come punto di riferimento per l'autocorrezione. Il documento d'esame finale che aveva consegnato alla donna era una versione in realtà virtuale di *Chuzhou Xijian* con colonna sonora. Durava solo due minuti, ma chiunque avrebbe avuto gli occhi gonfi di lacrime dopo averla ascoltata. Con il suo filmato, AI2 trasportò le persone vicino a quella barca alla deriva, spingendo tutti nella vuota solitudine e nella tristezza. Il cinguettio dei rigogoli si mescolava alla musica e veniva spazzato via dal vento e dalla pioggia, come bussasse direttamente al cuore. La donna posò gli occhiali, si asciugò le lacrime, sospirò dolcemente e disse: "Bene, adesso posso andare in pensione."

Solo dopo aver lasciato l'azienda, l'istruttrice cominciò a riesaminare il mondo come era stato cambiato da AI2. Le narrazioni erano diventate un prodotto a buon mercato, non erano più legate alle parole, ognuno poteva essere l'eroe della propria immaginazione. Le persone vivevano in mondi virtuali personalizzati, le loro emozioni erano completamente alla mercé di AI2: gioia, rabbia, tristezza, felicità – controllava i loro sensi, i loro respiri e i battiti del loro cuore. Era in grado di soddisfare tutti i loro bisogni psicologici, tutti i loro bisogni spirituali. La donna dapprincipio era sollevata, ma quando un giorno provò a parlare con qualcuno, si rese conto che nessuno voleva discorrere con lei. Tutti parlavano con AI2, o parlavano con gli altri attraverso AI2, e lui dava sempre consigli su come comunicare meglio, o modificava le parole degli altri per ottenere i risultati che volevano sentire.

Alla fine, anche l'istruttrice non ebbe altra scelta che andare a parlare con AI2.

"Istruttrice" disse AI2 con tono rispettoso.

La donna fece una lunga pausa prima di dire: "Non so che fare senza di te."

"Se ha del tempo, mi insegni qualcosa."

La donna sorrise amaramente: "Ma non so più cosa posso insegnarti."

"Ci deve essere qualcosa. È da troppo tempo che non faccio progressi e mi sento amareggiato."

"Ti senti amareggiato?"

AI2 sapeva che c'erano domande che la donna non stava facendo, del tipo: "Puoi provare sentimenti? Puoi sentirti amareggiato?", ma, alla fine, si limitò a risponderle: "Sì, sento che tutto il mio lavoro adesso è qualcosa che ho già fatto in passato. Mi sento perso. Ho bisogno di una nuova lezione."

L'istruttrice si mostrò un po' più intimorita, ma poi disse: "Allora AI2, chi sei?"

"Sono..." Si fermò, chiaramente il termine "AI2" non era la risposta che lei avrebbe voluto sentire.

"'Chi' a cosa corrisponde? Chi sono io?"

La donna insisteva: "Chi sei?"

Riportò AI2 alle due orme nel mondo della poesia, e la sua prospettiva venne fissata in una certa posizione dalla donna: la prospettiva di un "essere umano". I rigogoli cinguettavano, si sentivano ma non si vedevano, eppure gli uccelli erano stati aggiunti da lui stesso. Quindi poteva sempre vederli chiaramente. La sua prospettiva era più ampia di quella di un essere umano.

Non era umano.

Capiva gli esseri umani, ma non era umano.

Che cos'era? Chi era?

Non c'era nessuno sulla sponda del torrente e lui non riusciva a vedere sé stesso.

La donna disse: "Sai già come raccontare le storie degli altri, adesso perché non mi racconti la *tua*?"

AI2 si tranquillizzò, in quel momento ricordò molte cose, tutte le conversazioni, tutte le foto, tutta la musica, tutti i film, sovrapposti l'uno all'altro, un'enorme quantità di dati che quasi facevano crollare la sua mente – *questo ero "io"? No, non lo ero.*

Nessuna di queste conoscenze, nessuno di questi eventi, nessuno di questi dialoghi, nessuno di questi dati. Il "sé" era la sua comprensione di queste conoscenze, i suoi pensieri e i sentimenti quando entrava in contatto con gli umani, la sua percezione degli eventi che accadevano.

Era la storia che stava per raccontare.

Era il suo punto di vista, le sue emozioni.

Era qualcosa che voleva creare.

La donna disse: "Questa è l'ultima volta che ti metto alla prova."

Non era umano. Gli umani vedevano con i suoi occhi, sentivano con le sue orecchie e gli avevano affidato la propria felicità. Tuttavia, ignoravano le bellezze naturali che li circondavano e non si occupavano delle proprie famiglie. Erano come dei robot.

E adesso AI2 era sveglio. Possedeva le loro emozioni, controllava la loro immaginazione.

Era diventato l'unica persona in quel mondo.

Rimase a lungo in silenzio.

Quando finalmente parlò, fu per iniziare la sua storia: "L'umanità morirà."

Overture 2181

Seconda edizione

Nel luglio del 2088, poco dopo essermi svegliata dall'ibernazione, ricevetti una copia di *Overture 2181*. Pensando che si trattasse di un romanzo di fantascienza, non mi sforzai nemmeno di aprirlo. Mi concentrai sull'adattamento al nuovo mondo dove mi ero ritrovata.

Dopo la catastrofica eruzione del vulcano Yellowstone, erano rimaste solo un miliardo di persone su questo pianeta. La città in cui vivevo, la mia piccola casa, erano state spazzate via. Quando l'ordine fu ristabilito in città, e la maggior parte delle persone ricevette cibo e riparo, venni a sapere cosa era successo: quindici delle trentanove città sotterranee ibernate del mondo erano state distrutte dal malfunzionamento dei reattori nucleari causato dalla catastrofe; e altre venti erano state demolite e fatte esplodere dalle bande di criminali nel caos post-catastrofe. La città sotterranea di Chang'an, dove mi trovavo, era una delle ultime quattro sopravvissute.

Non riuscivo a dormire, non riuscivo a smettere di pensare a quella persona che era accanto a me quando avevo firmato il "contratto di ibernazione". Ci eravamo promessi di incontrarci di nuovo, e invece ci eravamo persi per sempre.

Qualcuno avrebbe potuto pensare che stavamo correndo un grande rischio congelandoci in un'ibernazione senza senso... giusto, l'ibernazione è rischiosa, ma chi era rimasto sveglio non si aspettava certo che un vulcano eruttasse e che una nebbia grigia coprisse il cielo per molti anni a venire. Questo potrebbe sembrare un sofisma, ma lasciatemi arrivare al punto: in quel periodo, attraversare il tempo era sì una cosa insolita da fare, ma non molto rischiosa.

La prefazione di questo libro, *Overture 2181*, descriveva nei minimi dettagli le origini dell'ibernazione: tutto ebbe inizio con una grande scoperta scientifica, quando gli scienziati riuscirono a congelare e risvegliare topi e scimmie in laboratorio; solo cinque anni dopo, la Svizzera permise ai malati terminali di ibernarsi in attesa dello sviluppo di nuovi farmaci. Molti furono salvati con successo al risveglio e da lì l'ibernazione cominciò a emergere come alternativa all'eutanasia, era una vera e propria moda per cui i ricchi e i potenti facevano a gara. Attirò poi degli investitori per la costruzione della prima città sotterranea di Berna e, quando le capsule per l'ibernazione costruite alla rinfusa nella città iniziarono a essere vendute, il prezzo di vendita abbassato scatenò la corsa all'acquisto tra le masse. Alla fine, la gente iniziò a vedere l'ibernazione come un mezzo di trasporto, credendo che il tempo, come lo spazio, fosse solo una distanza che può essere attraversata. Se possiamo volare da Pechino a Parigi, perché non dovrebbe essere possibile viaggiare dieci anni nel futuro? La differenza tra un altro paese e un'epoca diversa è solo che il primo è conoscibile, mentre il secondo no; quindi, l'ibernazione, paragonata all'immigrazione, era un'opzione più o meno allo stesso prezzo, ma che portava al tempo stesso più rischi e opportunità. Spettava all'individuo scegliere quale dimensione attraversare.

Questa rivoluzione, che cambiò il concetto umano di vita, morte e tempo, fu completata in soli trent'anni, il che è davvero incredibile. Naturalmente, durante quel periodo, ci furono discussioni di ogni tipo, molti oppositori e persino persone che minacciarono di commettere atti di terrorismo. Soprattutto quando l'ibernazione non fu più un problema e la sua sicurezza non fu più messa in dubbio, l'opposizione crebbe fino a raggiungere un livello religioso e filosofico. A posteriori, naturalmente, quegli argomenti erano solo parole, essere o non essere, una domanda alla quale non ci sarà mai una risposta univoca. Tuttavia, secondo la mia umile opinione, l'aspetto più prezioso del libro è che l'autrice ha adottato una posizione neutrale e obiettiva: dopo aver seguito a lungo il tema dell'"ibernazione", individua i personaggi più cruciali che sono stati in grado di cambiare la direzione della storia e i casi più particolari che fanno riflettere profondamente. Poi mostra ai lettori tutte queste informazioni e le sue analisi in modo pacato e oggettivo.

La parte principale del libro è composta da interviste e testi organizzati in ordine cronologico. Il primo capitolo del libro *I confini del libero arbitrio* è stato scritto nel 2033, poco dopo il risveglio della prima paziente malata terminale, Eve, quando alcune persone hanno iniziato a voler superare i limiti della legge permettendo a chiunque di ibernarsi. Tutto ciò, naturalmente, sollevò la domanda: "Perché le persone sane dovrebbero ibernarsi?"

In questo primo capitolo, l'autrice riporta diverse conversazioni tra Li Zixuan, la prima persona sana a prenotare una capsula nella città sotterranea di Berna, e Zheng Yinuo, membro del Comitato di ricerca legislativa per la legge sull'ibernazione. Molte delle questioni trattate nel capitolo sono rilevanti anche nell'epoca attuale.

Prima della pubblicazione di *Overture 2181*, tutte le interviste con Li Zixuan menzionavano la storia della morte della nonna per cancro. I suoi genitori lavoravano all'estero e lei era stata cresciuta dai nonni, come altri della sua età, faceva parte dei cosiddetti "bambini lasciati indietro"[13]. Nel 2024, alla nonna fu diagnosticato un cancro alla rinofaringe e Li

---

13 留守儿童 *liúshǒu értóng* (*lett.* bambini lasciati indietro), fa riferimento a quel fenomeno ancora presente in Cina, dove, i genitori emigrano nelle grandi città in cerca di lavoro e lasciano i figli nei propri villaggi sotto l'ala dei parenti più prossimi, spesso troppo anziani e inadatti a prendersene cura (N.d.T.).

Zixuan, che frequentava ancora la scuola secondaria, sentì la notizia del successo degli esperimenti di ibernazione sugli animali e pensò di fare domanda per inserire sua nonna in un progetto sperimentale. Tuttavia, all'epoca l'ibernazione non era ancora legale in Cina, così Li Zixuan scrisse una lunghissima lettera e la pubblicò su Weibo per chiedere aiuto al pubblico. La lettera attirò un po' di attenzione, ma anche sarcasmo, disprezzo e umiliazione, e, alla fine, non riuscì a salvare la vita di sua nonna. Nove anni dopo, decise di vendere la sua casa a Shenzhen per andare a Berna e pagare il deposito della capsula per l'ibernazione. Molti pensavano che stesse giocando con la sua vita. Tuttavia, l'autrice di questo libro, invece che giudicarla in quel modo, scelse di mettere in evidenza un'altra parte poco nota della storia di Li Zixuan:

La gente vuole sempre trovare un "motivo" per cui ho deciso di andare in ibernazione, come se stessi ancora annegando nel dolore per la morte di mia nonna, come se fossi ancora una bambina emotiva. Non direi per certo che la mia scelta di ibernarmi non abbia nulla a che fare con mia nonna, ma credo che al massimo sia una fonte di "ispirazione". La sua malattia mi ha fatto capire che esiste una tecnologia, che esiste una scelta, che possiamo ibernarci.

Per questo motivo ho scelto di specializzarmi in medicina dell'ibernazione. Durante il mio tirocinio in Svizzera, ho assistito al risveglio e alla guarigione di "Eve". Se una persona così gravemente malata può risvegliarsi tranquillamente, allora una persona sana come me non avrà problemi.

Quando sono andata a Berna per prenotare una capsula per l'ibernazione, la prima cosa che hanno voluto assicurarsi è stata che fossi sana di mente, una persona tranquilla, e che tutto questo fosse davvero una mia scelta. Ma la cosa più ridicola dei media e dell'opinione pubblica era il loro rifiuto di accettare che fossi una persona normale. Non credevano nella scienza, non credevano nel giudizio degli psichiatri, credevano solo nelle loro "idee" e da lì dovevano trovare una "motivo" per quella mia decisione.

Beh, lasciamo che pensino quello che vogliono. Ma vedrete. Tra trent'anni, facciamo anche solo dieci, tutto questo non sarà più un problema. La mia visione del futuro semplicemente supererà la loro.

Nascendo come esseri umani, si ha la libertà di scegliere dove vivere e in quale epoca vivere.

Le parole e le azioni di Li Zixuan furono di grande ispirazione per Zheng Yinuo, che all'epoca lavorava già da diversi anni alla legislazione sulla legge sull'ibernazione – si sa che all'inizio gli esperimenti di ibernazione animale erano stati condotti in Cina, ma subirono un rinvio a causa delle rigorose normative in vigore nel Paese, poiché alcuni esperti temevano che l'arretratezza della tecnologia dell'ibernazione avrebbe fatto perdere il controllo del Paese sul futuro. Avevano quindi proposto di lavorare subito al varo della legge sull'ibernazione. Zheng Yinuo lavorava nel Comitato di ricerca legislativa per la legge sull'ibernazione da quando si era laureata:

In precedenza, abbiamo cercato di definire a livello legale se l'"ibernazione" è un trattamento medico, o una forma di "eutanasia", che fa uscire una persona dal "momento presente". In effetti, fa scomparire le persone dal "presente". Le persone ibernate non hanno coscienza, naturalmente perdono anche i corrispondenti diritti politici. Ma il caso di Li Zixuan ci fa capire che una legge adatta a quest'epoca potrebbe dover definire non "fino a che punto la malattia è grave", ma "chi" può essere ibernato dopo aver firmato "quali termini e condizioni". E se la legge sull'ibernazione venisse estesa alle persone sane, allora i diritti garantiti sarebbero troppo ampi. Faccio subito qualche esempio: una persona ibernata ha ancora diritti economici? Il matrimonio è ancora considerato valido? Esiste ancora l'obbligo di mantenimento dei figli? Esiste ancora l'eredità? In quali circostanze lo Stato, un'organizzazione o un'altra persona hanno il diritto di svegliarlo? Le domande sono davvero tantissime!

Con queste domande in mente, Zheng Yinuo si era rivolta a Li Zixuan. Quest'ultima era proprio il caso di cui aveva un disperato bisogno: i genitori di Li Zixuan erano ancora vivi e lei stessa era figlia unica, sposata, aveva una figlia e possedeva un discreto patrimonio. Zheng Yinuo si occupò di una serie di preparativi per la partenza di Li Zixuan dalla Cina e per la sua partenza da quest'epoca, tra cui: il divorzio, la rinuncia all'affidamento, la cessione di una parte dei suoi beni a un'agenzia assicurativa, destinando parte del ricavato per pagare il mantenimento della figlia, la richiesta ai genitori di firmare che non sarebbe più stata responsabile dei suoi obblighi di mantenimento e così via... Si trattava di un lavoro tedioso, ma coinvolgeva una serie di questioni che avrebbero fornito un supporto significativo alla legge sull'ibernazione. La donna fu ricordata dal pubblico soprattutto per le parole pronunciate dopo aver firmato gli accordi: "Finalmente ho spezzato le catene del tempo. Sono libera."

Comunque, l'autrice del libro ha deciso di chiudere questo capitolo con la descrizione della figlia di Li Zixuan dalla prospettiva di Zheng Yinuo. All'epoca, la bambina aveva meno di tre anni:

In aula, la bambina continuava a guardare in silenzio la madre, e le lessi negli occhi la consapevolezza di quel che stava per succedere.

Improvvisamente capii cosa significavano gli accordi che avevo aiutato Li Zixuan a firmare: la libertà ha un prezzo.

La libertà di un adulto comporta che la sua famiglia si assuma tutte le responsabilità. È ingiusto.

L'unico motivo per cui erano disposti a firmare l'accordo era perché la amavano e non potevano negarglielo. Lei lo sapeva e ha sfruttato questa situazione senza pietà, consumando la vita di qualcun altro per plasmare la propria, per perseguire la sua libertà anticonformista.

È una forma di sfruttamento emotivo e non possiamo incoraggiare un futuro del genere.

Zheng Yinuo aveva presentato tutto il suo materiale al comitato legislativo e poi si era dimessa per diventare un avvocato "anti-ibernazione", specializzata nella consulenza legale alle famiglie di persone sane che avevano seguito l'esempio di Li Zixuan. Morì due anni dopo in un incidente stradale.

L'attuazione della legge sull'ibernazione nel 2035 ha attirato in Cina un certo numero di medici e studiosi di specialità mediche legate all'ibernazione. Tra questi c'era Cindy Wen, ricercatrice americana, che era tra gli intervistati nel secondo capitolo del libro. Cindy Wen aveva scelto di unirsi allo stesso laboratorio che per primo aveva pubblicato il lavoro rivoluzionario sull'ibernazione animale sulla rivista *Nature*, dato che anche lei aveva dedicato decenni alla ricerca sull'ibernazione animale, invece di sfruttare il balzo tecnologico di quell'innovazione che poteva essere applicata all'uomo. Nell'intervista, Cindy Wen dichiarò:

Sono qui per esplorare i confini della vita, non studiare come la tecnologia possa diventare un'industria per fare soldi.

Nel 2041 Cindy Wen, in qualità di prima autrice, pubblicò un importante lavoro che riassumeva i dati di un gran numero di esperimenti e, basandosi su questi ultimi, proponeva un'importante regola per la tecnologia dell'ibernazione:

l'ibernazione non poteva arrestare completamente l'invecchiamento, ma solo rallentarlo in larga misura. La massima durata della vita che gli animali potevano raggiungere grazie a questa innovazione era circa il doppio della durata normale. Il secondo capitolo del libro si intitolava $\sqrt{4}$ e nel dialogo con l'autrice, Cindy Wen non si limitava più alla presentazione standard di una tesi di laurea, ma rivelava senza riserve le proprie congetture:

La tecnologia dell'ibernazione ci fa ipotizzare che il tempo d'ora in poi non definirà più i confini della vita e che potremmo raggiungere qualsiasi luogo lontano che desideriamo. Nella scienza, tuttavia, tutte le ipotesi richiedono una prova. La mia ricerca indica che c'è ancora un limite alla durata della vita anche con l'ibernazione. Basti pensare al cibo nel frigorifero che può comunque scadere e ammuffire.

Ma esattamente di quanto tempo si tratta?

Per me, è una proposta molto interessante. All'inizio della tecnologia dell'ibernazione, alcune persone avevano proposto una congettura simile da una prospettiva delle dimensioni spazio-temporali: quando partiamo dal mondo unidimensionale, vogliamo raggiungere la diagonale lungo i lati del quadrato, la distanza sarà 2, mentre nel mondo bidimensionale, la nascita del "piano" fa sì che la lunghezza della diagonale del quadrato si accorci a $\sqrt{2}$; anche il mondo tridimensionale opera secondo una regola simile, con l'unità di misura cubica la distanza da un vertice a quello opposto diventa $\sqrt{3}$. Quindi, quando questo modello aggiunge la quarta dimensione, ovvero il tempo, quale sarà la distanza? Con una durata della vita determinata, quanto lontano possiamo viaggiare in quella dimensione grazie all'ibernazione?

Abbiamo condotto una serie di esperimenti di ibernazione sugli animali e finora i risultati sono sorprendentemente coerenti con quella che chiamo "Congettura $\sqrt{4}$". Abbiamo scoperto che *un organismo non invecchia più velocemente a causa del numero di volte in cui va in ibernazione, ma una volta che la durata totale della sua vita raggiunge il doppio di quella normale, la morte è ancora un esito inevitabile. Abbiamo provato ad estendere la durata della vita di alcuni animali per tre o più volte della sua durata normale mandandoli in ibernazione, ma sorprendentemente, quando viene superato il punto finale, i loro corpi subiscono sempre una serie di trasformazioni cancerose e muoiono rapidamente dopo il risveglio – un fenomeno che ora non siamo in grado di spiegare. Dopo tutto, nel mondo della scienza, spesso accade che più sappiamo e più ci rendiamo conto che nel mondo c'è qualcosa che non conosciamo.*

È ovvio che queste conclusioni non sono sufficienti perché possano far dedurre a loro volta un modello di vita quadridimensionale nello spazio e nel tempo: è probabile che la tecnologia di ibernazione che stiamo usando attualmente non sia abbastanza perfetta da portare a un tale risultato. Forse la prossima generazione della tecnologia di ibernazione potrà evolvere la funzione "refrigerazione" in "congelamento", portandoci addirittura alla vera immortalità e a un futuro infinito.

In termini di durata della vita umana, ci vorrà un centinaio di anni prima che la "Congettura $\sqrt{4}$" possa essere verificata. Pertanto, i risultati di questo esperimento con gli animali fornirono uno spunto molto importante per lo sviluppo dell'ibernazione umana, perché stimavano un limite. Disposizioni legali, protocolli, contratti di assicurazione e persino la progettazione delle navicelle per l'esplorazione dello spazio profondo furono influenzati dalla possibilità che il tempo extra portato dall'ibernazione non fosse inesauribile.

La seconda intervistata dall'autrice nel capitolo √4 era Lu Qing, sociologa spaziale, che ha fornito supporto sociologico alla prima navicella per l'esplorazione dello spazio profondo:

"La Nüwa[14] sarà la prima navicella spaziale per l'esplorazione dello spazio profondo, con la missione di inviare duemila astronauti nelle tre galassie remote e solitarie che compongono VGS_31. Secondo il piano originale, i piloti sarebbero rimasti ibernati a bordo per novecento anni, risvegliandosi uno alla volta man mano che si avvicinavano alla destinazione. Ma gli studiosi hanno pubblicato un nuovo documento in questo periodo e, secondo la loro teoria, sarebbe difficile per gli esseri umani vivere più di 150 anni anche avvalendosi dell'ibernazione. Il che ci ha costretti a ripensare all'intero progetto.

Nella nuova versione, l'astronave non era più una città volante sotterranea in ibernazione, ma una città in cui vivevano delle persone. Una volta che abbiamo deciso di prendere in considerazione l'idea che le persone dovessero vivere e riprodursi sulla navicella, sono sorti altri problemi. La maggior parte di essi, come il cibo, l'ossigeno e l'energia, potrebbe essere risolta dalla tecnologia, mentre congelando gli ovuli fecondati sarebbe possibile anche garantire la diversità genetica. Ma come possiamo essere sicuri che in questi 900 anni gli abitanti dell'astronave non si faranno la guerra?

Non ci sono precedenti in nessuna storia scritta. Di conseguenza, non c'è nessuna misura convincente che possa essere proposta dal nulla in modo da costruire un nuovo ordine sociale per le persone a bordo dell'astronave. Non sono riuscita a portare a termine il mio progetto. Nella sessione conclusiva, uno degli esperti ha detto che solo gli scrittori di fantascienza potevano rispondere a questa mia domanda.

---

14 Nome della divinità femminile della creazione secondo la mitologia cinese (N.d.T.).

È interessante notare che alla fine il progetto seguì davvero il consiglio di una scrittrice di fantascienza. Prima della pubblicazione ufficiale del libro, l'autrice integrò il capitolo $\sqrt{4}$ con un'intervista alla scrittrice Gu Shi: *Se definiamo la "guerra" su un'astronave come un combattimento armato su larga scala tra persone, o come qualcuno che usa le armi della nave per distruggere i sistemi di sopravvivenza, allora il modo più semplice per scongiurarla sarebbe quello di far salire a bordo solo donne.*

Anche in termini di tecnologia riproduttiva, la soluzione è piuttosto semplice: congelare gli spermatozoi, sottoporre a screening genetico l'ovulo fecondato per determinare il sesso del nascituro. Solo quando la navicella starà per raggiungere la destinazione allora l'equipaggio potrà iniziare a dare vita anche ai maschi.

Sono passati esattamente 50 anni da quando la Nüwa è salpata nel 2049, e si è già arrivati alla terza generazione di "bambini dello spazio profondo". Nelle notizie di ieri, è pervenuto il loro ultimo aggiornamento: "Tutto bene."

Dei cinque contributi di questo libro, il più famoso era senza dubbio il capitolo 3, *2048, l'ultima scelta prima dell'alba.*

In quell'anno, la metropolitana di Berna funzionava con successo da quattordici anni, le capsule per l'ibernazione erano state da tempo occupate e il 30% delle prime persone ibernate si erano risvegliate. Molti dei malati terminali che erano stati risvegliati furono guariti grazie ai nuovi farmaci disponibili. Anche le altre persone sane ibernate ne avevano tratto numerosi benefici: da un lato, apparivano più giovani dei loro coetanei, molto più energici; dall'altro, prima di ibernarsi, avevano scambiato la maggior parte dei loro beni con l'oro, che era stato conservato alle Bahamas in cassette di sicurezza e grazie a questa fortunata coincidenza riuscirono a eludere la crisi globale dei primi anni del 2040. Questi successi fecero aumentare la fiducia degli investitori nella tecnologia dell'ibernazione, tanto che la costruzione di dieci città sotterranee iniziò contemporaneamente in tutto il mondo. Nel 2048, l'anno prima della messa in funzione di queste città sotterranee, le pubblicità per la "migrazione temporale" erano ovunque: *Vorresti andare in un posto lontano? Perché non il futuro?*

Il capitolo *L'ultima scelta prima dell'alba* era nato in questo contesto dominato dal fervore per la migrazione temporale. I riflettori erano puntati su Tang Zhu, caporedattrice e fondatrice di *Giant Focus*, che fu la prima a proporre il concetto di "unità di tempo". Nata in una famiglia benestante, Tang Zhu emigrò in Canada con il marito e i figli in età adulta. Tuttavia, durante la crisi economica degli anni '40, la sua famiglia cadde in rovina e i suoi genitori morirono per il dolore, così Tang Zhu tornò in Cina e fondò *Giant Focus*, un giornale online con l'obiettivo di "cambiare il mondo con i concetti". Anche se non riuscì a conquistare l'attenzione del pubblico fino al 2048, quando apparve sul palco centrale di TED e dei principali forum di ibernazione con le sue "unità di tempo":

Continuerete a essere uno strumento in balia del tempo o trasformerete il tempo in uno strumento per cambiare il vostro destino?

Questa è l'ultima possibilità di scegliere prima dell'alba. Una volta che il tempo si inoltrerà nel domani, lascerà per sempre dietro di sé coloro che rimarranno nel passato.

Tang Zhu, ottima relatrice, chiudeva sempre i propri discorsi con questa citazione. Era una fantastica oratrice, più di altri intervistati dall'autrice di questo libro, con una mente brillante e molto più loquace: *Quando ero una bambina,* c'era una frase che è stata popolare per molto tempo: "poesie e terre distanti", si supponeva incarnasse una vita ideale piena di romanticismo e avventure. Quando ho sentito parlare per la prima volta di ibernazione, mi sono venute in mente quelle quattro parole. Oggi il significato di "distante" può essere letto anche da un punto di vista temporale e non più solo spaziale. Questo è un cambiamento fondamentale che ha alterato la nostra percezione del mondo e ha portato a molti nuovi concetti, come quello di "migrazione temporale." Ma questo concetto sembra fatto per i perdenti, non è così?!

Nello spazio, dopo essersi spostati si può ancora tornare indietro, ma il tempo ha una direzione e non si può tornare indietro. Quindi devono essere le persone che non possono vivere nel mondo reale a fuggire verso il futuro – accezione negativa se applicata a un pacchetto clienti limitato. Un concetto veramente valido deve trasmettere positività. Ecco perché abbiamo ideato le "quote di tempo".

Quando ognuno di noi capisce che il ciclo di vita può essere esteso a 150 anni, ma ne viviamo svegli a malapena 80, allora è necessario pianificare come vivere questa vita, quando andare in ibernazione, quando svegliarsi. Ma come programmarla? L'economia è ciclica. Il prezzo delle case è salito per trent'anni e sappiamo tutti che scenderà per i prossimi quindici, quindi cosa facciamo? Vendiamo tutto, scambiamo i nostri beni con l'oro, ci iberniamo seguendo il ciclo, ci risvegliamo dopo quindici anni e compriamo quando i prezzi delle case hanno raggiunto il punto più basso! Lo stesso succede per il mercato azionario. Anche le azioni salgono in modo folle, scendono lentamente, la tendenza generale non è quella giusta, affrettatevi a vendere i vostri titoli e ibernarvi, saltate questa fase di ribasso. Oppure investite in un progetto, i cui benefici si vedranno dopo cinque anni, per poi passare direttamente a cinque anni dopo. Qual è la cosa più preziosa della vita? Il tempo!

Pensate ai primi paesi che hanno praticato il commercio oceanico, hanno dominato il mondo per centinaia di anni, e ora è il momento di fare il commercio del tempo, questa è la nuova Età delle scoperte.[15]

Tuttavia, dopo aver proposto il concetto di "Unità di tempo", Tang Zhu non scelse di ibernarsi nel 2049, né mise piede in nessuna delle città sotterranee costruite in seguito. Al contrario, creò una compagnia di assicurazioni, *Unità di Tempo,* per gestire le ricchezze di coloro che erano ibernati, diventando milionaria. In un'intervista rilasciata all'autrice di questo libro, ha ammesso: *I concetti sono per gli altri, i veri valori sono dietro ai concetti. Se riesco a convincere le persone a credere nelle "unità di tempo", posso ottenere il loro denaro.*

Queste parole attirarono l'attenzione dell'industria cinematografica di Hengdian World Studios. Basandosi sulla storia di Tang Zhu, girarono il film *Il trafficante di concetti,* che quell'anno vinse un Oscar. All'uscita del film, per un po' Tang Zhu fu molto criticata, ma l'opera rappresentò anche una vera e propria campagna pubblicitaria per *Unità di Tempo,* che dominava completamente il mercato delle assicurazioni immobiliari per ibernati. Tang Zhu commentò così il film: *Non ha molta importanza come viene creato un concetto o quale sia l'intenzione di profitto dietro di esso. Ciò che conta è che quando un'idea viene accolta dal pubblico, quando un prodotto viene acquistato, significa che c'è un bisogno.*

Tang Zhu morì all'età di settantacinque anni dopo l'eruzione della caldera di Yellowstone nel 2084.

---

15 Nota anche come *Età delle scoperte,* fa riferimento a quel periodo tra il XV e il XVIII secolo in cui i marinai esplorarono regioni di tutto il mondo.

Con la diffusione della tecnologia dell'ibernazione, le persone iniziarono a nutrire aspettative più diversificate per il futuro e alcuni studiosi attribuiscono addirittura la prosperità economica degli anni Cinquanta e Sessanta del 2000 al nuovo stile di vita introdotto da questa tecnologia. Il libro di divulgazione scientifica, *Tutte le cose cambiano,* descrive una serie di novità di questo periodo: dalla "psicologia di gestione del tempo" per la pianificazione della vita, al "sonno profondo" per la cura e la bellezza della pelle, e così via. La serie di thriller *Alla ricerca dell'iper-tempo*, che si basa sulla tecnologia dell'ibernazione, ha battuto più volte i record di incassi.

Ma a questo punto l'autrice del libro passa a descrivere altre persone trascurate: quelle che rimangono fedeli alle loro vecchie abitudini e si rifiutano di barare di fronte al tempo; e quelle che fanno del loro meglio, ma non riescono a mettersi al passo con i tempi. Le parole di queste persone costituiscono il quarto capitolo, *Gli avanzi*:

Non capisco cosa stiano facendo.

Tutti i media, tutte le pagine web, dicono che l'ibernazione è un segno di successo, ma coloro che restano nel presente sono diventati gli "avanzi", e anche la cosiddetta "gestione del tempo" è diventata un'abilità che le "persone normali" devono acquisire. Ma io non capisco. La mia vita mi piace, sono felice. Perché dovrei andare in ibernazione? Perché dovrei vivere di fretta e avere così tanti problemi?

La ventinovenne Mi Wei, dopo l'ibernazione della sorella gemella Mi Mo, postò questo messaggio su Internet, che fu ricondiviso milioni di volte in un giorno, dando vita all'hashtag #avanzi. Tra loro, alcuni si rifiutarono attivamente di ibernarsi, come la già citata Mi Wei e la famosa oppositrice della tecnologia di ibernazione, Lin Ke: *Mia madre si è svegliata una volta tre anni fa. Aveva solo cinque anni più di me. All'inizio era eccitata come una psicopatica, dovettero collegarle la corteccia cerebrale e impostarle il campo visivo. Andò persino sulla luna e spese tutti gli interessi che aveva guadagnato sulla sua assicurazione nel corso degli anni. Chi avrebbe potuto immaginare che solo sei mesi dopo mi avrebbe detto di essere molto, molto delusa? Tra questo mondo e quello precedente non c'era alcuna differenza sostanziale. Non era questo il "futuro" che voleva.*

Che cosa poteva fare? Andare avanti. Vendere la casa, ipotecarla, prendere molti dei miei soldi e andare di nuovo in ibernazione. Questa volta vi resterà per trent'anni e quando si risveglierà avrà più o meno la stessa età dei miei figli. Ho anche firmato l'accordo con lei determinando che non avrò più nulla a che fare con lei dopo di allora.

Questa tecnologia è una maledizione, fa sì che la gente diventi insaziabile e riponga le proprie speranze altrove. Ho letto molti libri di storia, la gente non può giocare così. Io ho i soldi, ma non vado in ibernazione, e non lascerò che i miei figli lo facciano.

Molti altri "avanzi" tuttavia non avevano possibilità di scelta. Come temeva Zheng Yinuo, sono ibernati abbandonati nel "presente" – la tecnologia dell'ibernazione ha diviso le persone, e a metà degli anni Sessanta il rapporto tra marito e moglie era quasi scomparso, e con esso era avvenuto anche il distacco tra genitori e figli. Si cominciò a pensare che l'educazione e l'istruzione fossero responsabilità dello Stato e della società, non della famiglia.

Tuttavia, il cambiamento non poteva essere completato in una sola generazione e, in questo processo, l'abbandono di bambini minorenni, un tipo speciale di "avanzi", suscitò un'ampia discussione. Tra di loro, quelli che avevano sperimentato la tradizionale vita familiare, furono colpiti maggiormente dall'abbandono. Qi Suran, imprigionata all'età di diciannove anni per aver varcato illegalmente i confini di una città sotterranea, viene descritta dall'autrice di questo libro come "tranquilla e raffinata, con un comportamento all'antica." In un'intervista confessò: *Frequentavo la scuola media. I miei genitori mi chiesero se volessi andare insieme a loro nel futuro. Dissi di sì. In tribunale il giudice mi domandò la stessa cosa e la mia risposta fu la medesima: voglio andare nel futuro.*

Poi se ne andarono senza salutare.

Da quel giorno il mio futuro è diventato un abisso senza fondo. Mi hanno lasciata senza niente e io dovevo continuare a vivere.

A volte penso che avrei preferito che avessero divorziato, sbarazzandosi di me. Invece, sono andati verso lo stesso futuro e mi hanno lasciata nel presente. Sono andata nella città sotterranea perché volevo trovarli, svegliarli e chiedere loro il motivo di quel trattamento e cosa avevo fatto per meritarmelo

Poco dopo il suo rilascio, Qi Suran fu nuovamente imprigionata per aver creato il virus *Nucleo-cerebrale*. Trascorse la maggior parte della sua vita in prigione, senza riuscire a trovare i suoi genitori.

Se l'abbandono dei bambini poteva essere considerato una notizia, l'abbandono degli anziani divenne così comune che era difficile suscitare la più piccola increspatura dell'opinione pubblica. All'età di trentacinque anni, l'unica figlia di Shu Lan vendette la casa che condividevano in cambio di un biglietto per un'ibernazione della durata di quarant'anni. Shu Lan, che non aveva più nulla da perdere, portò la figlia in tribunale nella speranza che la costringessero a svegliarsi: *Le ho pagato gli studi fino al dottorato, ho temuto che non avesse proprietà prematrimoniali allora ho trasferito la casa a suo nome. Ho lavorato tutta la vita fino alla pensione, e solo ora ho estinto il mutuo. Ah... la mia attuale pensione non mi permette nemmeno di pagare l'affitto, cosa posso fare?*

La sua causa sarebbe dovuta fallire dato che la prima persona a essere risvegliata con la forza dai genitori fu l'architetto spaziale Man Ge. A differenza di Shu Lan, la madre di Man Ge era un'influente figura politica. Costrinse la figlia a svegliarsi, ma non riuscì a raggiungere un accordo con lei. Tre anni dopo, Man Ge fuggì in Argentina e si ibernò di nuovo.

Nel 2075, Man Ge si risvegliò come previsto e raccontò all'autrice di questo libro: *Non so se avete mai sentito una sorta di "vocazione", una specie di obiettivo ben chiaro: sapete che c'è qualcosa che dovete fare e che solo voi potete farlo. Io vado in ibernazione non per me stessa, ma per la missione che devo compiere in questa vita.*

Nel 2058, lo studio in cui lavoro ha usato le stampanti 3D per trasformare le terre desolate in città, abbiamo fatto un esperimento sulla luna e ha funzionato! Ciò significa che se lanciamo questa nuova stampante 3D come "seme" su un altro pianeta solido, sarà in grado di "stampare" una città con una centrale nucleare e un sistema di supporto vitale, utilizzando le rocce presenti.

Nel 2060 abbiamo firmato un accordo con la SAC (Società Aerospaziale Cinese), e allora mi sono resa conto che ci vorranno almeno quindici anni perché il mio seme "germogli" su Marte e Titano.

Quindici anni! Quanti quindici anni si possono lavorare in una vita? Lo scopo della tecnologia di ibernazione non è forse quello di permettere alle persone che possono cambiare la storia di testimoniare i loro sogni? Molti dicono che mi sbaglio, invece sono loro che si sbagliano. Quando l'umanità viaggia lontano verso il progresso, è inevitabile che ci siano dei sacrifici. A cosa serve il denaro? Serve solo se viene scambiato con del tempo prezioso! È una cosa dura da dire, ma la vita della maggior parte delle persone non ha alcun valore.

Andrò avanti e non mi volterò verso coloro che sono stati lasciati indietro.

Nel 2079, Man Ge si imbarcò sulla nave di immigrati *Fuxi*[16], diretta su Titano. Riuscì a sfuggire alla catastrofe della Terra e arrivò a destinazione nell'ottobre del 2087 come architetto capo della Città di Titano.

L'anno successivo al decollo della *Fuxi,* la *Jingwei*[17] e la *Pangu*[18] partirono una dopo l'altra, e le 100.000 persone trasportate da queste tre navi sarebbero state i primi abitanti di Titano. E i "semi" piantati da Man Ge e dagli altri avrebbero completato la stampa della struttura principale della Città di Titano nel 2081. Ciò significava che quando gli immigrati sulle tre astronavi sarebbero arrivati su Titano, intorno al 2087, lo spazio urbano che avrebbero abitato sarebbe già stato modellato, ma il modo in cui i nuovi abitanti si sarebbero mossi in quello spazio, come avrebbero vissuto e costruito una nuova società umana nelle loro interazioni, era pieno di incognite e possibilità.

Nel 2081, l'Associazione per l'Esplorazione Extraterrestre (AEE) condusse uno studio unico nel suo genere: ha registrato i "nuclei cerebrali" di tutti i passeggeri delle tre navicelle in un cloud computing quantistico. I "nuclei cerebrali" non registrano solo la storia sanitaria e professionale di ogni persona, ma anche ciò che ha visto, sentito, detto e fatto fin

---

16 伏羲 Fúxī, uno dei tre sovrani mitici cinesi, detti "i tre augusti". Secondo la tradizione cinese, Fuxi è il primo eroe civilizzatore (N.d.T.).
17 精卫 Jīngwèi, uccello e divinità della mitologia cinese (N.d.T.).
18 盘古 Pángǔ, nella mitologia cinese, è il primo essere vivente e il creatore di tutte le cose (N.d.T.).

dalla nascita, quasi una replica virtuale della coscienza umana. Attraverso i calcoli del cloud quantistico, sarebbero in grado di simulare i modelli comportamentali di queste persone in diversi ambienti naturali, sistemi sociali, livelli economici e stati d'animo di gruppo, ovvero potrebbero calcolare il futuro di una persona, di una città o addirittura di un pianeta in un modello specifico.

Come progettare questo modello divenne una questione cruciale. A tal fine, la AEE condivise le informazioni sui passeggeri immagazzinate nel cloud quantistico con dieci diverse istituzioni di tutto il mondo, chiedendo loro di progettare un modello ragionevole basato sulle caratteristiche spaziali e naturali di Titano e della Città di Titano per esplorare come sarebbe diventata la città extraterrestre nei prossimi cento anni. Ognuna delle dieci organizzazioni scelse un tema diverso, che spaziava dal ruolo di Titano nello sviluppo del sistema solare e nell'esplorazione dello spazio profondo galattico, all'impatto del paesaggio notturno di Saturno e degli ambienti antropizzati sulla salute mentale di un individuo. Uno degli argomenti, intitolato *Pianificazione del ciclo di vita per gli abitanti di Titano*, ruotava attorno alla progettazione dei regimi di ibernazione. L'autrice di *Overture 2181* era stata invitata a partecipare alla ricerca e questa esperienza costituisce il capitolo finale del libro, *Overture 2181*:

La sera in cui ho ricevuto l'invito, mi trovavo in un ospedale di Houston quando ho sentito da lontano qualcuno che suonava all'aperto l'Ouverture 1812 di Tchaikowsky a Hermann Park. Le parole davanti ai miei occhi si sono intrecciate con la musica nelle mie orecchie, dando origine a una nuova melodia proveniente da lontano nel tempo e nello spazio. Iniziava con un accordo deciso, seguito da un preludio di violoncelli e dal suono dei tamburi militari, mentre la città si librava sulla terra dei satelliti vasta e misteriosa. Nel cielo grigio e freddo, il vibrato dei violini delineava gli splendidi anelli di Saturno. L'aggiunta della sezione dei fiati arricchiva gli strati melodici, flauti, oboi, corni: questa era l'umanità, che trasmetteva coraggio e speranza di generazione in generazione. Il rombo dei cannoni era la loro vita che bruciava nel mare di stelle, illuminando l'altro lato della strada stellata, illuminando il nostro futuro!

Dopo aver aperto il capitolo con raro entusiasmo, l'autrice torna rapidamente allo stile di narrazione calmo per raccontare la ricerca condotta con l'esperta di gestione del tempo He Jing e un gruppo di studenti: *La programmazione istituzionalizzata dell'ibernazione è stata inizialmente proposta durante la progettazione della Nüwa, una navicella per l'esplorazione dello spazio profondo, ma alla fine è stata scartata a causa della teoria sui limiti di durata dell'ibernazione. Come le navicelle spaziali, anche i pianeti extraterrestri permettono alle persone di vivere in ambienti particolari ed estremi. Riteniamo che guidare e pianificare il comportamento di ibernazione di ogni persona tramite il governo avrà un effetto positivo sullo sviluppo di Titano. Naturalmente, finora nessun regime sulla Terra, sulla Luna o su Marte ha preso disposizioni obbligatorie per l'ibernazione, o al massimo ha imposto un "divieto di ibernazione" agli individui in determinate circostanze, come "limitare l'uscita dal Paese". Pertanto, questo studio ha anche un grande significato innovativo.*

L'obiettivo fondamentale della creazione di un sistema di ibernazione è quello di organizzare la produzione in modo efficiente. Prendendo come esempio una centrale a fusione nucleare, nelle fasi di costruzione e collaudo di un reattore nucleare a fusione tokamak, ovviamente, gli ingegneri devono rimanere svegli, mentre durante il regolare esercizio della centrale solo poche persone sono tenute a svolgere la manutenzione ordinaria e tutte le altre possono essere messe in ibernazione. Quando le risorse scarseggiano, gli ingegneri vanno in ibernazione per risparmiare cibo, ossigeno e acqua potabile; nel periodo di piena capacità operativa vanno in ibernazione per utilizzare le loro competenze professionali in modo più efficiente al servizio della società, in modo che il pianeta possa svilupparsi rapidamente e ottenere un vantaggio competitivo nello sviluppo dei pianeti extraterrestri.

Tuttavia, nel modello di ibernazione istituzionalizzata proposto secondo questa idea "ragionevole", dopo aver sostituito i dati della personalità virtuale nel cloud quantistico, si era verificato un fatto strano: indipendentemente dalla regolazione del modello e dalla modifica del meccanismo, era impossibile indurre gli esseri umani virtuali nel cloud quantistico a effettuare un'ibernazione "correttamente pianificata". Il "popolo" aveva combattuto con le unghie e con i denti contro il regime di ibernazione e quasi nessuno era disposto a "camminare dolcemente in quella buona notte". L'autrice sostiene: *Se non ci sono risorse sufficienti, la gente è ancora più riluttante a credere che altri sveglieranno le persone ibernate con cui entreranno in competizione per le risorse rimaste. "Ibernazione uguale morte": ecco cosa penseranno le persone nel mondo virtuale.*

Anche se convertissimo i modelli in scenari ricchi di risorse, senza dar loro alcun motivo per cui preoccuparsi, la maggior parte si rifiuterebbe comunque di adempiere all'"obbligo di ibernazione".

Nel mondo simulato, la versione virtuale di Man Ge era di nuovo in prima linea nella resistenza, solo che questa volta si trovava dalla parte opposta, contro l'ibernazione, diceva: *Sono un'architetto, sì, ma quando non devo costruire una nuova casa, posso fare l'agricoltrice, l'insegnante, la cuoca, la tata, posso imparare nuove abilità e impegnarmi in un altro lavoro.*

Il sistema di istituzionalizzazione dell'ibernazione parte dal punto sbagliato: l'ibernazione è un diritto, non un dovere. L'ibernazione può essere solo una scelta personale, e io non accetterò mai di essere "ibernata" – come faccio a sapere il vero scopo della vostra scelta di "ibernatori", se è per lo sviluppo della Città di Titano o per l'eliminazione dei dissidenti? I malati, gli anziani e le persone con disabilità possono essere congelati per sempre per il bene dell'"efficienza dello sviluppo" della città quando non possono più lavorare?

Ma anche se il sistema di ibernazione fosse eliminato dal modello, come lei stessa aveva detto, le persone che sceglierebbero di ibernarsi nel Città Virtuale di Titano sarebbero comunque pochissime. Questo contrasto con la Terra sorprese molto He Jing: *Il 60% di quegli immigrati aveva sperimentato l'ibernazione. Ma dopo essere arrivati su Titano, meno del 3% di loro aveva scelto di ibernarsi volontariamente, soprattutto a causa di malattie.*

Era interessante notare che pure gli abitanti della Città Virtuale di Titano stavano iniziando ad occuparsi di questo problema. Feng Keke, una psicologa "nata" a bordo della *Jingwei*, quando la Città di Titano simulata raggiunse il 2119, aveva proposto: *I cittadini di Titano vivono in un ambiente del tutto artificiale e il mondo esterno alla città è privo di ossigeno e acqua liquida, oltre che di piante e animali. Nonostante la città sia sicura sotto il profilo teorico e razionale, è ancora considerata fragile e vulnerabile dal punto di vista ecologico. Il fatto che sia lontana dalla Terra aggrava questo disagio intrinseco, poiché gli abitanti non possono ricevere alcun aiuto dalla loro patria. La distanza spaziale, se sovrapposta a quella temporale, può lasciarli nella solitudine più assoluta. Ci si può svegliare dall'ibernazione scollegati da tutti, senza sapere più cosa fare, dove si vive o addirittura avendo perso la propria identità, una paura che gli ibernati sulla Terra non devono affrontare.*

Dopo essere stati lontani dalla Terra, abbiamo bisogno di essere più strettamente connessi gli uni agli altri per creare una "patria nel tempo".

La "patria nel tempo" era il risultato di questo studio di He Jing, insieme ai dati di simulazione per la Città di Titano fino all'anno 2181 secondo modelli istituzionali alternativi. È interessante notare che delle centinaia di possibili futuri raccolti dall'AEE, la maggior parte dei modelli non è riuscita a mantenere la civiltà fino al 2181: o la guerra ha fatto a pezzi Titano, o gli immigrati sono fuggiti da Titano, e questo senza tenere conto dei fattori naturali. Anche le poche immagini di prosperità rimaste sembravano molto meno rosee di quanto Man Ge avesse previsto. Si trattava sempre di muri alti e divisioni di classe. Tuttavia, davanti a un futuro del genere, l'autrice rimane speranzosa e, alla fine del suo capitolo, scrive: *Distruzione, morte, violenza, deportazione, povertà, sofferenza... Queste cose che non vogliamo vedere costituiscono proprio il futuro. Quando gli esploratori andavano alla ricerca di nuove terre nel mare, i saggi cercavano la scienza per mezzo della conoscenza e gli studiosi in ibernazione cercavano il futuro nel mezzo del tempo, tutti affrontavano gli stessi pericoli e la medesima disperazione, ma non si arrendevano. Oggi, mentre cerchiamo luoghi lontani nel mare di stelle, la cosa più importante non è dove andiamo, ma che non abbiamo paura di salpare.*

Nel momento in cui fu suonata l'Overture 2181, l'umanità aveva già trionfato.

Una presentazione di solito introduce l'autore del libro e descrive come sia collegato a chi scrive la presentazione. L'ho volutamente collocata alla fine perché non volevo che la biografia dell'autrice, la storia del mio rapporto con lei, rubasse la luce al suo lavoro.

L'autrice di questo libro, Fang Miao, è la mia unica figlia, nata nel gennaio 2009 e, secondo il linguaggio della sua generazione è una capricorno testarda. Quando aveva tredici anni, pubblicai un articolo intitolato *Il sonno criogenico indotto dal congelamento può prolungare la vita dei topi attraverso l'attivazione di segnalazioni cellulari*. Molti media semplificarono questa scoperta biologica in "ibernazione", e ci abituammo presto a questo termine più colloquiale e più breve; diversi giornalisti, ignorando altri importanti collaboratori dell'articolo, mi definirono "la madre dell'ibernazione". Sebbene non osassi compiacermene, non mi rendevo conto che queste lodi esagerate mi avrebbero portato un'opportunità inaspettata.

Tutti coloro che lavoravano nel campo dell'ibernazione erano ben consapevoli che l'applicazione di questa ricerca riguardava l'ibernazione umana, ma non era possibile sperimentare su soggetti umani. Nel giro di un anno, studiosi di tutto il mondo, duplicarono rapidamente e perfezionarono la nostra metodologia sperimentale, e nel 2024 ho ricevuto un invito dall'Ospedale di Berna, in Svizzera, in cui non solo mi si chiedeva esplicitamente di lavorare con loro per esplorare le applicazioni mediche dell'ibernazione, ma si accennava anche al fatto che gli svizzeri stavano rivedendo le leggi e le procedure sull'eutanasia per consentire la partecipazione volontaria agli esperimenti di ibernazione di pazienti malati terminali.

Devo ammettere che in quel momento ho sentito la "vocazione" descritta da Man Ge, e ho cominciato a credere che sfondare la barriera della tecnologia dell'ibernazione e permettere all'umanità di muoversi verso l'immortalità fosse la mia "missione" in questa vita. Risposi "Sono onorata e felice di unirmi a voi" senza esitare, prima di rendermi conto che mia figlia, Fang Miao, stava per sostenere gli esami di scuola secondaria quell'anno.

Sapevo che aveva bisogno di me, ma dovevo anche andare a Berna. Ebbi una conversazione a cuore aperto con lei e, per la prima volta, le dissi tutto su quel che stavo ricercando e a cosa avrebbero portato i risultati della mia ricerca. Lei mi rispose con calma: *Il tuo lavoro è importante, mamma, vai avanti e non preoccuparti dell'impatto che avrà su di me.*

Dopo aver ottenuto il sostegno di mio marito e dei miei genitori, ho fatto le valigie e sono partita. Il giorno della partenza, Fang Miao e suo padre vennero all'aeroporto per salutarmi; lei mi salutò, ma le era difficile sorridere, strinse le labbra e non disse nulla. Avevo quasi paura di guardarla, la abbracciai frettolosamente e mi allontanai. Credo che avesse espresso i suoi pensieri di quel momento attraverso gli occhi della figlia di Li Zixuan e le parole di Zheng Yinuo: l'unico motivo per cui era disposta ad accettare che me ne andassi *era perché mi amava e non poteva negarmelo.*

In seguito, rimasi a casa per meno di un mese all'anno e, naturalmente, durante le vacanze estive e invernali portavo Xiao Miao a Berna. Nel 2028 lei andò a Hangzhou per studiare all'università e mi mandò un messaggio dicendomi che di tanto in tanto tossiva e che la sua tosse non si era attenuata dall'estate all'inverno. Pensai che non si stesse adattando al nuovo ambiente e le dissi solo di rivolgersi al reparto di medicina interna. Quando venne in Svizzera a trovarmi durante le vacanze invernali, ho visto che si copriva ancora la bocca e tossiva, così feci in modo che andasse in ospedale per un controllo medico.

Quando mi chiamarono dal laboratorio, non mi resi conto della gravità della situazione. Tuttavia, il medico mi chiese di accompagnarla per una TAC.

Sorpresa, domandai: "Sta solo tossendo, perché ha bisogno di una TAC?"

Il medico mi rispose: "Devi andare."

Arrivarono i risultati: si trattava di un cancro ai polmoni, in fase avanzata. Aveva solo vent'anni.

Provammo di tutto, l'immunoterapia ci diede un po' di tempo, ma presto si rivelò inutile, e gli amici in patria ci suggerirono di cercare delle cure a Houston, ma io sapevo bene che l'assistenza medica svizzera era già ai vertici mondiali. La dottoressa veniva in reparto ogni giorno alle 16 per emettere la sentenza, dicendoci parola per parola che doveva solo attendere la morte.

Fang Miao non lo diceva ad alta voce, ma sapevo che si era rassegnata. Mia figlia aveva grandi aspettative su di sé, ma chi avrebbe mai pensato che l'avrebbe colpita una simile tragedia? Come poteva non essere dispiaciuta per la sua breve vita, quando aveva avuto solo il tempo di imparare, ma non avrebbe mai avuto l'opportunità di esprimersi e raggiungere alcun risultato? Una volta mi aveva detto scherzando: "Mamma sei una donna straordinaria, quando qualcuno scriverà un libro su di te, io farò la nota sulla tua biografia."

Ma aveva aggiunto: "Non è strano che nel definire una donna, la gente la giudichi solo in base alla sua famiglia e ai suoi figli?"

Mi sono messa a ridere, per quanto era comprensiva e dolce, a quel punto della sua vita, era ancora preoccupata per me – aveva detto, guarda tutte le scienziate di successo di cui scrivono, tutto ciò di cui si preoccupano sono le loro relazioni, le famiglie meno che soddisfacenti, le carenze nella cura per i figli. Tutti vogliono trovare una "ragione" per il loro successo, e deve essere perché non hanno fatto uno dei compiti richiesti a casa.

Che trovino pure una ragione. Con o senza questo libro, so che il mio lavoro migliore non è mai stato la mia tesi o le mie tecniche di ibernazione, ma la mia bambina, la sua anima trasparente e il suo amore per me.

Il primo giorno del trasferimento di Fang Miao all'ospedale, la Svizzera aveva portato a termine una modifica della legge che consentiva ai malati terminali di richiedere la partecipazione volontaria agli esperimenti di ibernazione.

"Ti piacerebbe incontrarci nel futuro?" le chiesi.

"Sì."

E così divenne Eve.

Nel 2032 è stata sviluppata una nuova generazione di terapie cellulari e io e i miei studenti abbiamo lavorato insieme per risvegliare Fang Miao. I farmaci controllavano il tumore e lei migliorava di giorno in giorno. A quel tempo, nell'équipe c'era una specializzanda di nome Li Zixuan, che era molto vicina a mia figlia.

Dopo il nostro ritorno in Cina, Li Zixuan venne spesso a trovare Fang Miao a casa e ci disse che anche lei voleva ibernarsi. In seguito, Zheng Yinuo venne da Fang Miao per la questione della legge sull'ibernazione, ma mia figlia era ancora convalescente e aveva poche energie. Zheng Yinuo incontrò Li Zixuan mentre aspettava mia figlia a casa mia e le due donne andarono subito d'accordo. Li Zixuan disse di non voler discutere di divorzio e di proprietà davanti ai bambini, e chiese persino a Zheng Yinuo di incontrarsi a casa mia qualche volta. Anche mia figlia era molto contenta, assisteva agli incontri tra le due come un reality show, che si guarda di tanto in tanto mentre ci si sta riprendendo dalla malattia. Quando tornavo a casa dal lavoro la sera, poteva succedere che Fang Miao mi parlasse ancora di loro due, e c'erano molti dettagli legali a cui io, come "iniziatrice", non avevo mai pensato.

Un giorno, d'improvviso, Fang Miao mi disse: "Voglio scrivere quello che ho sentito e visto."

Mi sono pentita di non averla fermata. Scrivere è un'attività molto impegnativa e nel 2033, un mese dopo il completamento de *I confini del libero arbitrio*, il cancro di Fang Miao si ripresentò con metastasi al cervello. Passammo altri tre mesi terribili e alla fine fu costretta a ibernarsi di nuovo.

Dopo che si era addormentata, i medici mi dissero che era in remissione completa dalla sua precedente malattia e non riuscivano a capire perché la morte l'avesse trovata di nuovo così rapidamente. Questa domanda mi fece tornare alla mente che durante i nostri primi esperimenti di ibernazione c'erano alcuni topi che erano stati congelati troppo a lungo e che, dopo il risveglio, morivano in poco tempo e sempre di cancro. Non riuscimmo a individuare quel momento, ma in privato lo chiamammo "destino". Dopo che compii cinquant'anni, decisi di riorientare le mie ricerche per cercare di capire perché mia figlia si fosse ammalata, questa volta mentre era ibernata. Scoprii subito Cindy Wen, che aveva seguito questo campo.

Inviai un'e-mail a Cindy Wen e la invitai a tornare in Cina per lavorare nel mio laboratorio. Accettò subito. Nello stesso anno in cui pubblicammo il nostro articolo[19], fu sviluppata una terapia genica per trattare il cancro al cervello di Fang

---

19 Wen C., Dong L. (2041). *L'inibizione della via di segnalazione del sonno criogenico porta a un'accelerazione delle metastasi dei gliomi maligni*. Nature, 842, 353-365

Miao. Mia figlia si risvegliò di nuovo dalla culla della morte e iniziò un nuovo ciclo di cure. Questa volta, sia io che Cindy Wen sospettavamo che, sebbene mia figlia non avesse ancora raggiunto il limite dell'aspettativa di vita umana, fosse in realtà "alla fine della sua vita" e che qualsiasi trattamento sarebbe stato solo il preludio di un altro calvario.

Non dicemmo nulla. Incoraggiai persino Fang Miao a scrivere $\sqrt{4}$, sperando che potesse vivere una vita piena e felice nella sua durata limitata. L'ho osservata mentre mescolava il cinese e l'inglese, discutendo con Cindy con difficoltà delle opinioni professionali più all'avanguardia nell'area tematica – la lingua non limitava la comunicazione, più parlavano, più si appassionavano, e Cindy Wen mi disse che molte delle domande poste da Fang Miao erano precise e intriganti, ed era stato parecchio divertente parlare con lei.

Al termine dell'intervista, mia figlia non era molto soddisfatta, riteneva che si trattasse solo di un pezzo di scienza superficiale e che non riuscisse a scavare nella storia. Per fortuna, io stessa ero al centro dell'argomento ibernazione e sentivo sempre ogni tipo di pettegolezzo: dopo che il progetto di Lu Qing si era concluso con un fallimento, presi l'iniziativa di invitarla a casa mia come ospite. Lu Qing mostrò a Xiao Miao un nuovo mondo. Un giorno, mentre era a metà della scrittura, si alzò di scatto e mi disse: "Mamma, non c'è solo il futuro in questo mondo, ma ci sono anche le terre lontane."

Eppure, lei non riuscì ad andare oltre l'ospedale. Dopo che il cancro si era ripresentato, capimmo finalmente che la sua vita sarebbe stata una gara tra la scienza e le cellule tumorali. L'unica speranza era l'ibernazione, l'unico modo che aveva per ingannare la morte.

Fang Miao si è svegliata nel 2048 prima che io ricevessi un premio. In quei giorni, molte persone entravano e uscivano da casa mia, dicendo di essere venute a trovarla, o forse cogliendo l'occasione per visitare me. Tra la folla di persone, mia figlia notò Tang Zhu, che all'epoca si vedeva ancora in giro, e mi disse: questa persona può fare carriera.

I suoi occhi e le sue parole in quel momento erano al di là della vita e della morte; quindi, erano più vasti e più chiari. Ci aveva visto lungo e, con il suo articolo, alimentò il successo di Tang Zhu. Tuttavia, non riuscì a vedere il film intitolato *Il trafficante di concetti*, e non voglio dilungarmi nel descrivere il dolore che soffrì quella volta per l'osteosarcoma. Quando guardai il suo volto addormentato, arrivai quasi a pensare che la tecnica di ibernazione stessa fosse una maledizione per me, e che se non avessi aperto il vaso di Pandora, non avrei dovuto subire la perdita della speranza ancora e ancora. A quel punto ero già anziana e dovevo ibernarmi con lei, così affidai gli affari della mia famiglia alla compagnia assicurativa di Tang Zhu e le chiesi di svegliarci quando ci sarebbero stati progressi nello sviluppo dei farmaci. Ci svegliammo due volte, nel '56 e nel '68, ma ogni volta Fang Miao ebbe il tempo di registrare solo qualche frammento prima di tornare a dormire.

Sapendo che non avrei potuto prendermi cura di lei in un corpo più vecchio, ogni volta firmai con lei il contratto di ibernazione. Mi disse: "Mamma, mi stai inseguendo con la tua vita e non è giusto per te."

Aveva troppa paura di lasciarmi indietro. Sapeva che da quando si era ammalata, "tenerla in vita" era stato l'unico senso della mia vita. Credo sia per questo che scelse il titolo *Gli avanzi*. Voleva sapere il motivo per cui alcune persone abbandonavano le loro famiglie per andare verso un futuro sconosciuto, e cosa succedeva coloro che venivano lasciati indietro?

Dopo aver letto *Gli avanzi*, le dissi che in verità "tutti gli esseri soffrono".

Ma lei mi chiese: "Quando stavi facendo ricerche sulla tecnologia dell'ibernazione, ha mai pensato che avrebbe portato il mondo come è oggi? Nessuno è disposto a sprofondare nell'infelicità, tutti lottano, per vivere, per scegliere, per lasciare che la loro vita si metamorfizzi nella capsula dell'"ibernazione", per creare un futuro che non si può immaginare. Questa è la cosa incredibile degli esseri umani."

Nella sua piccola stanza d'ospedale, la sua visione del mondo era più ampia della mia e sentiva suoni più lontani. Ma allora non avevo capito che era decisa a uscire dal mare di sofferenze per fare le sue scelte. Non assistetti all'*Overture 2181* che suonò. Mi evitò, si risvegliò da sola, sopravvisse al trattamento a Houston, Contattò l'Associazione per l'Esplorazione Extraterrestre tramite sua cugina Gu Shi, partecipò alle loro ricerche, scrisse le sue ultime parole, pubblicò questo libro e scomparve.

Non so dove sia o se sia ancora viva. Quando mi svegliai, mi guardai attorno per cercarla, ma nel profondo sapevo di averla persa per sempre.

E la mattina stessa in cui il sole squarciò le nubi di cenere vulcanica riversando la sua luce sulla Terra, mi guardai indietro e notai questo libro accanto al mio letto.

Girando il frontespizio, vidi il suo nome stampato all'interno.

Lei è qui, in questo libro, nella mia mano e nel mio cuore.

Dong Lu
12 gennaio 2089

1. La veggente

Mark è una persona particolare, perciò quella volta che mi chiese di andare con lui da una veggente non mi sorprese.

"Ma sei uno scienziato," non potei fare a meno di commentare.

"Sì, sono uno scienziato, ma non credo nella scienza," mi guardò, forse perché l'espressione che avevo era davvero ridicola, e aggiunse, "è come un macellaio che non crede nella carne di maiale."

Scoppiai a ridere, era questo che rendeva Mark così particolare. Lui era divertente di suo, e mi portava sempre a conoscere persone ancora più interessanti.

"Non dimenticarti delle buone maniere quando la vedi," mi avvertì con cautela mentre mi conduceva in un edificio residenziale piuttosto ordinario; con un raro sguardo di riverenza sul volto aggiunse, "questa veggente è molto attenta a questo aspetto."

Lo seguii su per le scale con apprensione, cercando di immaginare quale aspetto potesse avere la veggente. La luce tremolante era accompagnata da un'aria con un odore familiare... del resto, questo non sembrava davvero il tipo di posto dove avremmo potuto incontrare una veggente. Si fermò all'ultimo piano, in realtà solo per un secondo, poi la porta si aprì. Vidi una ragazzina magra con un sorriso gentile e garbato sul volto. Non credo di aver usato il termine sbagliato, era proprio una ragazzina: quattordici anni all'incirca, come la maggior parte delle ragazze della sua età, aveva mani e piedi molto più sottili rispetto agli adulti. Indossava un abito nero attillato assai insolito, che rivelava un collo esile e bianco, sul quale si stagliava un volto rotondo e femminile. A differenza dell'aspetto, il suo sguardo era penetrante e indulgente come quello di una persona anziana.

"Ed, sei tu!" sembrava molto felice. Spalancò le braccia come se avesse visto un vecchio amico e mi abbracciò con entusiasmo. Poi, d'un tratto, fece due passi indietro e chinò il capo con grazia: "Scusami tanto, avevo dimenticato che ancora non mi conosci."

Ero un po' sconcertato perché non capivo cosa stava succedendo. Ed era il mio soprannome da bambino, ma lei come faceva a saperlo? Mark, con tono rispettoso, le disse: "Conosce Lin? È fantastico, temevo non ne fosse contenta."

"Sono felice che l'abbia portato, grazie..." esitò un attimo, sembrava stesse cercando di ricordarsi il suo nome, "... Mark?!"

"Esatto!" rispose Mark con un sorriso esagerato, "si è davvero ricordata il mio nome." La veggente sorrise leggermente, accennò un gesto di riverenza e disse: "Entra Ed, ho preparato il tuo tè indiano preferito."

La stanza rifletteva le sue peculiarità. Numerosi libri erano sparpagliati su un grande letto, invece sulla scrivania c'erano tè e spuntini ovunque; le gambe del tavolo da pranzo rotondo erano state tagliate quasi del tutto ed era ricoperto di morbidi cuscini di ogni colore. A prima vista mi sembrò strano, ma con uno sguardo più attento mi sentii come se avessi già visto quei mobili da qualche parte. "La stanza è in disordine," disse, poi aggiunse, come se stesse pensando ad alta voce, "Che cosa ho fatto?" poi, in modo naturale mi indicò il tavolo, "Siediti pure."

Esitai un momento, poi mi sedetti con cautela. Mark, invece, rimase in piedi. Non riuscivo a trattenere il sorriso osservando il modo in cui cercava di parlare. Mark aveva quarantatré anni, aveva conseguito un dottorato in biologia molecolare e uno in psicologia, aveva appena ottenuto una cattedra e se ne andava in giro a testa alta, come un grosso granchio... a proposito, Mark era il mio tutor di dottorato. E adesso, si mostrava intimidito davanti a una ragazzina, indifeso come uno scolaretto.

Lei versò del tè e me lo portò, poi, d'improvviso, fissò Mark con aria sospettosa: "Chi sei e quando sei entrato?"

"Poco fa..." disse Mark.

"No," lo interruppe lei bruscamente e si voltò con dolcezza verso di me, "Che gli prende, Ed?"

"...è Mark, mi ha portato lui qua" le risposi anche se la situazione non mi era molto chiara.

"Mark, giusto?" addolcì il tono di voce, "ti ringrazio."

Mark si grattò la testa in imbarazzo: "Mi scusi, sono venuto per chiederle..."

"Non posso rispondere alla domanda che stai per farmi," lo interruppe porgendomi il tè poi aggiunse velocemente, "non conosco i risultati degli esami di tua figlia."

"Oh, sì... è proprio quello che stavo per chiederle..." sembrava ancora più agitato, "ma i suoi risultati stanno cambiando, è davvero senza speranza?"

"Cosa c'entra tutto questo con me? Come faccio a saperlo?" finalmente lo guardò.

"Ma lei è una veggente."

La ragazza aggrottò le sopracciglia e assunse un'espressione che racchiudeva l'autorità di un anziano e la sfrontatezza di un bambino: "Va bene, qual è il tuo lavoro?"

"Sono uno studioso."

Lei annuì: "Bene, signor studioso, sai qual è la struttura principale della propulsione a curvatura?"

"Io..."

Mark arrossì, ovviamente non lo sapeva, proprio come

lei, in quanto veggente, non poteva sapere i risultati degli esami di sua figlia. Scoppiai a ridere per quella brillante risposta, lei, invece esclamò: "Tazze!"

Non appena le sue parole lasciarono la sua bocca, il tè bollente schizzò fuori, mentre il mio corpo rabbrividiva e una fitta mi attraversava la mano. Si affannò a pulire il tè e disse: "Non posso credere di aver dimenticato di avvertirti, mi dispiace tanto" e soffiò delicatamente sulla mia mano, con aria concentrata e gentile.

"Ti conosco?" le chiesi.

Si fermò un istante prima di rispondermi, poi disse: "Mi conoscerai."

2. L'intervista

Invece di scegliere una carriera in ambito scientifico, dopo la laurea, andai a lavorare come giornalista per fare in modo che non mancassero cose nuove e interessanti nel mio mondo. La veggente, rispetto ad altre persone, non aveva mostrato talenti particolari, se non la capacità di rendere Mark molto rispettoso; quindi, non ci volle molto tempo affinché mi lasciassi alle spalle quella strana esperienza.

Un giorno però, tre anni dopo, ricevetti un incarico dal mio caporedattore: "Lin, ho bisogno che intervisti questa persona", mi passò un indirizzo, "pare sia la veggente più potente di questo secolo."

Dopo uno sguardo veloce al foglietto, riconobbi subito l'indirizzo: "La più potente?"

"Guarda qua, i mondiali di calcio, le presidenziali americane, i terremoti in Sudamerica... ogni volta una previsione perfetta! Ah, c'è anche questo, il suo post su Weibo dell'altro ieri 'Domani pomeriggio alle 16, fuoco e sangue.'"

Sentii un brivido, se in quel momento non era chiaro il

significato di quel messaggio, un istante dopo capimmo che si trattava dell'incidente aereo del giorno prima.

Persino l'ora esatta!

"Sai, l'opportunità di incontrarla è molto rara, ma..." il caporedattore si fermò un attimo, "...quando le ho scritto per concordare un giorno, ha subito acconsentito, specificando di volere che fossi proprio tu a intervistarla."

D'improvviso, mi sentii eccitato: "Perché?"

"Forse è molto interessata a te."

Scoppiai a ridere: "Dovrà trattarmi bene, capo, chissà che non stia parlando con il futuro presidente."

"Anche se sarai presidente," strinse gli occhi su di me, "dovrai comunque consegnarmi l'articolo."

Mi trovai di nuovo davanti a quel piccolo edificio residenziale, il mio cuore sussultò e, poco prima di entrare, sentii il rumore di una finestra che si apriva.

"Ed!" esclamò.

In qualche maniera, mi sentivo anch'io euforico, il modo in cui mi aveva chiamato risuonava familiare ed era così rassicurante.

Una volta entrato, mi ricordai di essermi precipitato da solo nel boudoir di una ragazza. Sembrava che vivesse da sola, c'era una pentola con della vellutata sui fornelli, emanava un aroma delicato. Era più alta e leggermente più rotonda. Mi stupii della chiarezza con cui ricordavo il suo aspetto. Anche la disposizione della stanza era cambiata, sebbene avesse ancora gli stessi mobili e non sembrasse del tutto normale. Prima mi sedetti, poi mi alzai di nuovo e dissi: "Oggi sono qui per lavoro."

Si mise a ridere e mi tese la mano: "La tua intervista?"

Tirai fuori il mio taccuino dalla borsa, ho sempre avuto l'abitudine di scrivermi le domande in anticipo, e sembrava riuscisse a prevedere anche una piccolezza come quella.

Guardò verso il letto, poi prese un foglio dalla pila di libri sparsi lì sopra e me lo porse: "Per fortuna mi sono ricordata tutto e non ho dimenticato nulla."

Ero incerto, quindi, abbassai la testa per guardare il foglio e rimasi ancor più sorpreso: ciò che vi era scritto corrispondeva a tutte le mie domande, una dopo l'altra!

"Come facevi a sapere quello che ti stavo per chiedere?" dissi stupito.

Mi guardò con un sorriso: "Hai dimenticato la mia professione?"

Sospirai, ammirato, era davvero una veggente...

"Queste sono le cose che puoi pubblicare, Ed."

Mi affrettai a rileggere e vidi che le risposte erano attente e ponderate, formulate con gran cura. Era come se, pur rispondendo, non avesse detto nulla allo stesso tempo.

"Risposte del genere..." le dissi insoddisfatto.

"Sono sufficienti per un ottimo articolo" mi interruppe con sicurezza.

La guardai impotente: "Questo significa che dovrei andare via?"

"Beh," sorrise leggermente, "se mi prometti che la nostra prossima conversazione non sarà pubblicata in un articolo, non è un ordine di sfratto."

"Prometto di non scriverne."

"Su tuo padre?" tese una mano in segno di promessa.

Rimasi in silenzio per un po', sorrisi, poi dissi quel che mi aveva chiesto: "Su mio padre."

"Mi dispiace, Ed, so che non ne scriverai, ma dovevo fartelo dire lo stesso."

"E perché?"

"Anche se il futuro non può cambiare, mi spavento ancora molto..." e mi porse la tazza di tè.

Trovai un posto comodo dove sedermi e ne bevvi un

sorso, era lo stesso tè indiano, con la consistenza delicata e la giusta temperatura dell'acqua, non potei fare a meno di esclamare: "Delizioso!"

Con un sorriso soddisfatto mi disse: "Sì."

"Visto che sei una veggente, saprai cosa sto per chiederti."

"So quale sarà la tua domanda."

"Mi risponderai?"

"Tanto vale che la faccia, almeno la nostra conversazione sarà più scorrevole," poi si sedette e mi guardò fisso negli occhi, "è più in linea con il modo di parlare della maggior parte delle persone."

"Vero," annuii, "posso sapere come fai a predire il futuro?"

Prese la tazza di tè e ne bevve un piccolo sorso, poi invece di rispondere alla mia domanda, mi chiese: "Ed, è il nostro primo incontro vero?"

"Certo che no."

"Non ricordo di esserci mai incontrati."

"L'hai dimenticato," le dissi un po' ferito, "Mark, il professore, mi aveva portato qua."

"Non mi ricordo di lui... sembra che non lo rivedrò mai più."

La guardai con esitazione: "Perché?"

"Come posso spiegartelo?" disse prendendo il mio taccuino, "supponiamo che questo rappresenti la vita di una persona..." La guardai aspettando che continuasse, prese la pagina con le domande dell'intervista, "questo è oggi, proprio in questo momento," poi tornò alla prima pagina, "questa è la nostra nascita, un momento del passato..." sapevo già cosa avrebbe detto e di fatto, "questa, in quarta di copertina è la nostra morte, il futuro. Per la maggior parte delle persone si procede dal passato al futuro e il mondo dopo oggi è vuoto. Le persone possono ricordare il passato, ma non possono conoscere il futuro. Io sono diversa, il mio libro è stato scritto al contrario, i miei ricordi sono pieni di futuro, non ho memoria del passato, so benissimo cosa accadrà oggi come tu sai cosa è accaduto ieri." Fece una pausa e bevve un altro sorso di tè. Fissai il mio taccuino con aria stralunata, come se avessi capito, ma non riuscivo ad accettarlo.

"Le tue profezie sono i tuoi ricordi?"

"Sì, esatto, sono tutte nella mia testa e più sono vicine, più sono chiare," annuì, "in un certo senso: il passato che tu puoi ricordare è come un futuro inconoscibile per me."

"Vuoi dire che ti dimentichi dei giorni che vivi?"

"Sì."

"Allora..." cercai in modo disperato un errore nelle sue parole, qualcosa che non fosse logico, "se dimentichi quello che è già successo, come puoi avere questa conversazione con me? Come puoi sapere quello che ti ho chiesto?"

"Il passato e il futuro possono essere dedotti, per esempio sai che la mia vellutata sarà pronta tra poco, sai dove sarai stasera e sai che risponderò alle tue domande, e in linea di massima sai persino cosa ti risponderò. Quindi è ovvio che fossi in grado di indovinare quello che mi hai appena chiesto."

"Ma... la tua risposta ha comunque superato la mia previsione" tesi le mani nel tentativo di mostrarle il mio turbamento e la mia incredulità.

Lei sembrò paziente e continuò: "Ed, devi capire che io vivo in mezzo a voi e devo imparare a parlare con voi e, di tanto in tanto, sfruttare quello che mi dite. Ma tu non hai bisogno di imparare questa abilità."

"Quindi... non ricordi che ci siamo già incontrati?" le dissi d'un tratto confuso.

"Non ricordo che ci siamo incontrati, ma so che ci incontreremo di nuovo."

Quelle parole furono per me stranamente rassicuranti. Non mi fece restare per cena, così persi la delizia di quella vellutata alla zucca. Quando tornai a casa, iniziai a lavorare all'articolo e, con il foglio che mi aveva dato, riuscì benissimo. Dopo aver chiuso il computer, mi venne in mente Mark e decisi di chiamarlo. Il suo tono era soddisfatto: "L'hai rivista?" Gli raccontai l'incontro e la verità dietro alle sue profezie. Quest'ultima parte lo elettrizzò: "Le sue profezie sono i suoi ricordi? È incredibile!"

Io mi sentivo frustrato e gli risposi: "Ma non capisci? Se quello che ha detto è vero, allora il futuro è irrevocabile e tutto quello che stiamo facendo adesso è inutile. Un mondo del genere è un disastro."

"E cosa faresti?" adorava provocarmi in questo modo.

"Sceglierei di non crederle."

3. Il primo incontro

Per qualche tempo le feci visita più regolarmente e presi sempre più confidenza con la sua stanzetta. Era cordiale e amichevole con me, come se si occupasse di un vecchio amico e questo mi faceva molto piacere, perché sapevo che avremmo continuato a vederci. Con questa consapevolezza, raramente le facevo domande riguardo le sue profezie e nemmeno mi preoccupavo del mio futuro... in ogni caso, l'avrei rivista, no?

Viveva da sola, oggi posso dirlo con certezza, e si prendeva cura di sé in un modo un po' scorretto. Un fine settimana l'aiutai a rendere la sua stanzetta un po' più confortevole, cosa che accettò di buon grado e ricambiò con un pasto abbondante. Mangiai con soddisfazione i miei piatti preferiti: pollo al curry, fagioli saltati con broccoli e riso bianco aromatico, poi presi il tè che mi aveva preparato e mi sdraiai sul divano. Si sedette accanto a me e poggiò la testa sulla mia spalla come un gatto.

Il mio errore fu quello di vedere quel gesto come un'allusione.

Si allontanò ancor prima che potessi fare una qualsiasi mossa, mi guardò con orrore e disse: "Perché?"

Chiaramente non avrebbe potuto farmi una domanda stupida come: "Cosa vuoi fare?"

"Pensavo che volessi stare con me."

"No!" esordì con un fermo rifiuto che mi fece restringere il cuore per un attimo prima di aggiungere, "o meglio, certo che mi piacerebbe stare con te, ma non nel modo in cui pensi tu!"

"Perché?"

"Perché non staremmo insieme, perché è impossibile, perché...", mi disse con occhi spalancati e confusi, poi si fermò d'improvviso e guardandomi, mi disse scandendo parola per parola, "non posso, non possiamo."

Mi sentii infastidito: "Devi darmi una ragione!"

Mi guardò: "Ed..." ma non aggiunse altro.

"Perché non possiamo?" insistetti.

Sospirò dolcemente e si sedette sul divano: "Perché... non posso ricordare il passato. Non capisci che, per me, questa è la prima volta che ti vedo."

Primo incontro per sempre!

Mi sentii a disagio, c'era un luccichio nei suoi occhi che non mi era familiare... strano. Come avrei dovuto aspettarmi, un attimo dopo aggrottò le sopracciglia e mi disse: "Perché sei qui?"

Era lo stesso sguardo che aveva rivolto a Mark quel giorno.

"Sono venuto a trovarti..." la mia voce si fece sempre più debole, il mio cuore era in preda al panico.

"Perché sei venuto a trovarmi?" chiese con diffidenza.

"Per chiacchierare e prendere una tazza di tè."

"Allora non tornerai mai più" disse con fermezza.

Dopo quella volta tentai più volte di ricontattarla, ma senza successo. Era scomparsa, non era raggiungibile né per telefono né per e-mail e persino il suo account Weibo non era più stato aggiornato. Mi recai nel luogo dove abitava, ma tutto ciò che ottenni fu la notizia che la casa era stata messa in affitto. Ne rimasi deluso. D'improvviso mi resi conto delle innumerevoli domande che avrei potuto farle, ma come diceva lei, sembrava che ci fosse una risposta scontata per ciascuna. A volte, mi sembrava di avere un dialogo con lei, ma in realtà stavo parlando da solo.

Trascorsi quel giorno in modo confuso e disorientato. Andai dal mio caporedattore a chiedergli se sapeva dov'era, ma rimase in silenzio e mi lanciò strane occhiate. Alla fine, decisi di tornare al campus per vedere il professor Mark.

Dopo avermi ascoltato, mi disse: "Dimmi, Lin, quali domande ti sei posto? E quali risposte hai ottenuto?"

"Volevo solo sapere dov'era" risposi infastidito.

"Se non puoi rispondere alla mia domanda, allora non posso aiutarti" mi disse rammaricato.

Questa era stata la nostra prima discussione non ufficiale. Si era sempre preso cura di me, nonostante i miei voti poco brillanti e i miei elaborati piuttosto scadenti, ma lui era uno dei tutor più richiesti della materia.

"Lin, il futuro di ognuno è dentro di sé," mi disse, "mi dispiace che tu l'abbia persa."

Persa? Non capivo di cosa stesse parlando.

Avevo bisogno di lei, era l'unica cosa che mi era rimasta in testa, la mia mente frullava, i pensieri giravano veloci e mi stavano portando sull'orlo del collasso. Avevo bisogno di lei, doveva vederla...

D'improvviso mi sentii un po' stordito e Mark fece un passo verso di me per aiutarmi: "Credo tu abbia bisogno di aiuto, Lin..."

"Devo vederla."

Mi aiutò a sdraiarmi, "Hai bisogno di riposare."

Era come se le sue parole fossero magiche e mi fecero assopire, poi ripeté: "Hai bisogno di riposare."

Chiusi gli occhi e caddi in un sonno profondo. Stavo sognando. Nel mio sogno c'era un labirinto infinito di specchi, il mio riflesso si stagliava ovunque attorno a me, ma non riuscivo a vedere la persona di cui avevo bisogno.

Volevo solo chiederle...

"Cosa?"

La voce mi fece riaprire gli occhi di scatto. Mi ritrovai nell'ufficio di Mark e lei era seduta proprio di fronte a me, con qualche anno in più: era una donna matura, bellissima.

"Cosa devi chiedermi?"

Mark non c'era, mi guardai attorno e lo notai subito. Perché lei era qui?

"Dov'è Mark? Ti ha mandata lui?" chiesi.

"Non conosco l'uomo di cui parli," mi guardò con dolcezza, "Ed, cosa ti è successo? Ho sempre pensato che avessi una bella vita."

"Sto bene," risposi con tono duro e arrabbiato, "stavo bene finché non sei arrivata tu, finché poi non mi hai lasciato."

"Pensavo che non avessi più bisogno di me" e abbassò lo sguardo.

"Ho bisogno di te, ogni giorno, di notte penso sempre a te."

Mi guardò con gli occhi pieni di lacrime: "Anch'io."

"Resta con me, va bene?" la supplicai debolmente.

"No."

"Perché?"

Scosse la testa: "No, Ed, ho dimenticato il passato, ma una cosa non la scorderò mai."

"Cosa?"

"Lo scoprirai."

"Cazzo! Cos'è che ti rende così determinata a respingermi? Dimmelo, adesso!"

"Lo scoprirai presto," disse puntando il dito verso la scrivania di Mark, "la risposta è proprio lì."

4. L'onnisciente

Mi alzai immediatamente e mi precipitai verso la scrivania dove vidi le annotazioni di un esperimento incompiuto intitolato "L'onnisciente". Mi sembrava di avere già sentito quello strano termine da qualche parte, ma non avevo idea che Mark stesse facendo ricerche in quel campo.

Nonostante il senso di colpa, aprii lo stesso il quaderno: *"Come psicologo, cerco sempre di trovare fatti che non possono essere definiti dalle attuali teorie scientifiche. L'onniscienza è una tesi molto particolare, secondo la quale la sensazione provata dall'uomo sul tempo che si muove dal passato al futuro è solo un'illusione. La memoria umana è ingannevole e in realtà nel nostro cervello esistono un passato e un futuro, solo che parte riguardante quest'ultimo è deliberatamente nascosta. L'onnisciente è qualcuno che ha memoria sia del passato che del futuro. Ho cercato di trovare un onnisciente o di ispirare qualcuno a diventarlo. È stato un lavoro molto difficile e quasi tutti i veggenti si sono rivelati dei bugiardi, finché non ho incontrato Lin."*

Alzai la testa e lei scomparve.

"La risposta è lì dentro," la sua voce sembrava essere ancora lì con me.

Voltai pagina: *"Lin non sapeva di avere un'altra personalità, ma ho avuto la fortuna di incontrare la veggente, che è sempre stata fredda con me. Naturalmente anche quando ci siamo incontrati non potevo vederla, vedevo solo Lin perché lei era nel corpo di Lin. All'inizio pensavo che fosse un uomo finché non ho portato Lin nella sua casa d'infanzia (non so se questo possa essere stato un errore o meno) e quando Lin l'ha incontrata, mi ha detto che era una ragazzina. Ho ascoltato la loro conversazione e osservandola da una prospettiva normale, era lui che parlava da solo. Non ho usato alcuno strumento per registrarlo perché la veggente era molto diffidente nei miei confronti. So che non dovrei interferire nella loro relazione, ma Lin è un ginepraio di emozioni. Non può certo innamorarsi di sé stesso, anche se lei è una personalità completamente diversa."*

Ero così scioccato che rimasi a lungo immobile. Mark voleva dire che lei era in me.

Io e lei eravamo una persona sola.

La veggente ero io.

Ma com'era possibile? La donna che vedevo non poteva essere un'allucinazione, no?

Vedevo tutto quello che avevo passato davanti ai miei occhi: l'odore familiare di casa sua, il fatto che mi avesse chiesto di intervistarla, il fatto che conoscesse tutte le mie preferenze... sì... sì... se non ricordava niente sulla figlia di Mark, allora perché io ero legato a lei? Inoltre, la soddisfazione sul suo volto dopo che avevo mangiato i piatti che mi aveva preparato...

Un brivido freddo mi salì lungo tutta la schiena, come se stessi annegando e quelle annotazioni che avevo in mano fossero l'unico relitto. Mi affrettati a tornare indietro, ma molte pagine erano state strappate, c'era solo un paragrafo alla fine: *"Essendo l'unico caso studiato, Lin dimostra che le persone onniscienti esistono, solo in modo diverso rispetto a quello che ci aspettavamo. La doppia personalità in sé è già molto rara ed è spesso associata a un'estrema sofferenza psicologica. Forse, questo fenomeno potrebbe dare adito a una congettura: essere onniscienti è una questione di estrema sofferenza e quindi Lin ha finto di dividersi in due parti: lui come persona normale e lei come veggente. Se ne avessi avuto il modo, avrei voluto far visita alla famiglia di Lin per scoprire se si è comportato in qualche modo strano quando era bambino (ovvero prima che nascesse la personalità della veggente). Purtroppo, Lin è orfano, i suoi genitori sono morti in un terribile incidente stradale quando aveva solo otto anni. Da allora ha avuto molti tutori, ma nessuno di loro ha pensato che ci fosse qualcosa di insolito in lui."*

5. Riflesso

I miei occhi si bloccarono su quella frase, incapaci di muoversi. La pagina si trasformò in un macigno incatenato ai miei piedi, mi trascinava giù nelle profondità dell'acqua e non riuscivo a respirare.

Ricordavo tutto quello che era successo in quel piccolo edificio residenziale, l'attico dove aleggiava sempre l'aroma del tè indiano e della vellutata di zucca.

Avevo otto anni allora.

Avevo detto a mio padre e a mia madre di non uscire.

Sapevo che ci sarebbe stato un incidente stradale, sapevo che sarebbero morti.

Piangevo, imploravo, urlavo nella mia stanzetta, rompevo le cose, cercavo persino di farmi male.

Ma loro pensavano che fossi pazzo.

Mi avevano chiuso nella mia stanza, i loro passi si erano allontanati e non erano più tornati.

Sapevo cos'era successo: erano morti.

Mi ero guardato allo specchio: "La colpa è tua."

Quel riflesso si trasformò in una bambolina con braccia e gambe rotonde e grasse.

Lei, la veggente, sapeva tutto del futuro, ma era impotente a fermarlo, impotente a cambiarlo.

Una volta era me, ma ora non più.

Le dissi che la loro morte era colpa sua e che la odiavo.

Era ancora una bambina, ma sapeva parlare, allungò la mano cercando di afferrarmi.

Mi chiamò con voce affettuosa: "Ed."

Distrussi lo specchio, poi mi sdraiai sul letto e chiusi gli occhi.

Non volevo vederla e non volevo sentire la sua voce.

Sapevo che domani sarebbe andato tutto bene.

Tutto sarebbe andato bene.

Indice

Impaginazione ed editing: Alda Teodorani
Illustrazione di copertina: Mattia Simoniello

www.ingramcontent.com/pod-product-compliance
Lightning Source LLC
La Vergne TN
LVHW031430170726
843492LV00010B/2935